《石头开花》评论文选

心系一处

黄彩梅 主编

黄河出版传媒集团
宁夏人民出版社

图书在版编目（CIP）数据

心系一处：《石头开花》评论文选 / 黄彩梅主编
． -- 银川：宁夏人民出版社，2022.12
　ISBN 978-7-227-07729-9

Ⅰ．①心… Ⅱ．①黄… Ⅲ．①散文评论—中国—当代—文集　Ⅳ．①I207.67-53

中国国家版本馆 CIP 数据核字（2023）第 001357 号

心系一处：《石头开花》评论文选
XIN XI YI CHU：《SHITOU KAIHUA》PINGLUN WENXUAN

黄彩梅　主编

责任编辑　管世献
责任校对　闫金萍
封面设计　蓓蕾
责任印制　侯俊

黄河出版传媒集团
宁夏人民出版社　出版发行

出 版 人　薛文斌
地　　址　宁夏银川市北京东路 139 号出版大厦（750001）
网　　址　http://www.yrpubm.com
网上书店　http://www.hh-book.com
电子信箱　nxrmcbs@126.com
邮购电话　0951-5052104　5052106
经　　销　全国新华书店
印刷装订　成都新千年印制有限公司
印刷委托书号　（宁）0027753

开本　700 mm×1000 mm　1/16
印张　16
字数　270 千字
版次　2023 年 11 月第 1 版
印次　2023 年 11 月第 1 次印刷
书号　ISBN 978-7-227-07729-9
定价　78.00 元

版权所有　侵权必究

国家一级作家，第七届冰心散文奖获得者，巴金文学院原副院长，四川省文艺传播促进会党支部书记、执行会长，贵州省青年文学研究会顾问张人士

著名诗人李发模

国家一级作家、中国散文学会副会长、陕西省散文学会会长、贵州省青年文学研究会顾问、冰心散文奖评委陈长吟

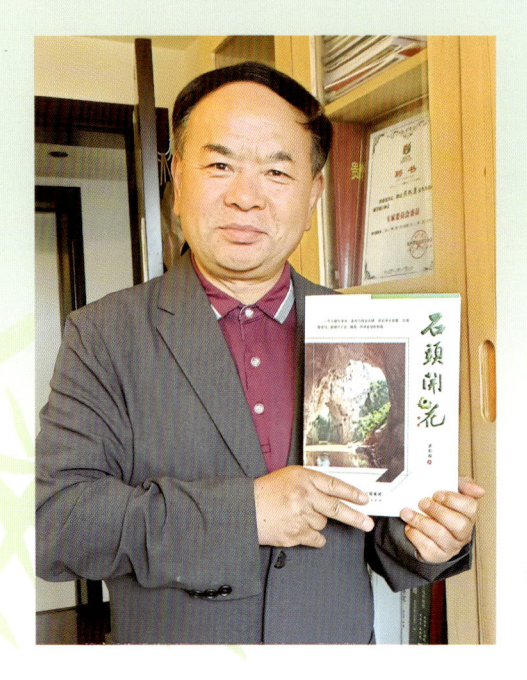

《杜鹃花》杂志主编陈跃康

四川省文艺传播促进会常务理事、女散文作家创作中心执行主任万郁文

贵州省农业农村厅原副巡视员、机关党委副书记郑传楼

分享会上与郑传楼书记合影

分享会上与欧阳继红合影

分享会掠影

2021年贵州作家读书会

前排：邓久含；第二排从左至右：主持人雨飞、黄慎新、郑传楼、周闻道、黄彩梅、陈长吟、杨通华、李健强、吴枫

"身边叙事" 花中花 (序)

◎李 裴

看到书稿《心系一处》，第一感觉，作者黄彩梅将整理出版视作一件具有积极意义的事。书中收录的75篇评论文章，皆为一本书而作，用形象比喻的说法，是基于《石头开花》这本书开出的花，于是我把《心系一处》名之为"花中花"。

把评论文章收集起来形成一本书，仅仅是非业务工作就极为费心劳神，更不用说整合梳理各评论"庞杂"的内容，然而作者黄彩梅做到了，总的来说还做得不错，看上去算得上"眉清目秀"。窃以为，这是可以列为一段文坛佳话的，就我目之所及，也算"开了眼界"，相类之作以前似没正式见过。

对《石头开花》这本书，是阅读陈跃康先生《在"新女性写作"的边缘》而得知的，这和作者身份的"地质缘"相关。"贵州地质文学现象"在一定范围是有相当大的影响力的，人数众多的创作队伍，几十年一以贯之的坚守和坚持，至今已是蔚然成风，已有相当的气候，这是不容易的。作为1982年2月入职的"地质干部",我自是一直十分关心和注意,还写过长篇论文《杜鹃花,我心中的童话——贵州地质文学30年回眸与思考》。当看到袁浪、欧阳黔森、冉正万、彭德全、陈跃康、欧德林、路广照、冯飞、管利明……一串熟悉的地质作家的名字时,心花不由怒放。

读到何士光先生序,"一个人能写多少、写得怎么样,其实并不要紧,只要愿意写,能够写下去,就是一件有希望的事情。"顾久先生序,"有感而发,朴实直率""阅读之可享美与宁静"。李发模先生评论文《清净自心 识得自信》表达了"别低估了世态炎凉,等你明白了一切,还有热情温暖自己,那才是真正懂了在火山口上的生存,或是冰山上的来客……已不仅是热板凳或冷板凳"的观点。大师们的话,清澈透底,独到精辟,该说的都说了,可品可悟,我深受教益。

特别要提到杨通华先生,他在分享会上作了很不错的发言,勉励作者写出更多更好的作品。杨通华先生是"老办公厅"了,我在办公厅工作期间,多多受益于他的亲自指导和教诲,他和蔼的态度,鲜明的观点,缜密的思维,严谨的逻辑,过硬的作风,不愧年轻人心目中"榜样级"的领导。

或有人问,去年出的一本书,今年就跟来了一本"评论文选",这也太让人吃惊了。起初,我也带着"疑问"。当翻阅了《心系一处》和《石头开花》之后,我似乎找到了解谜的钥匙,在细心体会何士光、顾久、李发模、杨通华先生的"序""评论""发言"并将其内涵转化为文学表述后,一个自认为还算贴切的概念跳了出来——"身边叙事"。正因为是"身边叙事",也如"在场写作",但凡《石头开花》阅读者,都会感到"好读"和"有话可说"。

"身边叙事"式文学创作和写作,其突出的特点是我手写我眼,我手写我想,紧贴"即景"而生发,用作者的话说,"是作者以亲眼所见为主的记叙方式所写的文字"。写作前肯定是要做"功课"的,主要在于"熟悉"写作对象而不是"研究"。对广大文学爱好者来说,这确实是可以大有"用武之地",这也是《石头开花》出版时间并不算太长而跟随而来《心系一处》评论文选的重要原因。这也真是"众乐乐"的好事,是保持人世间文学温度的重要群众基础。作者"写的都是所访、所看、所交、所读,即便对象是名家大师……也是以普通人的日常姿态出现的,让我们看到的是平常中的出奇,大道从简式的崇高精神美学"(周闻道《让灵魂贴近对象世界》)。如果来一部"砖头"著述,什么时候能有"评论文选",不说我们也会知道有多难,甚至是"不可能"。

如果认为"身边叙事"之创作很容易,那一定是认识的误区。一个人始终能够长期地"饶有兴致","明白了一切,还有热情温暖自己"并非易事。入门的轻快和不断冲破"审美疲劳",要能真正坚持并取得进步,对一个人的人品和修为是一个严酷的考验,终究是要"顶"得住才行。就一般台面而言,"宏大叙事"似乎更有"市场",其中,真才实学者有之,登堂入室者有之,随声附和者有之,圈地自嗨者有之,狐假虎威者有之……真要做到"心远地自偏",潜下心去,保持热情并热爱创作,抗压

"身边叙事"花中花(序)

003

是必备素质。

好在，作者是属于踔厉奋发、笃行不怠文学队伍中的一员，胸中饱含"昂然向上的生气与对人生积极因素热切追求的活力"，并且"秉持人间正气和对社会人生价值取向的原则展开笔墨"（石英《跋：挚爱散文的可喜成果》）。作者坚持，"人的一生就像流水，在前行的路上要怀揣理想，坚定信念，认准目标，哪怕一路被乱石撞得头破血流，遍体鳞伤，也要孜孜以求，勇往直前。"（《水之魂》）

借用韦光榜先生的一句话，结束这篇短文——"作为文友，让我们共勉着在文学创作的道路上前行。"（韦光榜《在抒写中感悟人生》）

2022年3月

【作者简介】李裴，笔名裴戈，中国作家协会会员、贵州省诗人协会名誉主席、贵州绿色发展战略高端智库首席专家。出版《小说结构与审美》《痕迹的颜色》《酒文化片羽》《美·有灵犀》《文化的力量》和《若有所思》等个人专著，曾获贵州省哲学社会科学成果一等奖和贵州省文艺奖。

目 录。
CONTENTS

（本书收录作品按照姓氏首字母排序）

曹　伟　独特的思维造就花开石头上的风华　/ 001

陈　钦　以率真质朴的文字编织地域画卷　/ 003

陈长吟　花开见妩媚　/ 006

陈有仓　心灵的叙述　/ 008

陈跃康　在"新女性写作"的边缘　/ 012

成　丹　看"石头"开花　/ 016

邓泽斌　花由心生　/ 021

丁建元　散文的醇香　/ 025

丁玉辉　一部充满灵性与情怀的散文集　/ 029

杜国景　石头缘何能开花　/ 033

丰庆志　一朵永不凋谢的杜鹃花　/ 035

冯荣光　石头为什么会开花　/ 037

高毕勇　其人其文黄彩梅　/ 040

高晋福　顺其自然　/ 046

管利明　采撷生活的浪花　/ 048

侯瑞平　石头开花　/ 051

胡　全　做自己喜欢的事永远也不晚　/ 053

胡荣胜　秋的收获　/ 056

黄慎新　给家门妹的一封信　/ 058

黄亭贻　给黄彩梅老师的一封信　/ 061

江跃华　浓墨重彩写春秋　/ 064

蒋大海　热烈的情感　清新的文字　/ 067

李　艳	一个文艺女青年的生命启示	/ 070
李　云	彩梅，缤纷的梅	/ 074
李发模	清净自心　识得自信	/ 076
李任凯	有缘自会"石头开花"	/ 079
李玉真	立足热土的时代情怀——黄彩梅	/ 082
梁剑章	抒情在黔山雾水间	/ 088
廖友农	黄彩梅《石头开花》散文集品读	/ 092
林新华	《石头开花》读后记	/ 095
刘　枧	黄彩梅散文集《石头开花》品读录	/ 097
龙正舟	在开花的石头上舞蹈	/ 101
路广照	坚与柔的辩证	/ 105
欧阳继红	人亦雅　文亦秀	/ 109
乔德春	黔西北山水人文风光的秀美画卷	/ 111
秦　毅	她所书写的不只是一种传说	/ 119
冉　静	浓浓的乡愁	/ 122
商振江	用点睛之笔　展奇石之花	/ 125
石安芳	用激情回应生活	/ 129
石孝军	女儿笔墨　壮士情怀	/ 132
田景祥	《石头开花》真情酿造的挚爱之果	/ 135
万郁文	一本开卷有益的好书	/ 137
王　霞	灿烂多彩　梅香扑鼻	/ 141
王　义	贵在坚持	/ 143
王海峰	心向高原	/ 150

韦安礼　石头开花　璀璨似锦　/ 152

韦光榜　在抒写中感悟人生　/ 158

魏　艳　在《石头开花》的坚毅里品味人生　/ 161

吴　枫　《老吴·洞见》之有生命的石头才能开出绚烂的花朵　/ 162

吴茹烈　花开有时　/ 164

吴显行　我读《石头开花》　/ 167

武夫安　滴水成溪　/ 169

萧　潇　灵魂深处的美丽　/ 172

熊华英　由《石头开花》想起　/ 175

熊贤均　追寻石头开花不眠夜　/ 177

徐必常　满眼春色与石头开花　/ 181

杨　旭　真感情才是好文章　/ 184

杨通华　在黄彩梅《石头开花》分享会上的发言　/ 187

杨献平　简朴的散文写作　/ 189

叶　炯　黄彩梅《石头开花》随想：写作就是对时间和人事的信任与承诺　/ 191

尹卫巍　彩梅心头一抹香　/ 195

喻　健　散文要有情、趣、爱　/ 199

袁瑞珍　《石头开花》的地域抒写　/ 203

昝光云　为读《石头开花》写点感想　/ 208

张　维　彩梅采梅　/ 210

张存金　我看见了石头开花　/ 214

张光波　读《石头开花》散文集心得　/ 216

张华北　与美文结缘　/ 218

张人士　黔中一枝花　/ 221
赵永富　故土乡情人难忘　/ 225
郑传楼　用心用情鼓与呼　乐为文明把路铺　/ 227
周　军　石头开花的秘密　/ 230
周　毅　赏《石头开花》赋　/ 232
周闻道　让灵魂贴近对象世界　/ 235
邹书强　在贵州作家网、盛世中学联合举办的黄彩梅女士新作《石头开花》读书分享会上的致辞　/ 241

黄彩梅　后　记　/ 243

曹 伟 | 独特的思维造就花开石头上的风华
——读《石头开花》有感

冰冷的石头，在贵州随处可见。

美丽的花朵，在贵州也同样随处可见。

当两者联系在一起时，便迸发出一股坚韧不拔、滴水穿石的力量。

黔山大地，千百年来孕育出无数的文人骚客，他们以文载道、以文传声、以文化人，形成极具民族风俗地域特色的贵州文化。黄彩梅便是在这种文化熏陶下成长起来的贵州作家，她的作品《石头开花》中，以点带面，切入普通人的生活，展现了贵州人民日常生活风貌，歌颂了贵州脱贫攻坚工作中凸显出的优秀精神，同时也是一名作家对家乡和人民敞开心灵的倾诉。

从作品中，读者看到了石头与花之间的另一种关联的可能性，能感受到那化身为石头缝隙中倔强生长的鲜花，它可以生长在巍峨的黔山中，生长在盘踞山涧的黄果树瀑布下，独立而又自由地歌颂着世界的美好。

全书由"杜鹃花开""石头开花""核桃之恋""冬日暖阳""随思感悟"五个篇章组成，用作者的视角系统地展现出贵州的人杰地灵、山川美景、文化非遗、飘香贵酒，向中国文坛吆喝出只属于贵阳独有的黔筑散文韵味。

"杜鹃花开"作为全书开篇，作者分别描写了拜访贺敬之、文怀沙、欧阳黔森等国内省内知名作家、诗人、国学大师，也有在脱贫攻坚工作中表现突出的郑传楼及儿科医生张有楷等具有代表性的普通人，在作者笔下，他们的形象跃然纸上，让处于不同领域的人形成一种联系，使艺术与现实碰撞出的火花给作品平添真实与思想的厚重。美国心理学之父威廉·詹姆斯曾说过，文字的力量就是生活的希望。作者毫不吝啬地用文字让读者在错位的时空中获得心情的舒畅与愉悦。正如作者写道，"春，在自然魅力的孕育中破晓、萌芽，在暖流的渗透中绽放出万紫千红。"

第二辑"石头开花"是本书的重点篇章，作者以童年回忆中长辈们念叨"瑞雪兆丰年，石头开了花"的大方县民间谚语，引出全书的主题。她思考着在亿万年的地球历史演变中,是如何形成现代贵州遍布洼地、沟谷、峰林、溶洞的地形地貌,思维跨越时空,连通过去、现在与未来,最终落到了大方县九洞天溶洞。美丽丰饶的沃土是一名作家成长的摇篮,神秘的九洞天像宇宙中的黑洞,给了作者无尽的想象和探索的动力,就像她的散文,优雅地包容了一切可写之物。"水之魂",水有灵魂吗?答案充满了肉体与灵魂的浪漫,早在千年前,曹植曾以《洛神赋》刻画出心中女神的形象,告诉世人,水有"魂"。而作者的"水之魂"恰恰也是以"魂"来倾诉自己的抱负,不同于曹植,作者笔下的"魂"就是自己几十年沉淀中的所思所悟。她写道,人的一生就像流水,在前行的路上要怀揣理想,坚定信念,认准目标,哪怕一路被乱石撞得头破血流、遍体鳞伤,也要孜孜以求,勇往直前。

后面的三个篇章,我就不在此重复累述,文学创作需要的是作者对这个世界的理解,包含天文、社会、人文等诸多方面的知识储备,还有综合的对构成世界的基本认知,许多作者单一的抒情与呐喊尽管辞藻华丽,始终摆脱不了单调的重复及毫无意义的呐喊。而本书作者则用独特的见解和敏捷的思维跳出这个局限狭隘的范围,平淡、朴实的文字就似那毫不起眼的石头上,在思想的加持下,生长出一朵美丽的杜鹃花。

"一个人能写多少,还有写得怎么样,其实并不要紧,只要愿意写,能够写下去,就是一件有希望的事情。"

这是本书封面上的一句话,也是作者在文学道路上所坚守的未来,积水成渊,我相信坚持与持续,最终作者心中的那块文学的石头上,将绽放出更加璀璨夺目的鲜花。

【作者简介】曹伟,中国作家协会会员、贵州省网络作家协会副会长、贵州省青年文学研究会会员。

以率真质朴的文字编织地域画卷
——读黄彩梅散文集《石头开花》

陈 钦

必须承认,在阴蒙蒙雨纷纷的时空中经历的这一次读书交流会,开头是烦躁不宁的、压抑的。

不知不觉间,这些看似寻常却又潜藏着无限深意的文字让我的心不仅平静下来,而且沉浸进去,继而莫名兴奋起来——我看见了一个赤诚的灵魂,一个少有的真诚的写作者站在我面前。

并不是所有的文字都能让你见字如面,尤其是在文人大多都戴着面具的当代文坛。然而,黄老师让你见字如面,见字如心。她坦露着让自己的笔墨、自己的心灵在天地间自由地挥洒,承受太阳温和的照射。

就是再矜持的读者,在这样赤诚的写作者面前也不能无动于衷了。

与黄老师认识是在贵州省青年文学研究会的读书交流活动上,她是会长。在这次活动上也是我们第一次见面,我对她个人并不了解,恰好桌上有几本书,其中一本就是她的散文集《石头开花》,我拿起这本散文集看了起来,这些文字是那么自然、坦然、率真和灵动。后续在活动上,她给大家朗读,并唱了李白的《将进酒》,毫不掩饰,感情豁达。也许就是她这种为人不装的性格,她的心胸才开阔,她的文字才流畅。文雅的说法叫作感应之会,来不可遏,去不可止;或者说率性为文,思风发于胸臆,言泉流于唇齿。

这是一种写作的心境和说话的姿态。遍览黄老师的散文集《石头开花》的写作,主要有三方面的内容。一是情感散文。这些散文带有作者强烈的工作与生活纪实色彩,或隐或显地取材于作者的人生经历。二是记叙风俗散文。这些散文所描摹抒发的也基本是她自己最熟悉的家乡山水风物,几乎信手拈来。三是她带着思索的目光游历夜郎美好河山时自然流露出来的游记文字。这些文字是作者最直接的心灵展示,处处闪动着一个多思、敏感的写作者鲜活的人生感触和思考结晶。在这三种文字里,都闪耀着一种可贵的价值:直抒胸臆,剖析自己灵魂深处情感。

在这些生活点滴的纪实性散文里，作者记录下与之相交的朋友、同学、老师，记录下他们的生活和心灵的感伤抑或美好。譬如：《幸福的笑容》和《我也跟着乐在其中》里面作者了解那些小山村的人们的美好心愿和希望，去采访她们，聆听她们心灵的诉说，不放过诉说者一丝细微的情感变化。这意味着作者常处在自我的情感空间捕捉心灵的事物，并保持较好的心态，这样的散文语言就有了被心灵激活的有限的意识和无限的意境。在《幸福的笑容》里作者写道："老太太一口气说完这段话的时候，又一次露出了幸福的笑容，这如花的笑容开满了花茂人家，也醉了美丽的花茂村。"读着这些文字，心中的琴弦依然会被这温暖的文字拨动。作者用质朴的文字来勾勒画面，这份质朴形成她散文的独特风格之一，也正是这份质朴，作者对这些乡民的表白也显得尤为客观而率真。

自然，看人看事，不能只看表层，还要看灵魂。作者的这些文字里记载的人和事，在我看来，许多都应与灵魂，尤其是与她自己的灵魂有关。

黄老师的散文集为我们提供了一份探寻灵魂广度和深度的文本。感受其中的内涵，其表达到位的中心思想，结合社会实际生活，使作品内容达到淋漓尽致，同时衔接女子独有的捕捉心灵感应的语言效果，构成生活的摇篮曲，回荡在读者的生活空间里。这方面，《石头开花》《水之魂》《茶尖上舞动的旋律》《寨沙恋歌》《邂逅一场土家的锦绣霓裳》等几篇散文值得品读。在这几篇文字里，作者在阅历审世的同时，也叩问自己的灵魂。例如《水之魂》里："在阳光的照耀下，飞起的水珠，如同透明的水晶，它是那么清澈、那么晶莹，没有一丝杂物。不管它们是击在水里还是打在石上，都是那么勇敢。人生如此……才能像水晶一样放射出光芒。"这是作者用观察和对照的视角，理解社会世相所体现出来的勇敢和奉献，是作者无比渴望达到的像水一样的精神高度。正如《老子》的"上善若水"，不就是如此吗？凭借"水"来抒发自己的内心表白，从而在自己的内心对应"水"所产生的思绪。这是作者内心世界的观照描述，也是作者心灵的感悟！

歌德曾经说过"人的历史就是人自己"。这话既针对整个人类，也针对每一个生命个体。与其他人不同的是，黄老师的人生经历中最重要的精神支柱不仅是她的事业，还有她的写作。写作者的身份让她不同于其他的高级工程师，对文学本能的热爱和对人生频繁的思考，让她的人生更加完整，让她的生命体验丰沛而富有深度。她用笔写下这段段桩桩人生与社会，也烛照着自己的灵魂。如：

《在阅读中认识的白衣天使》《倾情为民步履勤——扶贫攻坚名誉村长郑传楼》《就为一句话》等，都带着浓重的人文思索，有着鲜明的女性细腻观照和扶贫思索的印记。

从古至今，所有认真的写作者都勤于思考、迷恋感悟。从整部散文集的文字可以看出，黄老师在写作和思考时并不作状，更不矫情。她不追求语言外在的柔和光泽，也不规避对于平庸琐细的如实呈现，却能于平静处起波澜，在曲折中现跳脱，这正是坦露着的情感和沉思的需要。

纵观作者的散文，你会找到一个是用心灵歌唱与呼唤的青春女性黄彩梅，她用同一支笔创作出一系列感情真挚、浓烈的散文。《杜鹃情缘》《仰望家乡的杜鹃花》《花与声共鸣》《楠木渡的水，沉静而流深》等篇什都是十分灵气的耐读散文，都是作者用心灵歌唱生活而捕获到的大自然画面，每一篇散文的韵味，让你百看不厌，能聆听高山的涓涓流水。作者打开心灵之美，倾注于她散文的菜园地。同时能开心地将内心的美感融入散文中，即使是轻描淡写，也能感化读者的心。她全部用散文来诠释，让作品有价值，让散文语言有灵魂，这样作品才能有真正的传世价值。

她的文字时而简单朴实，时而顿挫沉郁，但她字里行间总透着一种灵魂步入自由之境时才能达到的自如潇洒。《石头开花》里的所有文章各自以其独特的香与色动人地摇曳在那里，现仅拈出其中我以为堪称"诗眼"的部分与诸君共赏。正如陆机《文赋》所言，"或因枝以振叶，或沿波而讨源"——直逼灵魂的写作正是黄老师文章的枝干，也是她写作的活水源头，正如春光到处柳丝金线、嫣红姹紫，笔下一片生机。

【作者简介】陈钦，侗族，贵州人，签约作家、编剧，系贵州省青年文学研究会会员、贵阳市作家协会会员。作品散见于《当代小说》《广州文艺》《三月三》等报刊，著有《冯梦龙传》《大宋帝国三百年》。

陈长吟 | 花开见妩媚

很高兴2021年5月29日接到邀请，到贵阳参加黄彩梅女士的新书《石头开花》分享会，分享黄彩梅女士一份收获的喜悦。并有幸参加5月30日她组织的到乡村小学献爱心的捐赠活动，给学校118名学生和7位老师每人一套新衣服。她对同学们说："此时此刻，我心潮澎湃，倍感激动！因为这里曾经是我工作过的地方，是我奋斗过的地方，也是我曾经留下酸甜苦辣的地方。今天我来到这里是传递真情，延续爱心，更主要的是鼓励孩子们要好好学习……现在不苦读书，以后就苦生活。我给同学们提出两个希望。一是希望孩子们一定诚实做人，怀有感恩之心。今年是建党一百周年，一定要记住上一辈无产阶级革命先烈，是他们用生命换来了我们今天的幸福生活。二是希望同学们全身心地投入到学习中去，用日积月累的知识，完善自己，提高能力，将来用丰富的知识回报祖国，回报社会，回报曾经帮助过我们的人。"

活动结束后，有6位同学跑来找她，手里都拿着一个有鹿子图案的信封，羞涩地递到她手里，一看全是感谢信，这个场景感动了我。不知是谁说了一句："来，我给你们拍一张合影做个纪念。"我也举起手机拍了一张如此珍贵的照片。后来才知道彩梅女士曾在这个乡村工作过，现在在省城工作的她，没有忘记这里的乡亲们，原因是她的心里装着满满的爱和善良。这更是让我对她刮目相看。

贵州是个山地之省，地势起伏变化，自然环境奇特，文学艺术也是丰富多彩的。山地石头多，石头还能开花。石头是自然界的客观呈现，但开花了就是诗、是散文。

石头是坚实的基础，开花是娇丽的现象。彩梅女士的散文集，就是贵州山地文学中盛开的一朵鲜花。

读了彩梅女士的散文集《石头开花》，眼前是一片缤纷的世界。我到过贵州数次，知道那是一个万木葱郁的地儿，但这只停留在感官上，是彩梅女士的散文，让我对贵州有了理性的认识。

在散文创作中，思想、情感、语言是几个重要因素。彩梅女士的散文，对这些要素的要求把握得很好。

首先有独立的思考。彩梅女士的散文，常常会有一些感叹、议论和触景生情，这是她善于思考的结果。像《女人味》《幸福》等文章，还有写黄果树瀑布的散文，一些联想和升华恰到好处。有了深入的思考，使文章有了厚重的分量。

然后是真挚的情感。彩梅女士性格开朗，热情活泼，待人真诚，心直口快。在生活中是这样，在创作中也是这样，尤其是她对故乡的情感，真挚感人。书中的第三辑"核桃之恋"，写了许多乡土民情、人物速写，有现场感和原生态的质感。有了浓烈的情感，文章就有了感染力。

再就是流畅的语言。彩梅女士的文字如山间流水，自然清丽。这给文章增加了艺术魅力。

《石头开花》是彩梅女士的第一本书，也是她在文学创作道路上美丽的开始。彩梅女士聪明、好学、勤奋，她把积累了多年的精气吐而为华、为花，这花便是她的书。书是有翅膀的，有香氛的，它飞翔在广阔的天地间，一遍一遍地，诉说着贵州的诱惑。她的创作已形成自己的风格，这也是每个作家应该追求的目标。

希望彩梅女士在今后的创作中，在选材上更新颖一些，独具慧眼，写常人未见之物、之事、之情；在写作的角度上更独特一些；在语言的运用上更精练一些。

【作者简介】陈长吟，中国当代著名作家、文化学者。现为中国散文学会副会长、今日国土生态文学委员会常委、陕西省散文学会主席、西北大学现代学院文学院院长、中国散文研究所所长、贵州省青年文学研究会顾问。系全国冰心散文奖、孙犁散文奖、丝路散文奖、柳青文学奖评委。1973年开始文学创作，1990年3月加入中国作家协会。已在《人民文学》《人民日报》《光明日报》等报刊发表作品近千万字，出版文学专著《散文之道》《文海长吟》《行者的风度》等20余部。获海内外首届旅游文学奖、中国散文三十年突出贡献奖、第四届全国冰心散文奖以及全国乡土文学奖、炎黄文学奖等多次。部分作品被翻译成外文，多篇作品被选入文学排行榜、各种选集和教材。

心灵的叙述

陈有仓

——品读黄彩梅散文集《石头开花》

早就听说黄彩梅要出散文集，2021年的春节前终于收到了她的散文集书稿，真为她用心写作、真诚写作、不懈写作的态度倍感欣慰。

我们知道，一篇作品的开头写得好，就能吸引读者读下去。万事开头难。这样的作品肯定是一篇好作品，它不仅吸引读者，还能引领读者跟随作家的思路，去思、去想、去感悟。同样，一本书能不能吸引读者的眼球，关键看它有没有一个很好的书名。一本好的书名展现在读者的眼前时，即便读者不愿去买，也要好奇地随手翻翻。黄彩梅散文集《石头开花》这个书名就很好，好就好在"石头开花"上。千年铁树要开花，这说明铁树开花的周期是很漫长的，它还需要一个适宜的气候环境。如果气候适宜，它经过几十年的生长后，年年会开花，我们也无须等待一千年。那么石头是怎么开花的？开的是什么花？这难免会让人产生好奇。我对黄彩梅散文集的书名尤为欣喜。一本书的书名也好，设计也罢，只要能勾住读者的魂，吸引他随手去翻阅，这算是出书成功的第一步，所以对于书名和封面的设计是每位出书者必须煞费心思地进行反复思考和精心设计的。

收到黄彩梅散文集《石头开花》的书稿，细细品读，还真的品出味道来了，几乎一口气读完了文集的所有作品。

黄彩梅的散文以短见长，以实为主，为情而动。她写作很认真，文质兼美，体现出了她对人、对物、对事的审美情趣和不懈的文学创作热情及追求。

她在写人时，非常珍惜笔墨，通过对主题的渲染、内容的精心构思和框架的潜心设计，从多角度、多方位、多思维去勾画人物的个性、品德。读来情真意切，把读者不由引入到那种和谐的氛围中，仿佛读者也融入了作家的写作激情中，在轻松愉快的气氛中和主人公交谈。如《杜鹃花开别样红》写的是我国现代著名诗人、剧作家、文艺理论家贺敬之老人，她从老人的神情、语言的交流入手，寥寥数笔就将名家的优美品德跃然纸上。在叙述中不仅凸显他的主要文学和艺术成就，而且知人论进，兼顾其文品人品的品评，使读者感受到了艺术美。在

《访国学大师文怀沙先生》一文中,用简短的"精神矍铄""步履稳健""目光炯炯""脸上溢出兴奋的光彩"等几个词、一句话,便写出了百岁老人的精神风貌和平易近人、和蔼可亲的优美品德。这是写人尤其写百岁老人必不可缺的艺术技巧和优美语言文字的运用。她说文老"时不时进行点评分析、打比方,且语出惊人!文老的声音既高亢,也抑扬顿挫,他手舞足蹈,不时抚摸下巴上长长的白胡子",这样的文字点缀,读来亲切感人,不由为老人的体质关切之余,对老人产生无限的景仰之情。

黄彩梅的散文写作题材和类型广泛,尤其以记人写事见长。在散文的抒情方面也有所探索,从不同角度捕捉素材,打破人们惯用的写作模式,努力写出新意来。如《江口纪事》一文写的是全国散文作家深入江口的一次文学采风活动。此次采风活动皆是她一手操办的。为什么选择在江口县举办此次活动?她借用明朝大儒王阳明曾发出的慨叹、现代著名诗人王心鉴的诗和现任贵州省委常委,贵州省副省长、党组副书记李再勇为梵净山写的一首歌词等,道出了梵净山风景优美迷人:有神秘的云瀑、禅雾、幻影、佛光四大天象奇观;有红云金顶、月镜山、万米睡佛、蘑菇石、万卷经书、九龙池、凤凰山等标志性景点。"梵净山风景优美迷人,能让人抛撒无数尘世烦恼。置身此山中,无论阴晴月缺,雨雪烈日,都是一种享受。"用这些奇观和景点回答自己提出的问题,也回答了所有参会作家想提问的问题。不仅如此,这里还有美轮美奂的云舍村落。通过简短的描写和叙述,说出了云舍的寓意,即"云中的房舍,仙人居住的地方"。用词用句言简意赅,涌动着不可遏止的激情,流露出作家的真情实感。

美不美,故乡水;亲不亲,故乡人。每个人都有出生和成长的家乡,家乡的那山那水,那条弯弯曲曲的小路,那缕袅袅的炊烟,那扇门,那烟雨,那沧桑,那乡音,那人情世故,那悲欢离合,那生离死别,都会萦绕在心头难以忘怀。羊有跪乳之恩,鸦有反哺之义,每一位离开家乡的游子时刻记着乡愁。《倾情为民步履勤——扶贫攻坚名誉村长郑传楼》一文中的名誉村主任郑传楼从小离开家乡,在省城工作后,每一次回乡,看到家乡"交通靠走,信息靠吼,喝水靠桶,煮饭靠柴,娱乐靠酒,天黑睡觉的穷困"日子,就会想起少小临别时,同龄小朋友拉着他的衣物哭着不让走,父老乡亲们帮忙背着他的行装,泪流满面地将他送出村外很远很远,唯有他年迈的奶奶不停地重复一句话:"乖孙啊!你到省城后要好好读书,长大了要给人民办事,给父老乡亲办事。"这份难分难舍的情谊和奶奶叮嘱的话语，成了他进取的动力。三十多年来，他为自强村的建设和发展倾注了大量的心血和汗水，和乡亲们一道把家乡改变成了喝水不用桶、煮饭不用柴、房子黑变白、车子能进村的小康村，同时，还遵循"绿水青山就是金山银山"的发展理念，走技术创新、资源节约、质量标准、安全环保的新路子，为家乡走持续发展之路奠定了基础，注入了活力。

　　故事感人至深，给人留下了深刻的印象。作家在选材时牢牢抓住"弘扬主旋律、传播正能量"这一主题，善于捕捉探寻那些积极向上、体现生活本质和时代主流的闪光点，不惜笔墨去挖掘典型事例，进行刻画塑造，奔涌着不可遏止的激情，与读者产生了共鸣，为脱贫攻坚树立了标杆。

　　黄彩梅热爱家乡，热爱生活，对家乡那片土地上勤劳智慧的父老乡亲和山川河流、地理风貌、自然生态、文化习俗充满了深厚真挚的感情，对幸福生活充满了强烈的追求和渴望。她在写作中善于以小见大、言近旨远的手法，反映出作家对纷繁生活敏感、清醒的感知力和辨析力，渗透着作家对生活的熟知和整体性的思考。她时刻惦记着家乡的富裕，惦记着家乡的知名度和美誉度。比如，当她见到普通、朴素的贺老时，心中突然想起了贺老为贵州遵义绥阳县人民政府题写的"中国诗乡"四个字，"以巨幅牌坊竖立在县城城门的必经道口，那是何等壮观和气派，从此'诗乡绥阳'更加扬名四方。"它所带来的经济效益和社会效益难以估量，于是，作家突发奇想，抓住这一难得的机会，怀揣着惶恐之心对贺老胆怯地说："贺老，我的家乡在贵州省毕节地区大方县，水绿山青天蓝，距省会城市贵阳155公里，有面积最大的原生杜鹃林，总面积达125.8平方公里，名叫百里杜鹃……我想请贺老为我的家乡写'花海大方'四个字！"（《杜鹃花开别样红》）没想到，贺老欣然应允。这是千金难求的啊！这里我们不仅为贺老的高风亮节和优美品德而赞叹，更为游子的乡愁而称赞。假如有一天，"花海大方"四个字矗立在"花海"最显眼的地方，将会带来多大的社会效益和经济效益，那是无法估量和不可否认的事实。

　　形散神不散，是散文写作的特点。散文贵在自由，它不受时间和空间、点和面的限制，亦如人们围炉品茗或围坐在一起闲聊一样，有话直说，徐徐道来，如此自由散漫直白的话语，却俗中见雅，雅中见情，情中得到愉悦。黄彩梅在写作中大量用对话的形式，去叙述，去烘托，在写作上追求很高的艺术境界，从而使每一篇散文有了更好的艺术感染力，读来耐人寻味，引人入胜。

黄彩梅的散文，文字浅显易懂，语言清新流畅，充满着诗情画意。叙事状物具有独到的视角和体悟。可以看出，她在谋篇布局、语言运用方面都很注重写法，狠下了一番构思和推敲。如《仰望家乡的杜鹃花》一文运用拟人的手法和丰富的想象，使杜鹃花既像人又像物，在山间唱歌，在山间舞动着优美的舞姿，灵动而快活地展现在游客的眼前。这篇散文内容虽短，但短小精悍，书写到位，文字洒脱优美，独出机杼，有情节，有动感，有力度，有气势，很容易让读者产生无限的遐思，彰显出了作家驾驭语言文字的功底和能力。

总之，我非常欣赏黄彩梅的写作风格。

【作者简介】陈有仓，青海西宁人。文学作品散见于《散文百家》《朔方》《华夏散文》《安徽文学》《青海湖》《群文天地》《雪莲》《文艺报》《青海日报》《语文报》等报刊。多篇散文被收录到《中国散文排行榜》《作文周刊》《新阅读》等全国公开出版的各种文集、选刊和省内外高考模拟试卷中，并多次获奖。

陈跃康 | 在"新女性写作"的边缘
——兼谈黄彩梅散文集《石头开花》

近年来,在文学界"新女性写作"成为一个热词,也成为一种新现象,引人注目。

2020年初春,正值新冠肺炎疫情肆虐的时候,《十月》杂志第2期隆重推出了"新女性写作"专辑,推出了13位女性作家的作品。无独有偶,2020年7月,《中国现代文学研究》丛刊在第7期(总第252期)上开辟了一个"新现象研究"专栏,对《十月》杂志第2期"新女性写作"专辑进行了深入解读与评论。更巧的是,由笔者主编的贵州地质文学期刊《杜鹃花》,在2020年的秋刊也推出了117地质队"女作者群"专辑,选载了9位女性地质队员的作品。

从北京首都文学中心,到贵州地质部门的边缘地带,几乎都同一时间段出现了有关女性群体写作的现象。如果说《十月》杂志的"新女性写作"专辑与《中国现代文学研究》丛刊的"新现象研究"专栏,是带有策划性质而有意为之的必然,那么,《杜鹃花》秋刊推出的117地质队"女作者群"专辑则是无意而为之的偶然。这种必然与偶然,在某一个维度上相逢,说明"女性写作"现象如今的出现,便具有某种内在的规定性。不过,这种文学边缘性的偶然,似乎还不止于此。

2020年春天,贵州省散文学会副会长兼秘书长黄彩梅女士交给我一部由她主编的书稿《高原的春天》,里面选了11位会员的散文作品,其中有7位是女性作者。我当时的直觉是:贵州省散文学会女会员比男会员写作更勤奋一些。因为2019年黄彩梅女士主编的《高原山花》一书,上面全是贵州女作家的作品。2020年底,黄彩梅女士又交给我一部书稿,是她的个人作品集《石头开花》,这一下就使我更加确信:"女性写作"在当下已不是偶然现象,而是一种"从中央到地方"的大趋势。当然,我不敢妄断,《杜鹃花》"女作者群"的作品与《高原山花》《高原的春天》《石头开花》三部书是否属于"新女性写作"的范畴,但作为"女性写作"或"新女性写作"的边缘应当是恰当的。

一般认为,"女性写作"是改革开放初期出现的一种文学现象与风潮,从20世纪80年代延绵到20世纪末,既有对外开放的强劲西风助力,也有1995年第四次世界妇女大会在北京召开的国际大背景。这一时期我国呈现出一道道"女性写作"的亮丽风景线：出版了"红罂粟丛书"，产生了所谓的"老三巫"（张洁、谌容、张抗抗）、"中三巫"（王安忆、铁凝、残雪）及"新三巫"（陈染、林白、海男）等"女性写作"的书籍作品与"女性写作"的代表性人物群体。

然而，盛极则衰，既是自然规律，似乎也是文学规律。

21世纪以来，"女性写作"便有些偃旗息鼓，不肆张扬了。

不过，在笔者看来，中国的"女性写作"历史，并非始于20世纪80年代的改革开放初期，而应追溯得更远一些——它启航于20世纪初反封建、反礼教的新文化运动与革命文学的兴起。陈衡哲、冰心、丁玲、萧红等，才是中国新文学"女性写作"的真正先驱，是她们开创了中国新文学"女性写作"的新纪元。因而，我国的"女性写作"史，几乎贯穿了整个20世纪。

在即将步入21世纪20年代的时候，也就是在五四运动100周年的历史节点上，知名"女性写作"研究者、评论家张莉教授历史性地提出了"新女性写作"的命题。

张莉教授认为："新女性写作"强调写作者的社会性别，它将女人和女性放置在社会关系中去观照和理解，而非抽离和提纯。真正的女性写作是丰富的、丰饶的，而非单一和单调的，它犹如四通八达的神经，既连接女人与男人，女人与女人，也连接人与现实、人与大自然。这是一种理想意义上的女性写作。

如果"新女性写作"强调的是作者的社会性别与文化性别，那么20世纪的"女性写作"，强调的则是作者的生理性别与心理性别。这样的女性写作文学批评判断，可以在某种意义上深化和增强作者创作与读者阅读时的自我认知与反思。

回到现实的作品来分析，黄彩梅女士的这部散文集《石头开花》，显然尚未进入张莉教授所说的"新女性写作"的境界和高地。

《石头开花》收入了黄彩梅女士近年来写作的72篇散文，分为"杜鹃花开""石头开花""核桃之恋""冬日暖阳""随思感悟"5个小辑，共29万字。

"应该说作为人的一种活动，写作是让人去体察自己的人生的一种思考，它还可以作为一种牵引，让人最终指向自己的生命。所以一个人能写多少、写得怎么样，其实并不要紧，只要愿意写，能够写下去，就是一件有希望的事情。"这是著名作家何士光老师在序言中对作者一段言简意赅、富有哲理与禅味的开示之语，意蕴深厚，十分难得。

贵州省文史馆馆长、贵州省文联原主席顾久先生则在他的序言里娓娓而谈："散文能让作者情思自由翱翔，更是感情淋漓尽致的体现。好的散文是美文，也是真情实感、方式灵活的记叙文学体裁之一;好的散文语言凝练如山、灵动若水;好的散文情愫、哲理与深情并存,诗情和画意交织。黄彩梅女士追寻当代杰出的散文家,称:鲁迅的散文精练深邃,茅盾的散文细腻深刻,郭沫若的散文气势磅礴,巴金的散文朴素优美,朱自清的散文清新隽永,冰心的散文委婉明丽,孙犁的散文质朴,刘白羽的散文奔放,还有杨朔的散文精巧……我就知道,她爱散文、读散文、写散文应该并非一日。因此,当她捧着自己创作的散文书稿《石头开花》来找我写序时,我并不感到意外。"顾老寥寥数语,就将作者黄彩梅女士的音容笑貌、品格性情勾勒出来,堪称活灵活现也。

笔者还拜读了《散文》月刊主编石英老师为《石头开花》所写的跋:《挚爱散文的可喜成果》。跋文对《石头开花》有四点中肯评价:昂然向上的生气与对人生积极因素热切追求的活力;涉猎历史文化,透射出较深的人文情怀和思考;在文史随笔方面的兴趣并能进行较深层的探索;在散文语言表达上的能力和特色,流畅而有温度,清爽中又富含韵味。石英主编目光如炬,很有见地,看得精准而恰当。

在何士光老师、顾久主席、石英主编序言、跋文的点拨和引领下,笔者通阅了《石头开花》全稿,在此,就全书印象谈谈自己的感受,与大家略作分享。

就写作素材来说,《石头开花》可谓丰富多彩:山水风光、人文地理、大江南北、都市乡村皆采撷于作者笔下,铭记于心,写作成篇,为读者摆上一桌芬芳四溢的散文盛宴。"杜鹃花开"小辑里的名家采访,"石头开花"小辑展现的山水写真,"核桃之恋"小辑记叙的乡村风情,"随思感悟"小辑的理性思辨等,都是这一桌散文盛宴中各具色、香、味的佳肴。

就写作手法来说,《石头开花》展现了作者在叙事散文、抒情散文及议论散文这三类主要散文文体全方位的写作把控能力。其叙事散文,写人写事,笔尖主要朝外,或流畅,或热情,或奔放。如《杜鹃花开别样红》一文中,向我国现代著名诗人贺敬之老先生讨要墨宝的细节;如《石头开花》一文中对"石头是否真能开花"刨根问底式的追问等。其抒情散文,写情写意,笔尖主要朝内,或婉约,或忧郁,或怀想。如《女人味》一文,几将女人写透,既有作者感性的体味,又有作者理性的辨识。这也许是作者写得最符合"新女性写作"的范式。其议论散文,收敛笑容,深锁蛾眉,深陷思考,冷峻而理性。如《散文写作之三关》一文,几乎就是作者自己写作的经验之谈与理论总结。

就写作语言来说,也许是《石头开花》一书最值得深思与提升的地方。笔者一直认为,散文是文章之根、文学之母。散文是一切文学样式的基础,从字、词、句,到段、节、章;从主、谓、宾,到定、状、补,这些最基本的语文要素，都服从于散文叙事、抒情、说理的需要。在文学体裁的表现上，将富有诗意张力的散文分行而押韵，大抵便是自由诗了；将一件事情的来龙去脉、一个人物的恩恩怨怨写清楚，并富有文学的色彩与激情，这就将散文变成了报告文学；用散文的叙事，虚构出生动的故事、塑造出有血有肉的人物形象，小说就成了；用散文把作者的观点说清楚，将一个科学道理讲明白，或者能自圆其说，这就是论文了。是的，一旦散文写好了，文学的一切皆有可能。

从文学审美来说，语言既是散文的血肉，也是散文的颜值。从《石头开花》一书总体的叙事、描写、刻画、感悟等各层面的语言表述来看，达到"女性写作"的欣赏要求尚可，离"新女性写作"的审美期待则还有一定的距离。

当然，"新女性写作"与"女性写作"区别不仅仅是在语言上，更需要女性意识、观念、思想、文化等内在要素在文学作品中的渗透与展现。笔者将这篇品读文章定名为《在"新女性写作"的边缘》，也正是基于这样的考虑。

不过，从"女性写作"到"新女性写作"，应当是以女性作为文学写作主体的一种整体演化，体现时代发展、社会进步、文学繁荣、女性觉醒的历史趋势。"女性写作"是一种文学现象的基本存在，不应当受到"新女性写作"的排斥与扬弃；"新女性写作"是"女性写作"的新高地与新境界，可作为"女性写作"的一种自觉追求。

绿野以为，如果说"新女性写作"是一种文学现象的新塔尖，"女性写作"则是这种文学现象的老塔基。

《石头开花》与《杜鹃花》的"女作者群"等，也许正游离在这"老塔基"之上，"新塔尖"之侧的"新女性写作"的边缘地带。

【作者简介】陈跃康，1958年8月生，四川营山人，毕业于长春地质学院。贵州省作家协会会员、中国自然资源作家协会全国委员、贵州省电影家协会副主席、贵州地质文联协会会长、《杜鹃花》主编。主编、出版《如此梦想》《同心追梦录》《拓荒人的新纪元》等文学作品多部。

成丹 | 看"石头"开花
——评黄彩梅《石头开花》散文集

和彩梅是邻居,工作地点在隔壁,是老朋友了。读她的文章类似"见字如面"。人长得眉清目秀,笑起来甜甜的,为人谦虚低调,你若无意惹着她,回嘴特别硬,但说话声音特别好听,你还没办法……除了上班,业余时间喜爱游走、摄影、写作。记得是2019年,她作为贵州省文学艺术界代表参加全省第八次文代会,发照片于朋友圈,才发现她原来是一位文艺女青年,吓我一跳。这藏得也太好了!

拿到她的《石头开花》散文集,封面就见贵州省文联主席欧阳黔森为她书名题的字,再打开书页,亮见何士光、顾久这些文化大咖为她写序,心里发怵;听她讲,这本文集已收到几十位作家的评论,真就不敢提笔了。读了一遍文集,想了想,另辟蹊径吧。写她的另一个面向,避开评论散文这块的海量笔墨,选一个点,写她的文艺观,写她的散文之见和哲性思考。看"石头"开花。

文集里有关黄彩梅的文艺观、散文创作之见和哲性思考布撒每篇文章当中。从文集里挑选突出的、最有代表性的作品是《在场介入的写作——以〈边际的红〉为例》和《〈名人传〉读后》,就拿这两篇为样本,把它还原、凸显出来。这对我来说,既是一种呈现,也是一次学习。

她在《采风散文创作谈》《略谈采风文章的情绪酝酿》里,把散文写作的要领、要件、技巧、特质等规律性的东西谈得很透,很全面,有许多自己的感悟和观点。比如,她在《采风散文创作谈》里写道,"何谓采风散文?我认为是包括游记散文、叙事散文、抒情散文等内在的一种散文文体……"其散文追求"兼具诗歌的深致情韵,又有散文的透辟理念的文字","诗情画意与议论理趣完美统一";在《略谈采风文章的情绪酝酿》一文里,她把佛家"境由心生"的言说运用于散文写作,解释"境由心生"在散文中的运用,将"境由心生"拓展到"心由境生""心境";《在场介入的写作——以〈边际的红〉为例》一文中提出"文学的本质是精神"等观点,能够为普遍的作家所认同。

要谈她的"采风散文"之见，需要从远处兜过来说，从"多彩贵州"谈起。

贵州是一个多民族大省，有54个少数民族，世居的少数民族就有17个，其多姿多彩、独立风貌的现象被贵州学界、文化界命名为"千岛文化"的"多彩贵州"。音乐设计、指挥、编曲张炳熊用"坛坛效应"来形容、描述"千岛文化"的成因。所谓"坛坛效应"，他的意思是，贵州多地、多民族文化各具特色是历史上因山高路远、交通阻隔，几百年没有与外界往来交融，其文化样貌如同尘封在一个坛子里，随时间长河漂流到今天，打开一看，呈现出各具鲜明特色的、独立的文化样式，千姿百态，风韵独具，是文艺创作、撰写"采风散文"的文化资源。

黄彩梅长期观察十多年来各地、各大型企业为发展旅游经济，在"文化搭台，经济唱戏"的理念下，经常邀请作家们走进夜郎采风写作，热情持续十多年不减，"旅游散文""采风散文"如雨后春笋。她以研究文体的视角，庖丁解牛，研究总结"采风散文"这一新文体，目光如炬，独具慧眼。

这是一个经济高速发展的时代，同时也是一个文化勃兴的时代。2008年，文坛上出现了"在场主义"散文。十多年来，在"脱贫攻坚"反贫困的背景下，"旅游散文""采风散文"破土繁茂。此时，"在场主义"创始人周闻道先生的《边际的红》一书闯入了她的视野，她撞见了"在场主义"并抓住不放，一气呵成了《在场介入的写作——以〈边际的红〉为例》。

从《在场介入的写作——以〈边际的红〉为例》一文看到，黄彩梅对周闻道《边际的红》一书情有独钟，非常认可"在场主义"的观点。"在场主义"那种"最直接、最新鲜的在场写作理念"深刻影响她的散文创作观。她认同周闻道"在场写作的介入强调作家的使命和责任，强调散文的身份地位和境界；提倡散文要扎入最深处的痛，要贴近灵魂，体贴底层，揭示真理，承担苦难。对现实的逃避，对在场的缺席，必然与本真的方向背道而驰，结果是走进精神的牢笼。介入的主体是作家，介入的重点是当下，介入的途径是语言"。并认为，"对现实生活的高强度介入和创作主体的全方位在场，是文学作者应该一直秉承并坚守的写作伦理。" 阅读了黄彩梅对"在场主义"散文的认知，你会感到她有很强的感受力、理解力，有很深的恻隐之心和优秀的写作道德品格。这是好作家的品质。

黄彩梅对"在场主义"作了深入研究和分析，她从中跳出来，站在一个更高的位置、一个普遍性的位置来观察，并认为，"所写内容大都是见惯不惊的日常生活，有些甚至不失琐碎……事实上，日常写作不仅是一种最直接的在场的写作方式，甚至可以说是一个写作规律……日常更接近于生活的本真……将蕴含于日常中的世间百态、社会众相、人性善恶、人情冷暖等抽取出来，窥探人类共同的生存价值，让人对日常产生超常的理解和感悟。应该说，这是一种更高的写作境界，也是一种更难、更具有挑战的介入历险……从人性中观照人和事，具有不可超越的深度和价值。正是从这个意义上说，文学是人学，人性是文学永恒的主题。一切成功的文学作品，无不是从独特角度，揭示了人性的真善美或假恶丑，从而唤醒人性的觉悟和社会良知的在场。"

看到黄彩梅"提倡散文要扎入最深处的痛，要贴近灵魂，体贴底层，揭示真相，承担苦难……是文学作者应该一直秉承并坚守的写作伦理。"这句话让我想到，似乎没有一本颂唱幸福生活的经典名著存在与传世。用什么办法来解释这个现象？假如把黄彩梅这个"写作伦理"看成论文的论点，看成文学的本质，那么，中外海量的经典名著都成了黄彩梅观点的论据。说几个例子吧。

佛家说，人生的本质是苦。佛陀放弃王子不做，断然离开王宫走入民间，体验底层疾苦，菩提树下参悟"往生西方极乐世界"成佛的"离苦得乐"之道，弟子记录佛经无数……无神论者说不可信，那就说两个可信的例子。一个是托尔斯泰，他离开贵族家庭到民间体察苦难，创作出三部文学巨著；另一个是贵族恩格斯，资助贫困的马克思并参与研究资本压榨现象，促成马克思写出巨著《资本论》，为无产阶级革命奠定合法性和理论，掘贵族资产阶级的坟墓等等例子都证明黄彩梅的"写作伦理"观点的成立。

"在场主义"散文是一个新的事物。对一个新事物，我的态度是：当你对它不懂的时候，你要全盘接受它；当你懂的时候，你再去怀疑它，怀疑它的真理性。经过一段理性过滤，去伪存真，你就真正掌握了这个事物。吸收了营养，在文学上又掌握了一种新的创作手法。黄彩梅是这样做的。

看到"在场主义"的主张，想起了印象派绘画。印象派绘画就是"在场主义"。它是户外的、现场的绘画。不论是浪漫的印象派代表马奈、莫奈，还是点彩的新印象派代表修拉、毕沙罗等等，都是现场的、短时间的绘画，强调抓住瞬间光线的景象，追求放松的笔触快感，草草几笔就收场。相对于古典主义，比如威尼斯画派的达·芬奇、拉斐尔，他们是室内的、长时间的、精细的描绘。19世纪印象派绘画之所以成为一个流派，重要原因是抛弃了沙龙绘画、学院派的透视法和结构主义,创立了以光源色和环境色为核心的近现代写生色彩学。

"在场主义"散文的理论主张是,面向事物本身,强调经验的直接性、无遮蔽性和敞开性。通过写作主体的"在场"介入,去除遮蔽,揭示和展现事物的真实。介入,就是去伪存真,摒弃谎言和脱离实际的主观臆想。文笔直接进入事物内部,与事物本真的原态接触,用诚实的语言描写事物。从美学意义上讲,如王夫之所言,"情景名为二,而实不可离。""离"就会假,"离"就容易丑。"在场主义"追求真实美,是它存在的依据,是立论的基石。

不论是什么文体的写作,应当有理论思想做底,不然就会流俗,流于肤浅。她在这篇文章里写道:"18世纪法国启蒙主义思想家伏尔泰、狄德罗等人,往往将对社会的批判和启蒙融入深刻的哲理作品中。有时也许思想深刻的作品并不一定伟大,但杰出的作品必然包含着深刻的思想,真正伟大的作品,应该是艺术和思想的完美结合……精神的介入,在文学的介入中,具有最高层次。没有哲学的内涵,文学就游离于生活的表面……而在哲学的范畴内生命的秘密、人的内心世界、精神的指向与归宿,都是被不停探索的命题……判断人值不值得活,等于回答哲学的最根本问题。"

我非常赞同黄彩梅的这些观点。没有哲学素养的作家是说不出文学语句的哲学话的。她有理论素养,有哲学底子,她是用欧洲启蒙思想、人文主义的眼光看待写作对象、描写写作对象的。哲学的主张,为认识事物提供认识论的工具,为文学创作提供价值资源。有哲学底蕴的文字具有穿透力、揭示力,是文学作品具备可读性、存世性的充分必要条件之一。我遗憾地看到,许多散文没有这种品质……在写这篇评论的时候,同时也在阅读秦连渝的散文集《前行与回望》,字里行间没有哲学话,但语言朴素,暗流涌动,我想,这应该是高段位作家的能力,是理性支撑他老道的笔法。黄彩梅具备这样的潜质,应更胜一筹。

在《〈名人传〉读后》一文里,我们能够看到黄彩梅的精神诉求。她写道,"罗曼·罗兰认为,英雄的伟大不在于他的体魄,而在于他的心灵和品格,唯有真实的苦难,才能使人不抱幻想,直面人生;唯有与苦难的搏斗,才能使人经受住残酷的命运。对于今天的人们来说,《名人传》又能给我们什么呢?在一个物质生活极度丰富,而精神生活相对贫乏的时代,在一个人们躲避崇高、忌讳崇高,甚至是藐视崇高和伤害崇高而自甘平庸的社会里,《名人传》给予我们的也许更多的是尴尬,因为这些巨人的生涯就像一面明镜,使我们的卑劣与渺小纤毫毕现，我们宁愿去赞美他们的作品，而不愿意去感受他们的人格的伟大。"

这一段不仅是写她自己的精神诉求，也是她对社会的一些乱象的批判。有批判性的文章是好文章，是作家社会责任的担当与良知的在场。是作家对美德生活的召唤。

她在《名人传》中看到，19世纪中叶，托尔斯泰对俄国城市、乡村的贫民凄惨生活处境感到震惊，为贫民的贫困与愚昧而痛苦，为自己优越的贵族生活而羞愧。托尔斯泰的作品反映出他在东正教与现实世界里寻找一条解决贫困苦难与愚昧的途径。事实上，黄彩梅是把托尔斯泰的精神世界作为自己的一个参照，以提升自己的精神品格，运用于写作当中。而没有去通过托尔斯泰的写作技巧、创作手法的学习与比较，来提高自己的写作水平。是的，今次写作，不是需要解决知识的贫困，而是需要解决品性的贫困。

以上，看"石头"开花如是说，是为评论。

【作者简介】成丹，笔名罗宾汉。贵州省写作学会会员、贵州省散文学会会员。贵州省市场监管局（贵州省知识产权局）退休人员。

邓泽斌 | 花由心生
——读黄彩梅女士散文集《石头开花》

　　近日收到贵州省青年文学研究会会长、贵州省散文学会原副会长兼秘书长、贵州省科技摄影协会副秘书长、《青萃》杂志主编黄彩梅老师寄来的刊登有拙作《昙花梦》的贵州省青年文学研究会主办的《青萃》的创刊号，同时还收到了黄老师的散文集《石头开花》，欣喜不已。黄老师在微信中说希望我能够为她的作品写一点看法，我又有些惶恐了。当时我就回复道："不敢班门弄斧！尽力吧，试试看哈。"

　　既然说了"试试"，那就试试吧。好在有大师何士光老师的《〈石头开花〉序一》和顾久老师的《〈石头开花〉序二》，还有石英大师为《石头开花》作的《跋：挚爱散文的可喜成果》和乔德春大师的《黔西北山水人文风光的秀美画卷》。大师们已经点评赏析得很细微精到了。梯子已经架入云端，我是不敢上去了，只能站在地上谈一点自己的读后感吧。面对一本268页的散文集，难免是蜻蜓点水、瞎子摸象，挂一漏万了。读者的学历、阅历、身份等综合素质不同，看待作品的角度不同，从中的领悟感、获得感就不同。"横看成岭侧成峰，远近高低各不同"啊。

　　手捧大作，乍看题目《石头开花》，三思不得其解。自以为是"哑巴说话""枯木发芽"一类题材，或者是描写山村脱贫致富、企业起死回生的故事。但经过细读之后才惊喜地发现，该书题材广泛，没有界限，凡目击耳闻，足碰身触，都可为文。既有都市的牡丹，也有山间的苔花，既有春天的百花，更有冬季的梅花，都是从作者心底里迸发出来的朵朵心花。杂而不乱，独具慧眼，呕心沥血，字字珠玑。正所谓"世事洞明皆学问，人情练达即文章"是也。花由心生，景由心生，万物都由心生。作家看到的不再是独立的简单的石头和蝴蝶，而是展开了想象的翅膀，把它们融为一体，升华成了石头开花，蝴蝶成了石头开出的花朵。犹如蜜蜂与花朵的结合而酿出的是蜜一样，也不再是独立的蜜蜂和花儿，它们都有了质的飞跃。作家在《略谈采风文章的情绪酝酿》中也写道："境由心生，表示心情好坏影响人们看景物的美丑，强调心态的重要性。心由景生，心情的好坏，是由环境的变化而产生的。"正所谓"世本无相，一念花开，一念花落""一花一世界，一叶一菩提"。作家因为始终怀揣着"好心情"，来书写"花开花落"的人生，来领悟一花一叶的世界，也就才有了《石头开花》的美文。

本书收集的每一篇文章都是作家用心血浇灌出来的花朵，五彩斑斓，春色满园。作家在《桐梓花园》中说"我自爱花，恋花，也许我的名字也是花吧"。作为一名喜好文字搬砖的我，手捧黄老师二十九万字的《石头开花》浮想联翩：二十九万字犹如二十九万块砖。联想到一个建筑工人要把二十九万块砖头一块一块地砌成一座大厦，需要付出多少的心血和汗水啊。没有坚持，没有信念，没有付出是万万不能的啊！二十九万个字，每一个字就是一朵小花，七十二篇文章，每一篇文章就是一个花园。每一朵花，每一个花园都是作家用汗水与心血培育和浇灌出来的心灵之花。

作家在《水之魂》中写道："每到一个地方，我都习惯性地寻找水的源头，然后跟随水之流淌行走一段路程，听水之声，看水之舞，品水之德性。"这使我想起了南宋朱熹的诗"半亩方塘一鉴开，天光云影共徘徊。问渠那得清如许？为有源头活水来。"一个作家在创作的路上能够不断推出好的作品，就得不断地学习，不断地更新思想、观念、知识，活到老、学到老，这样才能有源源不断的活水，跟随时代的脚步，永远向前，才不会留下"江郎才尽"的遗憾。《石头开花》一书中还有多篇与水有关的文章，就不一一列举了。《红楼梦》中说"女人是水做的"，所以女人对水有着千丝万缕的情愫，具有天然的"水性"。"不积跬步，无以至千里；不积小流，无以成江海"。作家就是在把无数的涓涓细流，汇聚成知识的海洋，书的海洋，源远流长，永不枯竭。

近朱者赤，近墨者黑。苏东坡与佛印趣闻中关于心如荷花看别人看万物都是荷花；心如狗屎，看什么都是狗屎的故事告诉我们：读书、做事、人际交往都是很重要的事情。人际交往中要心如荷花，六根清净，虚心好问，真诚待人。无论是作者亲自专访现代著名诗人、剧作家、文艺理论家贺敬之老师，著名国学大师、红学家、书画家、金石家、中医学家、吟咏大师、新中国楚辞研究第一人文怀沙先生，贵州省著名作家、电视剧《奢香夫人》编剧欧阳黔森，还是"爱屋及乌"般在阅读中认识的"一根筋的陈长吟"作家，"在阅读中认识的白衣天使"张有楷医生，《杜鹃花》创始人袁浪……作家都是带着虔诚、崇拜、讨教的心态而去，带着满满的收获而归，并且用文字和图像记载下这些美好的经历而留下永久的记忆。

作家是地质工作者，对大地更有种特殊的情感，才能把每一滴水、每一粒沙子、每一块石头都赋予了生命，赋予了活力，赋予了价值。作家还是一位摄影爱好者，同时用文字和图像记录人间百态，记录名山大川，记录所见所闻，向人们全景式地展现所见所闻所想。作者是女性，能以母性之爱，爱人，爱山，爱万物，将细腻的观察、柔美的语言付诸笔端，墨香四溢。

《徐霞客游记》经典名句是"五岳归来不看山，黄山归来不看岳"。折而入山，沿溪渐上，雪且没趾。在《石头开花》中，作者将走过的名山大川，尤其是贵州的山山水水，写景记事，悉从真实中来，具有浓厚的生活实感；写景状物，力求精细，常运用动态描写或拟人手法，将游记写得细致入微；词汇丰富，敏于创制，绝不因袭套语，落入窠臼，通过丰富的描绘手段，使游记表现出很高的艺术性，具有恒久的审美价值。此外，在记游的同时，还常常记述当地的居民生活、风土人情、少数民族的习俗服饰等等。不但具有较强的可读性、文学性，还具有一定历史学、民族学价值。

637年，徐霞客游历贵州，途经黄果树瀑布时，曾对黄果树瀑布作出了这样的描述："透陇隙南顾，则路左一溪悬捣，万练习飞空，溪上石如莲叶下覆，中剜三门，水由叶上浸顶而下，如鲛绡万幅，横罩门外，直下者不可以丈数计，捣珠崩玉，飞沫反涌，如烟雾腾空，势甚雄历；所谓'珠帘钩不卷，匹练挂遥峰'，俱不足以拟其状也。盖余所见瀑布，高峻数倍者有之，而从无此阔大者，但从其上侧身下瞰，不免神悚。"从那时起，黄果树瀑布就渐渐被人们认为是全国第一瀑布。

《石头开花》中的《水之魂》是作家游黄果树瀑布的一篇游记，但是作家不落俗套，另辟捷径，站在瀑布的对面来观察，来联想，来感悟人生："人的一生就像流水，在前行的路上要怀揣理想，坚定信念，认准目标，哪怕一路被乱石撞得头破血流，遍体鳞伤，也要孜孜以求，勇往直前。"

我在21世纪初的一个五一节跟随旅游团去黄果树瀑布，哪里是旅游啊，我是被长蛇阵拥挤的队伍后面的人群挤推着走过去的。老伴差一点晕倒了，好在有女儿女婿和乖孙前后左右保护，才草率地结束了行程，真是拿钱买罪受。现在脑海里的黄果树瀑布还是从电视屏幕里获得的。跟团旅游是写不出游记的，完全是了结"到此一游"的心愿而已。必须要静得下心,事必躬亲,脚踏实地,慢慢品味,就像我 20 世纪 60 年代爬峨眉山一样,从报国寺到金顶,上下来回都是靠双脚,才会有真切的感受。靠坐车、索道、缆车旅游,也是写不出游记的。苏轼在《赤壁赋》中说"惟江上之清风,与山间之明月,耳得之而为声,目遇之而成色,取之无禁,用之不竭。"苏轼的这份情怀,正是今人所欠缺的,也是最为珍贵的。作家在《石头开花》这本书中把人文的、历史的、自然的"清风""明月"淋漓尽致地展示给了读者。

需要特别提及的是,我和黄老师都爱昙花,都为昙花写过文章。但是黄老师的《石头开花》中的《昙花夜放》,能以女性的细腻观察昙花开放的全过程:"静看它略带粉红色的丝状花萼慢慢伸展,静看它外层的白色花瓣渐渐张开,直待内层皎洁的花瓣绽放后露出黄白相间的花蕊。"真的是全身心地一分一秒地观察欣赏着眼前的昙花,心中的昙花。文尾的《咏昙花》:"无论几时谢,枝头当自强。晚来花不语,月下吐清香。"更是画龙点睛之笔,大有"待到山花烂漫时,她在丛中笑"的遗风。

看到作家在《石头开花》第五辑中有《中国酒都的春梅——为李春梅的作品〈禅悟山水〉写序》和《我的 2020 年春节假期——为石竹先生〈聆听山林〉写序》,我更加汗颜。心想,你都是能为别人的作品写序作跋的大家,我有什么资格来对你的书说长道短呢?我真的不敢冒昧地对《石头开花》妄作评论了。就此打住吧,有所得罪,还望黄老师见谅!

【作者简介】邓泽斌,笔名卧坡凡夫,眉山人。业余时间喜欢读书、写字、种地、养花,偶尔动笔,无论文体。拙作散见于《半月谈》《健康报》《工人日报》《秘书》《厂长与秘书》《军工报》《晚霞报》《眉山日报》《在场》和今日头条等,还参与过几次各级机构的征文并获奖。

散文的醇香
——读黄彩梅散文集《石头开花》

丁建元

与黄彩梅认识，是在山东两次散文采风会上，先是"中国（日照）散文季"，后是东营黄河口全国散文大会。黄彩梅作为中国散文学会会员、贵州省散文学会副会长兼秘书长参加。

其时正值十月，黄河口平野辽阔，作家们一路到大河入海的地方，路两边的芒草和芦荻，银白的穗子被阳光照得透明闪亮，随着飕飕的秋风起伏。黄彩梅很活跃，拿着手机到处拍，发照片，发视频，脸上总是喜滋滋的。我想，这是一个爱生活而且活泼的人，是一个聪明勤奋有才能的人。后来我知道，黄彩梅学的是测绘，又因为酷爱摄影艺术，自费研读，而且还写得一手好散文。我向来对跨专业的人士刮目相看，一个工科出身的人跻身文学与艺术，且在贵州省颇有名气，真是不简单。

黄彩梅把她即将出版的散文集《石头开花》发给我，内容大多数写的是贵州。贵州我只去过一次，是到贵阳市参加"第二十四届全国图书交易博览会"，其间无暇到处看看，散会即返回，但是坐车出城，还是看到了沿途景象，就是高原多山。黄彩梅以"石头开花"为书名，是非常贴切的，至于石头怎么开花，那要读里面的文字。

读黄彩梅的散文，因为我对贵州不熟悉，就更有新鲜感。这些散文，篇幅都不长，读起来轻松，就像是聆听着山歌，优美朴素，意境清新。

黄彩梅的散文集分为五个部分，开篇就是对作家、文化名家的印象记，如贺敬之、文怀沙、陈长吟、欧阳黔森等，还有对本省模范人物的记叙。写人物不容易，写印象更不容易，印象不是浮光掠影，而是以有限的笔墨把人物勾勒出来，就像画家的速写，寥寥数笔，人物鲜活于纸上。怎样做到鲜活，那就是抓特征，捉细节，出性格。我觉得黄彩梅目光敏锐，对人物把握准确。而《一根筋的陈长吟》写得最成功，"一根筋"也的确概括出了陈长吟的个性，以及他的处世态度和对文学的执着。

贵州是个美丽的地方，它有独特的地貌和气候，是多民族的居住地。它有独特的地域文化、传统文化，独特的自然风光和民族风情，还有红色文化，是名副其实的文化大省、旅游大省，也为作家创作提供了极其丰富的资源。

我个人觉得，相对其他文学体裁，在散文中，描写是很重要的，它反映出作家对客观事物敏锐细致的观察力和领悟力，把有形之物甚至无形之物以准确形象的语言显现于读者面前。描写会使得文章缜密、饱满和灵动，而散文的文学品质，首先在描写中显示出来。许多散文松垮、粗疏，往往只见叙述而缺乏描写。黄彩梅的作品，很注重这一点，许多段落质地密实，读起来鲜活，就是擅长此道。如她对水的描写：

> 水刚从大山里溢出时，像刚学走路的孩子，蹒跚地向前挪动，遇到悬崖峭壁时跌跌撞撞地滚落下来，摔得几乎是粉身碎骨后没精打采地向下走去。而后，汇聚千泉百溪之水，牵手继续向前，累了，就在乱石围堵的水坑里小憩，之后继续前行，便汇聚成了平坦而宽阔的水潭。潭越大，水越静，蓝色的潭如明镜，照得见围潭而观的人、围潭而立的花草和起伏的大山、郁郁葱葱的树木；照得见潭边吃水吃草的牛羊、马及各种野生动物，这时，潭就成了一幅动静有趣的动画了。水离开潭的时候，仿佛已经长大，走路的步子更快了。水越走越快，越走水面越宽，遇到河中的鹅卵石，会发出接连不断的哗哗的声响。即便遇到河中的卧牛石，也会勇猛地向前撞去，喷珠溅玉，即刻会变成雪白透亮的水花花。
>
> ——《水之魂》

贵州居住着许多少数民族，各个民族都有自己的风俗习惯和生活方式，从居住、饮食到服饰，它独特甚至奇特，在背后有着岁月的血脉和沧桑风雨，作为生长在这块土地上的黄彩梅，当然熟悉这一切，所以，当她用笔时，便有着自己别致的意味。与一般作者不同的是，她能把叙述、描绘，把眼前所见和心中所感，把主观和客观融合在一起，就像酿造的米酒，甜蜜、黏稠、清冽但又充满温暖的醇香。

置身此山中，无论阴晴月缺，雨雪烈日，都是一种享受。这里还有美轮美奂的云舍村落，云舍，山青如黛，水秀似锦。太平河飘飘然从梵净山奔流下来，带着潮潮雾气和如霞云烟，还有山中悠悠扬扬的梵音，那缥缈的感觉好似仙人悠游在青山绿水的画屏之中。据说，这原本是神仙居住的地方，神仙选中的地方那绝对是好山好水好风光。土家杨姓祖先傍神仙之地而栖居，因居住之地狭小，神仙感其此人勤劳、朴实，慷慨地将这一大片美丽富饶的土地馈赠给他们居住，而退隐至山中的"神仙洞"。于是，土家人世世代代在这里繁衍、生存下来。为了不忘仙人的恩赐，村寨就取名"云舍"。

——《江口纪事》

第一洞天叫"龙口天"又叫"月宫天"，是一个宽敞的大穿洞。洞口如一条巨龙张开的大嘴，地下瀑布如巨龙吞云吐雾。在洞口的梯田式瀑布右上方是典型的丹霞地貌特征，左下方有宛如镜面一样的平台，像没有一丝涟漪的湖水，宁静澄明，一缕暖暖的阳光穿过薄雾斜射下来，犹如站在阳光编织的光环里，闭上眼睛，用心感受着阳光的温暖，流浪的灵魂在回归，浮躁的灵魂在平静，心静如水。进入洞口，有一道十余米宽的飞瀑从左洞壁的半腰凌空飞下，在宽敞高大的洞口顶部，有一个很大的圆形凹壁，就像高高挂在天上的月亮。白色钟乳石镶嵌在青灰色的洞顶上，如繁星点点，皓月当空。洞内有一座非常神奇的钟乳石酷似张果老倒骑毛驴，传说张果老和其他神仙常来这里聚会，喝醉酒之后就倒骑在毛驴身上，慢悠悠地回天庭去；有神似情侣亲吻的"万年之吻"钟乳石，据说当地有的青年男女为了能使他们的爱情天长地久……

——《石头开花》

文如其人，和黄彩梅副会长接触时间不长，但感觉她是一个灵透的人，真诚，朴素。而散文就是一种真诚的艺术，你可以写得浅，可以写得不那么成熟，但是你绝对做不得假，即便是大散文洋洋洒洒几万字，但是哪些地方是假，行家一眼就能看出来。因为散文是作家灵魂的外在显现，是真情实感的自然流淌，你矫揉造作，你装腔作势，读者就会不舒服，不舒服就是反感。所以，散文的自然还在于诚实。黄彩梅的散文，首先做到了真诚、自然。

散文应该怎么写，这是一个永久谈论也永远新鲜的话题，我觉得散文就是一种怎么写都可以的文体,因为散文姓"散"。散就是散淡,是散漫,甚至是散乱,这个"散"里面包含着一个很坚硬的核儿,那就是作者的自由状态。大散文也可,小散文也行,萝卜青菜,各有所爱。但是,散文既然是一种文学体裁,又必须讲求文学性,那还是要有技巧,有章法,是无法之法。黄彩梅的《石头开花》,是她近些年创作的重要收获,相信她会在未来创作出更多的优秀作品!

【作者简介】丁建元,山东省散文学会会长。

一部充满灵性与情怀的散文集
——读黄彩梅的《石头开花》

丁玉辉

  《石头开花》，不是传奇小说，而是黄彩梅女士倾情创作的一部有温度、有高度、有文采的散文集。在这部散文集里，不仅展示了她广阔的生活阅历和对人生的思考，也表现了她的审美情趣和对文学的执着。

  故乡是文学之母。作家的作品，总是烙印着故乡的影子。读鲁迅的书，就记住了绍兴；读莫言的书，就记住了高密；读肖洛霍夫的书，就记住了顿河草原的克鲁齐林村。我读《石头开花》，就记住了大方。

  大方，是黄彩梅女士的故乡，是一座有着悠久历史的文化名城。这里，山清水秀，人杰地灵。不仅孕育了明代彝族女政治家奢香夫人，还有世界最大的天然花园——百里杜鹃，这是一个美得让人不愿离去的地方。在这样优美的环境中成长的她，心里自然溢满了爱和诗。在散文集第一篇《杜鹃花开别样红》里，她生动讲述了上北京拜访贺敬之先生，请他为家乡题写"花海大方"四个字的经历，由此可见，她对故乡爱得是多么地深沉。在《仰望家乡的杜鹃花》里，有一段优美的文字："山的那边，满目温婉又娇艳的杜鹃花海渐渐接入天际。看那满山遍野山丹丹花开红艳艳的场景，好像一团燃烧的火焰。"她用清新灵动的笔触，不仅写出了家乡的美，也描绘出了多彩贵州的自然风光。

  《石头开花》散文集，不仅寄托着作家浓浓的乡愁，也散发出浓郁的生活气息。如《过年》一文，不仅讲述了在尧舜时代就有了"过年"这一传统节日和扫尘等习俗，还描绘了许多有趣的生活场景，生动反映出了时代的变迁和进步。"小时候，过年的节奏和心情已格式化。那时我们家的生活很困难，但却非常地有滋味，有快乐感。"读着这些温馨的文字，无不唤起人们许多美好的回忆，让人好怀念已失去、不可复制的过往，更懂得知足和珍惜今天的好时光。

  在这部散文集里，我们不仅从《认识欧阳黔森》《一根筋的陈长吟》《我的老师》等文中，看见了文学艺术家们的风采和勤奋，也从《倾情为民步履勤——扶贫攻坚名誉村长郑传楼》《在阅读中认识的白衣天使》《就恋这把热士——〈文朝荣〉观后》《灵魂深处的美丽》等作品中，看到了平凡人的高尚情操和奉献精神，让人无不感动。

　　文如其人。从《石头开花》散文集中就可看出，黄彩梅女士是一个勤奋、有品位、追求内心精致的女人。她把大量的时间都用在了阅读和写作上，从传统文化和古今中外的名著中汲取知识和力量。所以，她的作品无论是写景抒情，还是叙事说理，都很有情韵和深度，读起来生动有味，如《水之魂》《核桃之恋》《〈名人传〉读后》《人格与风骨的追求——电视剧〈平凡的世界〉观后感》等。有的作品震撼人心，如在《2013年不同寻常的国庆长假——走访滇缅界内的贵州籍中国远征军日记》里，有一段对松山战役遗址的叙述："与敌人展开近战肉搏，并最终守住阵地。过后清理战场时，敌我双方缠打死在一起的士兵就有62对，阵地上被咬掉的耳朵、被抠出的眼珠和被扯出的肠子随处可见，场面十分骇人。"这惨烈的场景，犹如刀刻，令人挥之不去，无不对为国家和民族流血和牺牲的远征军将士，生起崇敬之情和缅怀之心。

　　黄彩梅女士的散文集，不是忽悠人的心灵鸡汤，也不是对生活干巴的速写，而是一部接地气、有骨有魂、昂扬着时代主旋律的好作品。在《相约春暖花开》里，我们从逆行抗疫的白衣天使们身上，看见了团结勇敢、坚韧不屈的民族精神。在《有一种青春叫芳华——庆祝中华人民共和国成立70周年阅兵观后感》里，我们从那荡气回肠、振奋人心的画面，感受到了祖国的强大和身为中国人的骄傲；在《花茂村的拼命三郎》《花茂村的农家小院》《幸福的笑容》等作品中，我们不仅看到了脱贫攻坚的伟大成果和花茂人的精神面貌，还看见了乡民脸上幸福的笑容和习近平总书记走进农家的身影。"群众拥护不拥护是我们检验工作很重要的出发点。党中央制定的这些政策措施，看乡亲们是哭还是笑，要是笑就说明还是好，要是哭，我们就要注意，需要改正的就要改正，需要完善的就要完善。"这朴实的言语，不仅生动表现出了习近平总书记和蔼可亲的形象，也展示了他心系人民的伟大情怀。有这样一位视人民为江山的总书记领航，更坚定我们实现民族复兴的伟大理想和信念！

　　《石头开花》散文集里，不仅有大场景的描写，也有小情怀的抒发，但不是花前月下病态的咏叹和矫情的呻吟。她用女人柔美的笔触，表达的是一种没有胭脂的纯情、浪漫、健康、积极向上的对美的追求，作品透出的是一种充满魅力的高雅情调。如《红颜知己》《女人味》《心灵的短章》《永恒的爱情存于心——电影〈廊桥遗梦〉观后感》等。这些作品，散发出浓郁的女人味。字里行间，不仅透出作者开朗率真的性格，也透出了她睿智善良的特质。可以说，黄彩梅女士的散文，没有一篇是浮光掠影的苍白抒怀，而是用心用情、善于从细微处挖掘出亮点。如《昙花夜放》一文，不仅写出了昙花旺盛的生命力，也写出了"昙花一现可倾城"的美；作者由此联想到那些为国家和人民利益献出年轻生命的英雄们，一下就赋予了昙花的象征意义。那圣洁的美，便深深映在了我们的脑海里，令人回味无穷。

《石头开花》散文集，有不少游记写得非常优美耐读，给人印象深刻和美的享受。书中有典故和诗词，也有历史和山水，能把人带向诗和远方。如《漫笔神龙潭》《茶尖上舞动的旋律》《奇趣的罗甸大小井》《走进合川》《三星堆游记》等。从这些作品里，不仅可看出作者的生活轨迹，也可看出她的志趣和文学底蕴。

黄彩梅女士的散文，不全是写景抒情和赞美，也有对死亡深沉的叩问。在《人生坦荡》一文里，她没有如卡夫卡那样，淡然地把死亡看成是解脱苦难的"艺术"；也没有像托尔斯泰那样，忧郁地把死亡看成是人生归宿的"虚空"；而是赞成司马迁的"泰山和鸿毛"论以及诗人臧克家所歌颂的那种"有的人死了，他还活着"，如周总理和邓小平，他们永远活在亿万人民的心中。"人啊，不管多大年纪最终还要回归自然的，那是每个人最后的归宿地。可是要怎样留下青史在人间，就得一生只为众人事。"从这段率真的感言中，不仅表达了她对生死的积极心态，也可看出她那佛心禅意的坦荡胸怀。

作品是一个作家的灵魂。因为它反映出了一个作家的所思所想以及对艺术的追求。在散文集里，《石头开花》这篇作品，最能代表黄彩梅女士的艺术风格。其语言，清新自然、生动形象；其结构，精巧有致、不枝不蔓。叙事简洁流畅，有声有色，颇具画面感。如"我的家乡经过多年的植树造林，荒山改造，让大山披上了绿装，现在到处是山清水秀、鸟语花香，就连九洞天'石头开花'的景观也出现了……"无论是写景，抑或是抒情，都细腻温婉，联想丰富，真情饱满，灵动传神。其表现手法也多样，自然景观与爱情故事相交织，历史文化与民俗文化相辉映，时光交错，色彩斑斓，可谓是摇曳多姿，回味悠长，并具有浓郁的民族特色。不仅给我们解开了"石头开花"的谜，也写出了九洞天的神奇，给人以很强的视觉和听觉冲击力，令人如身临其境，描绘出了家乡的生态美和自然美，也印证了"绿水青山就是金山银山"这一发展理念。

黄彩梅女士在单位是一名高级工程师,她兴趣广泛,爱好摄影和文学,是一位有情怀、有品位的女作家。她的创作实践和收获,证明了老作家何士光在《石头开花》散文集序言中的一段话:"一个人能写多少、写得怎么样,其实并不要紧,只要愿意写,能够写下去,就是一件有希望的事情。"文学是她心灵的栖息地。她在这块园地里辛勤耕耘,用专家的严谨,对素材认真取舍;用摄影师独特的视角,撷取生活中的美;用作家的责任和女人的细腻,写出了一篇篇感人的、有情韵、有温度、散发着时代气息的好作品。她的散文集不仅受到许多读者的喜爱,好评如潮,也得到了许多名家的赞扬和肯定。曾任贵州省文联主席的顾久教授称赞道:"一幅活灵活现时代特征和区域特色的锦缎画卷,阅读之可享美与宁静,受益多多。"著名作家石英老师肯定道:"黄彩梅的散文,创作阅历虽还不深但开局不错,势头颇健,令人欣喜。"就连现任贵州省文联主席欧阳黔森也为该书封面题名。

总之,《石头开花》是一部内容丰富、具有文学艺术价值、充满灵性与情怀的散文集。只要静心品读,不仅能靠近作者丰盈的心灵,还能欣赏到书中的风景。

【作者简介】丁玉辉,河南人,生于重庆,当过知青,毕业于贵州师范大学。系中国散文学会会员、中国电力作家协会会员、贵州省作家协会会员。

杜国景 | 石头缘何能开花

读黄彩梅女士的散文,能够感受到作者情感的奔放、热烈和真挚,我想在生活中,作者应该也是这样一个人,文如其人是有来由的。《石头开花》这本集子,是作者在多年工作和游历中的所闻、所见和所感,热情的文字中既有历史情结,亦有现实的关怀。作者或写人记事,或以物咏怀,视野都较为开阔,且文风朴实,平易畅达。尤其那些写人物、记故乡、叙友情、诉亲情的文字,能给人留下较深的印象。黄彩梅散文的一大特点是聚焦于当前的现实生活,是对21世纪以来现实的发展倾注了自己热切的关注,并热情地讴歌,这样的散文,自然就比那种个人化的浅斟低唱要合时宜许多。《人间词话》有言:"谁能思不歌?谁能饥不食?诗词者,物之不得其平而鸣者也。故欢愉之辞难工,愁苦之言易巧。"这话用到散文上,道理其实也是一样的,所以王国维才有"散文易学而难工"这一说。黄彩梅女士的散文,似乎就专以"难工"之"欢愉之辞"为主,绝没有"为赋新词强说愁"的做作。难得的是这里的"欢愉之辞"并非指向个人,而是都关乎那些能够给我们带来感动的、值得我们尊重的人物和事件。这些年贵州的变化可谓翻天覆地,随着脱贫攻坚和乡村振兴战略的实施,先进人物、先进事例层出不穷。而这些,正是黄彩梅散文的一个个聚焦点与兴奋点。《杜鹃开花别样红》《茶尖上舞动的旋律》《果林深处的笑声》等,仅从标题上就可感受到一种跳荡的旋律和节奏。这些作品中的主角,不乏历史文化名人,但更多的,则是平民百姓。黄彩梅作品描写得最多的,正是我们身边的这些平凡人与普通人。《倾情为民步履勤——扶贫攻坚名誉村长郑传楼》写的是扶贫攻坚名誉村主任郑传楼,《在阅读中认识的白衣天使》写的是年过七旬的儿科医生张有楷,《刘孟胜的故事》则以测绘工作中的"外业人员"为主角,测绘对很多读者来说可能比较陌生,但是作者熟悉的领域,所以主角虽然年轻,但作者是能够在主人公身上发现闪光点的。

《石头开花》这本散文集取材较广,72篇散文有写乡村的,有写县域经济的,有写地方文化的,有写旅游观感的,可谓林林总总,但概括而言又有它总体的旨趣。我们知道,包括散文在内,文学作品很多时候是可以通过意象来凝聚思绪、表情达意的。黄彩梅的散文题材虽然庞杂，但并不缺少这样的意象，比较明显和突出的，就是花和石头。花主要是杜鹃花，当然也包括《相约春暖花开》及其他散文中的各色花儿，而石头又与花有着内在的深层勾连。那更是整部散文集灵魂一样的存在。

杜鹃花因杜鹃啼时开，故而得名。黄彩梅的家乡有百里杜鹃之称，红、黄、蓝、紫、粉色者，一望无际。正所谓"子鹃魂所变，朵朵似燕支。血点留双瓣，啼痕渍万枝"。《石头开花》集子中，不少篇什就与杜鹃花有关，如《杜鹃花开别样红》《杜鹃情缘》《仰望家乡的杜鹃花》。其中《杜鹃情缘》中的杜鹃，还有一语双关的含义。百里杜鹃既是黄彩梅的家乡，又因为贵州地矿局的文学刊物名为《杜鹃花》，并且这本刊物对黄彩梅的散文创作具有特别的意义，所以她才要借杜鹃花来诉说别样的情缘。《桐梓花园》《花与声共鸣》《邂逅一场土家的锦绣霓裳》《相约春暖花开》等篇，都关乎花的意象与花的憧憬，即便写的不是杜鹃花，但它们之间也有着种种的关联，因此花儿可以算得是这本散文集的结撰线索，是它的一个灵魂。

当然，更有意思或更耐人寻味的，还有黄彩梅散文中的石头意象。《石头开花》一篇，记叙的是作者家乡九洞天的一种奇观：每年四月，雷雨之夕，必有蝴蝶数十万驻留于岩上孵卵。这当然与动物的生活习性以及生态环境有关，但万千有色彩的小生灵聚集于岩石上，本身也极有视觉冲击力，能够让人对九洞天的风光产生别样的期待，这也算是"石头开花"直接的蕴含所在。但生发开来，"石头开花"又包含有执着于信念、理想，努力前行必有收获这样的寓意。海子的诗歌就有类似的表达："时间有重量，石头会开花"。黄彩梅这本散文集所写的全部人物和他们的故事，包括作者自己的情怀与追求，也都有着同样内涵，因此，石头开花这样的题名，实际又有统揽全书的作用。在黄彩梅笔下，72篇内容有别的散文，其内在旨趣均集中于从自然风光到人的精神面貌的巨大变化，而这种变化既是奇观，也是奇迹，完全不亚于石头开花之喻。

【作者简介】杜国景，中国文艺评论家协会理事、贵州民族大学教授、贵州省文艺评论家协会原主席。

一朵永不凋谢的杜鹃花
——读黄彩梅散文集《石头开花》

丰庆志

与黄彩梅女士是2016年在德阳市散文学会举办的"三星堆戏剧节"上相识的。那天她来得有点晚，宴会已经开始，各地市州的节目正精彩纷呈地表演着，席间，只见她笑容明媚、款款大方地走上舞台，代表贵州吟诵了李白的《将进酒》，赢得了大家热烈的掌声。那时，她如同一朵快乐的杜鹃花向我们热情绽放，由此给我留下了深刻的印象。

春节期间，我用了两天时间品读《石头开花》，作者开门见山、直奔主题，且有一说一，没有一丁点儿虚情假意，她的热情、率性、纯真的情感在文章里表露无遗，恰有"人如其名，名如其文"之感。瞧，一个"彩"字足以烘托出毕节市大方县的多彩与美丽，"梅"字有着"梅须逊雪三分白，雪却输梅一段香"的境界。

品黄彩梅女士的作品，给人的感触用某位禅宗大师说的一句禅语最恰当不过："人本是人，不必刻意去做人；世本是世，无须精心去处世。"她文章里的所见所闻、所思所感、所经所历，那最真挚的情感，纯真的内心世界一一跃然纸上。

从笔者的视角望去，自由的叙事方法、细致入微的描写、内心深处的情怀，带领读者引人入胜。我们透过作者的文笔见到了贺敬之、文怀沙等文化名人，作者眼观六路，耳听八方，把大师居室的诗词书画、文房四宝淋漓尽致地展现出来，使人不得不赞叹道："谈笑有鸿儒，往来无白丁！"其次，作者涉足之广，在祖国的山川大河之间留下了无限足迹。她对大自然的热爱，对摄影美学的执着追求，对历史文化名胜古迹的探索，对所敬重人物的倾慕与虔诚⋯⋯由此可见作者的人生观、世界观、价值观皆是向上的、进取的。

卡夫卡说："生命就像我们上空无际的苍天，一样的伟大，一样无穷深邃，我们只能通过'个人的存在'这细狭的锁眼谛视它⋯⋯"黄彩梅女士的每篇文章都是通过真情实感来体现她个人的思想与价值，从这细狭的锁眼中足见她对文学的热爱、对生活的严谨以及对人生的思考。

《石头开花》该书名立意新颖独特，具有作者特有的个性。文章内容清新明快、如诗如画，读起来朗朗上口，作为一个业余女作家，在完成本职工作的同时抽出大量的时间来完成自己的作品是难能可贵的，可喜可贺！彩梅女士的作品在意境方面的表达略有不足，在此，我对意境的表现略说几句，仅供参考。

我国古典"意境说"的发展自先秦开始孕育，唐代得以正式形成，宋元时期进一步发展，至明清时期逐渐成熟，清末民初在以王国维为代表的发展中走向终结。王国维于《人间词话》中论："词以境界为最上，有境界，则自成高格。此论中之境界今人更多以意境视之，即谓之景中有情，情中有景，情景交融。"

纵观古典"意境说"的发展历程，将"意境说"的内涵概括为以下几点：

首先是"意境说"的基本机制：意与境会，情景交融。

其次，如果仅将"意境说"理解为情景交融，则只讲了"意境"作为艺术形象的一般特性，未能把握"意境"概念更为深层次的精髓所在。从文学作品中"境与象的关系"这一层次出发，它的第二层内涵概括为：境生象外，虚实相生。

再次，"意境"概念同时具有形而上的意蕴，这也是"意境说"中最高也最为人称道的方面。这里，它的第三层内涵概括为：由境悟道，审美之趣。

在年轻一代的文学作家里，黄彩梅女士精诚所至之处，令其石头开花，这绝非易事，其身后的辛酸历程冷暖自知，这种坚韧执着、积极向上的精神值得我们学习。"文章本天成，妙手偶得之。"相信作者在今后的创作路途中定会增加人生的维度、思想的深度、灵魂的广度，让我们拭目以待那朵盛开在贵州省毕节市大方县的杜鹃花吧！

【作者简介】丰庆志，中国散文学会会员、四川省法治文化研究会副会长、四川省文艺传播促进会副会长、乐山市散文学会会长、《西部散文》杂志总编辑、《大洋文艺》特约作家。

冯荣光 | 石头为什么会开花

《石头开花》是贵州省散文作家黄彩梅寄送给我的一本她新近出版的散文集，乍一看封面，有些惊诧：石头怎么会开花呢？这是策划的噱头？还是咋的？我孤陋寡闻，见识的确限制了我的想象，在牛角尖里，一时还出不来。

于是，我便在书中寻找答案。翻开散文集一读，呵呵，一不小心，我就被黄彩梅给导了进去，我想很多读者也会有如此疑惑和好奇。

其实，大千世界，朗朗乾坤，有许多无穷无尽的天文、地理奇观，不论是显现的、表象的或是隐蔽的、深藏的，我们所能见识到的，在有限的时间里，在有限的范围内都是微乎其微的。大自然总是变幻莫测、五彩缤纷、神奇奥妙的。有许多自然现象，不为我们所知；有许多大自然的奥秘，需要我们去探访。

散文创作，需要机趣，读起来才不乏味，像《石头开花》就挺有机趣。开篇便抛出一个问句："'石头开花'，这一奇观，你听说过吗？你觉得是真的吗？"继而引导出"石头开花"的美丽传说，读者也就被她牵着往下看去。如同层层剥笋，叙述的文字带着你悠游在九洞天迷宫世界寻找自然美丽的奇观。九洞天被称为"中国岩溶百科全书"及"喀斯特地质博物馆"。因其有大小各异的九个"天窗"状洞口，被称为"九洞天"。"石头开花"的谜底最后在第二洞天方才揭示出答案。原来，这与美丽的爱情有关，情人们约会时，在岩洞口的大石头上撒上砂糖，以示今后的生活充满了甜蜜。砂糖的甜味遗留在岩石上，吸引了无数彩蝶聚集在大石头上，形成了"石头开花"的美妙奇景和动人的传说。

当然，这处景观曾因人为原因而一度消失。人与自然和谐相处，便会产生"石头开花"的奇景。人创造了风景，风景也创造了人。石头开花，是人文景观和自然景观的结合，寓意非常深刻，读来有趣。

黄彩梅是一位很有机趣的女作家，兴趣也极其广泛，她的散文作品便妙趣横生。《石现梦想》一文又与"石"有关，散文巧用"石"与"实"的谐音，作为篇名，给人一种悬想。"石"与"梦想"有何关系？不由得让人饶有兴趣地读下去。原来，黄彩梅在山东济南采风，在"济南市泰山石文化研究会宣传展示平台"识得一枚"灵猴神龟"的泰山奇石，堪称一绝，而"猴"正是她的属相，她即心仪上了这块奇石。然而，这也是奇石收藏家之所爱，属只可观赏而不可言卖之物。黄彩梅心有不甘，必欲得之。于是，便调动"巧取"的智慧，以"天赐缘分"的诚心与收藏家侃侃而谈，攻破了收藏家的心理防线，博得了他的欢心："既然你有这眼缘，就当我以石会友"，遂慨然相赠，圆了"石头梦"。难怪，黄彩梅会以极其兴奋和激动的心情，详述了"石现梦想"这一段奇缘巧获，将其机趣发挥到了极致，真是有趣。读此，不禁哑然一笑：好个黄彩梅，真乃巧取胜于豪夺！

黄彩梅很有"石趣"，这自然给她写作带来了新的题材、新的视觉、新的思考。记得，2019年四川、贵州两地散文家与河北散文家一起到太行山深处河北省井陉县大梁江村采风。大梁江村是一个"石头古村"，村落里的道路全是凹凸不平的鹅卵石铺就，光溜溜地泛着岁月磨蚀的亮光。被石墙包围着的房屋院落，院中有院，院中有楼，楼顶有院，楼顶有楼，院楼相通，错落有致，特别有历史厚重感。其实，贵州也不乏几百年历史的"石头古村"，比如安顺市七眼桥镇云峰八寨，就是明代军民两用的石头古村。但它的建筑风格与大梁江村石头古村相异，云峰八寨凸显在精美、细腻，石材都为当地开采的石片做墙、做瓦，很有韵味。那些从南京应天府来的戍边军人，自然有来自江南的文化传承基因。房屋建筑除防御功能外，就是特别讲究居家内部的文化氛围和舒适享受，以此寄托着心中的一份乡情。大梁江村则更为粗犷、更为原始，这与北方贫瘠的生存环境有关，大梁江人祖祖辈辈与天斗，与地斗，与人斗，讲究不了那么多，一切都是原始的、赤裸的、毫不掩饰的。也许，就是这种巨大差异，让见惯了贵州高原石头古村的黄彩梅对太行山深处的大梁江村产生了极大的兴趣，她醉心于那些石头、石条、石井、石凳、石柱、石寨门、石戏台、石院落、石广场构成的特殊的"石头造型"景物，手握相机不断地拍照，纤纤手指抚摸着那些沧桑的石头，似乎，黄彩梅在与它们对话，倾听它们讲述这里的前世今生，感受石头的温度。我想，这些"石头"对她一定震撼不小，让她有些恋恋不舍。在村中的古老的石头戏台上，黄彩梅登台自娱自乐地唱了一段黄梅戏《梨花颂》，人过留声，让这段戏曲融入古风古貌的太行山区的石头村落。也许，那些粗粝的石头，会被她这段声情并茂的唱段所感动，他乡有知音，石头也是有记忆的。在她的妙笔之下，石头也会乐开花的。

读文与识人，两者皆生趣。小文记之，不亦乐乎！

【作者简介】冯荣光，毕业于四川师范大学中文系。中国散文学会会员、四川省文艺传播促进会秘书长、成都市成华区作家协会副主席。曾任《当代四川散文大观》《四川省散文名家自选集》副主编。著有人文历史散文集《保和场》《发现西充》及《跳蹬河》（合著）。出版电视散文《银杏风舞的季节》《荷塘风语》《梨乡，春天的童话》。

高毕勇　其人其文黄彩梅
——有感于《石头开花》

荣幸，参加贵州省作协"新发展阶段如何推出文学精品与《傩面》等六部签约作品研讨会"，恭听大家对名家作品中肯的评价，受益匪浅，启迪深刻。有幸，在这次研讨会上，结识了中国散文学会理事、中国报告文学学会会员、中国自然资源作家协会会员、贵州省青年文学研究会会长、贵州省散文学会副会长兼秘书长黄彩梅女士。

遵从会议安排，寻找摆有座牌的位置。走进面向主席台的右侧，见桌上已然摆放。正对号落座，同桌也随之来到——姓黄，名彩梅。主动跟她打招呼，美女回以可掬笑容。说话间，她热情地顾着答应在旁边的一位老师，说马上出去，拿一本由她执行主编的贵州省散文学会女作家文集《高原山花》赠送给那位老师。作为文学爱好者，能够得到作家的签名赠书，乃幸事。我趁机向彩梅女士提出能否也送我一本。初次见面且不认识，想必会遭失望。却见她稍显迟疑，瞧我一脸希冀的表情，答应可以。也就六七分钟，书拿来，彩梅女士随即提笔，签上她的大名。正好，几天前本人的《梦娟》《中秋情》两小篇拙字，在《贵州作家·微刊》发表，便加了彩梅女士微信，请她批评、指正。那天，2020年12月1日。

一晃眼跨了一年还荏苒几个月。2022年2月8日，我在家浏览中国作家网，读到《一部充满灵性与情怀的散文集——读黄彩梅的〈石头开花〉》的评论，文中称"在这部散文集里，不仅展示了她广阔的生活阅历和对人生的思考，也表现了她的审美情趣和对文学的执着。故乡是文学之母。作家的作品，总是烙印着故乡的影子。读鲁迅的书，就记住了绍兴；读莫言的书，就记住了高密；读肖洛霍夫的书，就记住了顿河草原的克鲁齐林村。我读《石头开花》，就记住了大方。大方，是黄彩梅女士的故乡，是一座有着悠久历史的文化名城。这里，山清水秀，人杰地灵。不仅孕育了明代彝族女政治家奢香夫人，还有世界最大的天然花园——百里杜鹃，是一个美得让人不愿离去的地方。在这样优美环境中成长的她，心里自然溢满了爱和诗。"

大方，也是我魂牵梦绕的出生地。微信问帝王踏雪赏花（即彩梅女士）："请问，你手里有大作《石头开花》吗？刚读到中国作家网的评论，很想拜读。"她回复："省作协门口的贵州人民出版社'阅贵阅多彩'书店有，我一会儿去那儿买一本，发地址，寄给你。"不久，我收到了签有雅名的《石头开花》。

《石头开花》由贵州省文联主席、贵州省作家协会主席、贵州文学院院长欧阳黔森题写书名，收录黄彩梅72篇散文，分五辑，包括"杜鹃花开""石头开花""核桃之恋""冬日暖阳"和"随思感悟"。《杜鹃花开别样红》《访国学大师文怀沙先生》《认识欧阳黔森》《一根筋的陈长吟》《我的老师》等篇章，展示了几位文学艺术家的风采，呈现出他们勤于耕耘和严谨的治学态度。《倾情为民步履勤——扶贫攻坚名誉村长郑传楼》《在阅读中认识的白衣天使》《茶尖上舞动的旋律》《奇趣的罗甸大小井》《就恋这把热土——〈文朝荣〉观后》《灵魂深处的美丽》《就为一句话》《花茂村的拼命三郎》《幸福的笑容》等篇目，饱含作家浓浓的乡愁，散发出郁郁的生活气息，让读者领略到脱贫攻坚战线上众多英模人物的精神风貌和奋斗精神。

从网上获悉，黄彩梅是一位勤奋、有追求，内心精致的才女。她热爱学习，注重从古今中外名著及传统文化当中吸取丰富的营养，并将大量时间倾注在阅读和写作上。《石头开花》文集，不是花前月下卿卿我我，也并非胭脂粉饰故意造作，而是黄彩梅女士独具个性的彰显，像尼采那样审视美好的人生，以女人纯真的情感，纤柔的笔触，欣赏生活，赞誉美好。《仰望家乡的杜鹃花》《核桃之恋》《红颜知己》《女人味》《心灵的短章》《永恒的爱情存于心——电影〈廊桥遗梦〉观后感》等，字里行间，蕴含着作家开朗、率真、睿智的个性。有作家评论，黄彩梅这本散文集，不是浮光掠影的苍白说教，忽悠人的心灵鸡汤，也不是对生活枯燥、单调的泛泛空谈，而是一部根接地气、有骨有肉、昂扬时代主旋律的作品。《相约春暖花开》一文以新冠肺炎疫情像暴风骤雨突如其来，全国性的与病魔的战斗打响为切口——这是一场人与病魔较量的战争，恐惧和忧虑袭来，无数英雄舍小家顾大家，他们舍身忘我，冲锋陷阵于抗疫一线。在这众多的英雄群体当中，还有广大的文艺工作者。他们用自己的文字，讴歌医者和英雄，抒写他们的昂扬斗志，倾情全民参与的战"疫"。众多媒体上，一个个惊心动魄的故事，令黄彩梅深受感动。她在文中激情写道："我不能奔向疫区一线，不能成为挽救重症患者的英雄。但我是一名共产党员，要为防疫工作贡献自己的一份力量。既心动，更是见行动。"黄彩梅向贵州省散文学会的作家们发起转发省慈善总会下发的《倡议书》，通过省慈善总会捐款微信平台，组织开展捐款活动；黄彩梅激情满怀，由自己作词，夏正方、陈明龙老师分别谱曲，创作了《母子别》《白衣天使》《斗败严寒春花开》《忧思长夜仍未回》四首歌曲，为抗疫的勇士们加油，鼓劲。

《有一种青春叫芳华——庆祝中华人民共和国成立70周年阅兵观后感》，"三军将士威武雄壮，气势磅礴步伐坚定整齐，犹如排山倒海的气势，在众多的方阵中一条英姿飒爽的女兵方阵，也不甘示弱，她们的步伐是那样地坚挺，动作是那样地整齐和规范。最庆幸的是，在方队中有测绘导航信息服务车等装备首次接受检阅。作为测绘大军的其中一员，我为之欢欣鼓舞：这可是我们测绘人的骄傲啊！"振奋心灵的文字，让读者与作者同频共振，深切地感受到祖国之强大、测绘人的无比骄傲。

纵览《石头开花》全书，作者以她开阔的视野，用心用情观照当下，从细微深处挖掘人生的意义，讲好中国故事，积极释放社会正能量。《人生坦荡》是笔者较为喜欢的一篇。全文大致4000字，就如何面对生死，彩梅女士引证了鲁迅《死后》展开思考，盛赞司马迁"泰山和鸿毛"之间的《报任安书》，欣赏臧克家《有的人》"有的人活着/他已经死了/有的人死了/他还活着"之经典句子。文中，作者列举了老一辈无产阶级革命家周恩来总理的"人死了，不做事了，还要占一块地盘，这是私有观念的表现"——总理去世之后，便把骨灰抛向祖国大地山水河流之间；还列举了中国特色社会主义建设的总设计师邓小平的佳话。据邓小平之女邓华说，他父亲说过，人有红白喜事，红喜是结婚，白喜就是70岁以后去世，所以对生死他看得很淡——死以后，怎样处理？把骨灰撒在了大海里。彩梅女士感叹道：老革命家对生死所持的豁达，让亿万百姓为之钦佩。质朴的引证，表达了彩梅女士人生观的佛心禅意。她说："我们来到这个世界，分享一切美好，践行自己的人生价值，为生命不息而谱写乐章。人类社会的发展，就是这样演绎而来，我们要尊重自然，顺其自然；我们要好好做人，快乐生活，少一些贪欲，知足常乐，死后也能够安息瞑目。得之不喜，失之不禁，一切皆身外之物，生不带来，死不带走；问心无愧，坦坦荡荡活一回，此生足够了。"

《石头开花》文集，无论写景还是抒情，真情饱满、温婉细腻，联想丰富、灵动传神。其表现手法多样，自然景观与爱情故事交相辉映；历史文化与民俗文化色彩斑斓，富有浓郁的民族韵味。《石头开花》一文，为我们解惑"石头开花"之谜，着重描写了九洞天如何之神奇，怎样地壮观。彩梅女士这样写道："'石头开花'这一奇观，你听说过吗？你觉得是真的吗？"先卖关子，让读者产生马上读下去的欲望。"在我的家乡大方县九洞天风景区，每逢端午时节都会有如期上演的蝴蝶歌舞盛会，好多的蝴蝶披着绚丽多彩的盛装集结成群地飞来，然后统一停歇在一块大石头上聚集成团，时而静立，时而相互嬉戏，时而翩翩起舞，那不断扇动着的翅膀在阳光的照射下折射出耀眼夺目的光彩，放眼望去就像石头开花一样，而这一朵朵五颜六色迎风摇曳的鲜花却有着赋予生命的灵动，美极了。"作者追溯远古，解答奇观来历，亦真似幻，宛若天成。其后，又依次对九大洞天进行描述，或幽邃，或缥缈，或宏壮，或奇崛……"这个机器发出的隆隆声与如箭离弦汹涌奔泻而来的轰轰流水声撞在一起，如骏马脱缰、猛虎出山；那波音和频率产生的共鸣让我禁不住驻足聆听，那音符感觉如贝多芬的《英雄交响曲》。对于这首曲，法国作家罗曼·罗兰这样描绘：'这是一幅庞大的壁画，在这里，英雄的战场扩展到宇宙的边界……不可胜数的主题在这漫无边际的原野上汇成一支大军，无限广阔地扩展起来。洪水的激流汹涌澎湃，一波未平，一波复起……突然，命运的呼喊微弱地透出那晃动的紫色雾幔，英雄在号角声中从死亡的深渊站起来。整个乐队跃起欢迎他，因为这是生命的复活。'这就是蜚声中外的九洞天溶洞电站……"笔者读到这"雷霆天"（第二洞天）的精彩之处，心底的波涛也随之起伏，汹涌澎湃……

彩梅女士在书中描绘家乡的生态之美、自然之美，紧贴"绿水青山就是金山银山"这一概念，回顾历史，引经据典。《水之魂》《茶尖上舞动的旋律》《漫笔神农潭》等作品，是她游历山川秀水的足迹："每到一个地方，我都习惯性地寻找水的源头，然后跟随水之流淌行走一段路程。听水之声，看水之舞，品水之德行。"所言其是。《水之魂》："站在黄果树对面时，看到气势宏大的飞瀑，我感慨万千，浮想联翩，思绪不由飞到了遥远的江河源头……水的流淌，看似毫无顾忌，从从容容，一路畅通，其实，水也经历着艰辛万苦，艰难万险，总是穿行在沟壑险滩，与乱石相碰，与悬崖嬉戏，把自身勇敢地幻化为雪白的浪花，展现出'疑是银河落九天'的壮观。"

孔子说，智慧的人喜爱水，仁义的人喜爱山。智者之乐，就像流水一样，阅尽世间万物、悠然、淡泊。阅读过程中，笔者对彩梅女士的《水之魂》《人生坦荡》尤为偏爱——或许,作家于水有着自己特殊的感受,抱着冥思般的情感和意念。继《水之魂》之后的《人生坦荡》,彩梅倾注情感地抒写:"两千多年前的孔老夫子说:水有多种完美的品德,能滋养万物,视为有德;流必向下,不倒流,或方或长,遵循自然规律,视为有义;浩大无尽,视为有道;流向几百丈山涧毫无畏惧,视为有勇;发源必自西向东,视为立志;取出取入,万物就此洗涤洁净,视为仁爱。水有这些好德行,所以君子遇水必会感悟、效仿。"

其人其文黄彩梅

文学是一种真情实感的流露,优秀的文学作品无疑是作家思想灵魂的诠释。彩梅女士亦如此。

彩梅女士在单位上担任高级工程师,还身兼贵州省科技摄影协会副秘书长。对美的观察,她颇有自己的独到之处。2020 年 12 月 18 日—20 日,笔者有幸参加了贵州省"百名作家走基层宣讲十九届五中全会精神暨脱贫攻坚看长顺"采风活动。作为活跃分子之一的彩梅女士,从始至终,以她的慧眼,随时随处发现、撷取活动中的真善美,把一个个场面精彩、昂扬向上的画面摄入镜头。

彩梅女士兴趣广,爱好多,为人处世温文尔雅,所到之处,她开朗活泼的性格,能够很快地与大家成为熟人。每逢联欢会,也少不了她的身影:或朗诵自己创作的诗词歌赋,或柔美引吭最为上口的《我的家乡叫大方》……不失掌声阵阵,赢得喝彩声声。

其人其文黄彩梅,受到了众多读者的喜爱和推崇,也得到好些名师大家的肯定和赞扬。贵州省文联原主席顾久称赞《石头开花》散文集:"一幅活灵活现时代特征和区域特色的锦缎画卷,阅读之可享美与宁静,受益多多。"著名作家石英肯定道:"黄彩梅的散文,创作阅历虽还不深但开局不错,势头颇健,令人欣喜。"老作家何士光在《石头开花》散文集序中的这么一段话也值得品味:"写作是让人去体察自己的人生的一种思考,它还可以作为一种牵引,让人最终指向自己的生命。所以一个人能写多少、写得怎么样，其实并不要紧，只要愿意写，能够写下去，就是一件有希望的事情。"

"人生，不是因为年轻而精彩，而是因为精彩才年轻，不是因为美丽而微笑，而是因为微笑才美丽。每天醒来，我都要告诉自己，只有微笑才会美丽，只有奔跑才会给力，只有努力才会成功，只有奋斗，人生才能更完美，更强大。"（引自《石头开花》散文集《我也跟着乐在其中》）在此，祝福这位多才多艺的美女老乡，有更多脍炙人口的佳作问世。明天会更好！

【作者简介】高毕勇，贵州大方人，中共党员，高级政工师。系贵州省纪实文学协会会员、贵阳市作家协会会员、贵州省摄影家协会会员、贵阳市摄影家协会会员。

顺其自然
——读黄彩梅散文集《石头开花》

高晋福

己亥仲夏，筑城淫雨霏霏，月余不开，罕见阳光。调侃者曰："贵阳之谓也。"时有风起雨骤，电闪雷鸣；远山潜形，近楼朦胧；街柳垂首，厅花无彩；雨中行人稀，上班一族无奈何，撑伞步履匆匆急。足不出户，亦有怨气。何日雨歇风云过，众之所盼所期。

翌日，云散而林霏开，雨过而蓝天净；乾朗坤宁，蝉鸣鸟唱，柳暗花明。人面映红日，悠闲而从容。

嗟乎，天有天道，天道难违。人，顺其道则生，逆其道则亡。不以阴云久雨而忧、而悲，不以久晴酷热而怨、而怒。顺其自然，乃大道也。

窃，闲人也。阴雨，可赏景，天低云密；空晴，可观日，西坠东升。阴晴皆坦然，心静自然宁。幸喜之余，偶得书稿一卷，名之曰《石头开花》。此乃女作家黄彩梅之散文集，并嘱之斧正，曰将付梓面世，望之评说云云。盛情难却，故应之。

窗外，街柳厅花，晨风夕月，伏案展卷，赏读散文集《石头开花》。作者列其近作，录其所见、所闻、所思、所感、所悟。虽事殊时异，然如春花秋月，各具千秋。

第一辑"杜鹃花开"，图文并茂，有声有色；文中有画，画中见情；怀沙大师高论，如沐春风；古圣先贤，无量智慧，言犹在耳。开智增慧，受益匪浅。

第二辑"石头开花"，寄情黔山秀水，林茂竹丰；清风徐来，水波不兴；岸芷汀兰，郁郁青青；蝶飞庄生梦，花开石传奇；对话文物，思古悠悠。

第三辑"核桃之恋"，横看成岭侧成峰，宏观微观各不同，情由心生，跃然纸上。己所不欲，勿施于人；己感至深，分享于人。

第四辑"冬日暖阳"，敞开心扉，阳光灿烂；平铺直叙，文墨简约，却心如潮，感如滔；情泻于笔端。

第五辑"随思感悟"，读有感，写有感，思有感，皆为常。然读之有得，写之成文，悟之得道，且为上。评说有据，意洒言外；引经据典，深入浅出；言已尽，而意无穷也。

卷穷而意犹长。思之，感之，悟之，如与作者屈膝论道，可听心跳之音，可见坦荡之襟。掩卷闭目，心境豁然，感慨良多，若有所得也。

作家黄彩梅，系国土资源管理高级工程师，然好文学，而好有所成。工余暇日，游历山川，访古览胜，不辞辛苦；读史寻贤，观今勤思，笔耕不辍。继而集字成文，辑文成书。即使"批阅十载，增删五次"，亦恐有九九之密，难免遗漏者也。斯与自然之道无异也，亦有阴晴圆缺之憾，此事古难全。后之览者，亦可见仁见智，空间无限也，岂不兴哉！

（此文刊发于 2019 年 10 月 17 日《劳动时报》）

【作者简介】高晋福，字南山，号南山老人，笔名高大，河北阜平人。曾读书、务农、做工、教书、从政，文学爱好者，退休前供职于贵州省核工业地质局。系贵州省散文学会顾问、贵州省纪实文学学会名誉会长、贵州省作家协会会员、贵州省网络文学学会理事等。出版杂文集《真语永恒》。

采撷生活的浪花
——黄彩梅散文品读一二

管利明

和大多文友一样,认识黄彩梅,是在贵州散文学会组织的采风活动或者年会上,但看一眼黄彩梅的经历,觉得她一直都很忙。她首先是贵州省自然资源厅第三测绘院的高级工程师,除了主业,还是中国散文学会会员、贵州省作家协会会员、贵州省散文学会副会长,又是几家杂志、网络文学的签约作家,现在,还担任了贵州省青年文学研究会的会长,又是该研究会会刊《青萃》的主编……总之,让我觉得她除了忙还是忙。

这种忙碌的印象,直到最近读到她的个人散文集《石头开花》中的一些散文,才消解了对她忙碌的印象,才觉得她是一个忙中有闲、忙中有序、忙中有思想有境界的人。这是因为,当你品读黄彩梅的散文时,你会觉得是一件很轻松的事情。在字里行间,如同她在跟你聊天一样;如同她在跟你漫不经心地将过往与现在娓娓道来;如同她在平心静气地告诉你某一件事情,一点也没有矫揉造作的情绪,一点也没有故弄玄虚的夸张,一点也不会让你感觉她有忙碌的困顿。因为在她的散文里,处处都是一种闲适的写真,处处都是生活的细节,处处都是从生活的长河里采撷的朵朵浪花。

过年,是人生司空见惯的生活场景,然而在黄彩梅的散文《过年》中,她不仅把你带进了中国传统的过年习俗中,还告诉了你这些习俗的由来,以及这些习俗在过去与现在的变迁,这种变迁,实实地反映了社会的进步和时代的变化,不知不觉中,让你重温了一回过去的历史,让你感悟当下生活的美好,从而抚今追昔,倍加珍惜今天的生活。其实,在这篇散文中,黄彩梅不仅仅是带你重温过去,而更重要的是告诉我们,"又过了一年,历史的年轮又多了一圈……唯一能做的是,学会放手看开,人生才会简单;懂得知足,生活才会幸福……宽心面对失去,大度面对是非;坦然面对生活,一切皆是完美!"散文由此从寻常生活中,富含了人生哲理。

散文《冬日暖阳》是黄彩梅在进入不惑之年生日当天,一次文友偶遇而聚时的场景记叙。作者先因冬日暖阳当空普照感到温馨，而后随愉悦的心情漫步街头，又由心生《生日快乐》的旋律引出自己生日的话题。之后，偶遇文友而相聚。其中不乏如袁浪、陈跃康、刘毅、秦连渝等贵州文学大咖。这次相遇，看似偶然，实是必然。既是作者多年文学创作卓有成果的造化，又是作者长期从事文化活动与文友情感的积淀。用作者的话说，一切皆是缘分。在文友的祝福声中，作者感悟到岁月的飞逝、人生的不易和友情的珍贵，更懂得了珍惜和放弃。珍惜那些能让我们快乐幸福的人和事，放弃那些总是让我们伤心痛苦的过往。尤其是袁浪老师对作者一席富有生活哲理的祝词，使作者"倍感满足而温暖"。此时，自然界的冬日暖阳，已全然化作了作者内心的一轮暖阳。文章在这一刻，得到了由外而内的升华。

《醉美的相遇》是作者记述一次去白云区泉湖公园的文学采风活动。在作者笔下，泉湖公园的秀美是能够让人看见的，青山绿水的景象是能够让人感受的，亭台楼阁的奇巧是能够让人触摸的，各式各样的小吃是能够让人下马闻香的。文字有声、有形、有觉、有味，是一篇动感十足、诗情画意的散文。如果仅仅局限于情景的描写，这篇散文似乎就落入了游山玩水、以景写景的窠臼，至多就是一篇观光游记，而散文告诉我们最美的相遇，不仅是外在的美，而是内在的美。由于迷路，作者向一位20多岁的姑娘问询，姑娘不仅指明了他们的方向，还放下两个在草坪上玩耍的孩子，亲自带他们到达目的地。这时作者写道："我完全被这位姑娘的美德所感动，生怕她离去，迫不及待地请随同的刘老师给我们拍了一张合影，并给这个姑娘取了一个名字：白云仙子。"从自然、人文的美，一下升华到人的灵魂之美，并从内心由衷发出"山美、水美、人更美"的感叹，使作品的立意得到了升华。

2018年秋天，我曾与《杜鹃花》编辑部一行人去过贵州省铜仁市江口县太平镇云舍村，参加秋刊的编辑工作，云舍这个美丽的乡村的确给了我很深刻的印象。虽然在村里待了好几天，虽然每天也都见过那条清澈的河流，却没有像黄彩梅这样，把一条河看得这么真切、这么透彻、这么出神入化。在她的《漫笔神龙潭》中，湖面成了"镜子"，水是"一半像翡翠一样碧绿清透、一半像墨汁一样浓黑"。并且通过她的观察和了解，竟然发现了这条河流的"三奇"：一奇可预测天气晴雨；二奇河水深不可测；三奇河水可以倒流，还有轰鸣泉"喊水即出"的奇观，实实地让读者长了知识、开了眼界、丰富了想象，感悟到了大自然无处不有的美妙与神奇……

我随手翻阅的这几篇散文佳作，挂一漏万，虽然不能概括《石头开花》的全貌，却也能大致看出黄彩梅散文创作的笔风、文风，体会到她对生活细致入微的观察和对生活细节的把握。常言道，"世事洞明皆学问，人情练达即文章"，黄彩梅就是在忙里偷闲的生活中，积累了厚实的生活素材，得到了很多生活的启示，从而创作出了大量有时代气息、有生活温度、有文学厚度、有思想高度的散文作品，使我们有幸阅之品之，享受到生活之美、文学之美。

【作者简介】管利明，重庆合川人。中国自然资源作家协会会员、贵州省作家协会会员、贵阳市作家协会理事、清镇市文联副主席、清镇市作家协会主席。20世纪80年代开始业余文学创作，先后在国内数十家报刊发表小说、散文、报告文学200余篇。获省、部、市级文学奖项10余次。出版小说集《都市无泪》和作品集《五彩文集》《我从山中来》。

石头开花

侯瑞平

——读黄彩梅散文集《石头开花》

记得我写过一篇和石头有关的小文，那时候我相信每个人的内心都有一块石头，也许不只是一块石头。它们落地或悬着，影响着我们人生的起伏。有的石头会有些奇遇，比如补天不成的那块在自己身上刻上了文字，用疼痛来讲述自己的遭遇，放不下那了了空空的往事；有的石头则从中蹦出了猴子，极不安分，学点本事就会觊觎天宫，结果却被压在山下，再出山已是落发行者。

我与石头的缘分不浅，它们总是出现在我的梦中，有时候压得我喘不上来气无法动弹，有时候又会让我像只猴子一样跳起来惊醒。一次醒来后，我正妄想怎么处理心里的这块石头，电话响了，原来是贵州省散文学会副会长黄彩梅女士打来的，她准备出新书，请我写一篇评论，书名就叫《石头开花》。放下电话，几乎同时我就放下了往事，何必压抑？心猿不安，就让它踊跃着开出花朵来。

所以以我的拙笔写书评，显然力所不逮，倒不如趁机写成一封感谢信。通过我感知、感谢的这位作家本人，侧面反映这本书的价值。

我认识黄彩梅女士的时间已足够一棵梅树从栽种到开花，虽只有两面之交。一次在四川，一次在贵州。去贵州更是受黄彩梅女士亲自邀请来参加第九届西部散文家论坛。因为母亲的名字中有个"梅"字，我对名字中有"梅"字的人便觉分外亲切。"梅"字本源就是指戴了头饰的女人，引申之义其实就是"美女"。这个"梅"字，在黄彩梅这里可谓名副其实。她是一位特别爱美的女士，对服装的款式以及品质的要求超过了大部分作家对自己文字的要求。她对摄影的要求更是苛刻，几天的时间差点就把我培训成一名专业摄影师。即便是现在的我拿起手机拍照时，都会想起一些她传授的专业术语。

她之所以要求这么高，我想，她是不愿辜负任何的美，包括万物和自己。

她特别喜欢和山石合影，摆出最合宜的姿态，衡量下风向对发型和彩色裙摆的影响，指挥着我按下快门。那一刻，我觉得她就像石头里开出的花朵——彩色梅花。

打开《石头开花》这本书，也是在用自己的精诚打开一颗心，让心里的石头开出花。

嗯，在这个时间，辛丑年的春节，我打开了。

怒放它，不负韶华。

【作者简介】侯瑞平，1976年生，笔名海雨佛。河北省作家协会会员、河北省采风学会邯郸分会副会长，作品曾荣登2009年河北省散文排行榜，入选全国语文统一高考模拟试题多次，荣获2018年中外桂冠诗人称号。散文作品多发表于《河北日报》《解放日报》《四川文学》《散文百家》《西部散文》《河北青年报》《河北画报》《石家庄日报》《燕赵晚报》《邯郸文学》和赵文化等媒体共约50万字。

胡 全 | 做自己喜欢的事永远也不晚
——读《石头开花》有感

"做自己喜欢的事永远也不晚！"这是早年看安娜·玛丽·摩西的一本画册时看到的一句话，当时被她的故事感动着，于是便记住了这句话。今天读完黄彩梅老师的散文集《石头开花》，我又想起了这句话。

安娜·玛丽·摩西是一个很传奇的人物，七十多岁开始学画画，八十多岁开画展，直到一百多岁，她还在坚持画画，她的生活并不富裕，然而这并不能阻止她把自己的生命献给了自己热爱的事情。

热爱，这是我从《石头开花》里读出来的感受！

阅读《石头开花》，只要你留意就会发现在书页的字里行间始终流露着黄彩梅老师对家乡真挚的热爱，这样的爱是深沉的，也是真诚的；是质朴的，也是炽热的。

对于家乡的热爱，黄彩梅老师并没有歇斯底里地呐喊，也没有无病呻吟地哭诉，而是巧妙地利用文本固有的张力和散文特有的兼容性，在默默宣传家乡，宣传贵州，她在讲好贵州名人故事的同时，也改变着外界对我们"夜郎自大""黔驴技穷"的偏见，我想这样的宣传若不是心里对家乡饱含着真诚的热爱，恐怕是很难做到的。

从黄彩梅老师激动地向贺敬之老先生求墨宝"花海大方"开始，她就一直在孜孜不倦地介绍大方，介绍奢香，介绍九洞天……然而，她又没有坐井观天，而是骋怀游目，把目光投向了整个贵州，从江口到遵义，从务川到桐梓，从梵净山到湄潭茶，从侗寨沙到湄窖酒……一字一句都饱含着她对家乡的热爱，这种热爱有一种传播的力量，透着书页让我感受到了作为一个贵州人的骄傲和自豪！

黄彩梅老师作为一个贵州人，一个贵州毕节大方人，她始终自觉地把自己当作一个贵州的文艺工作者，始终把宣传家乡、打造家乡文化名片作为自己的使命和责任，这是我们应该学习的地方，因为只有我们扎根于自己生活的这片沃土，才能创作出无愧于自己、无愧于时代的好作品。

　　黄彩梅老师对文学的热爱也感动着我，这种感动或许是有点羡慕，甚至还有点嫉妒，因为这个嫉妒，可能是来自于"求之不得，寤寐思服"的文化心理在"作祟"。我自己是一个很不勤奋的人，总是借口时间被生存"霸占"了，除了养家糊口，还要分担家务，有那么一点点时间，就随心写点东西，虽然也惦记着参加一些文学交流活动，开开眼界，长长见识，但总是感觉心有余而力不足，每次机会来临的时候，又总是默默地看着机会从指尖滑过，从生活的柴米油盐里淘过，对于这一点，我必须承认黄彩梅老师是幸福的，也是幸运的，因为她工作之余的时间都用来从事着她自己喜欢的事情，所以我们看到了她作为贵州省散文学会副会长兼秘书所组织过的各种各样的活动，她不仅积极为大家搭建文学交流的平台，还主动积极地参与各种采风活动，足迹不仅遍布贵州省内，而且还不辞辛劳，长途奔袭，去过三星堆，去过山东，去过云南……

　　"晨兴理荒秽，带月荷锄归。"黄彩梅老师凭着满腔的热爱，抱着从不放弃的决心，只为追寻心中的那一份热爱，当然，文学的殿堂没有辜负黄彩梅老师这份义无反顾的热爱，因为如果没有这份执着，没有这份追寻，或许就没有我们今天看到的《石头开花》！

　　然而，作为一名作家，光有热爱是不行的，作家要比别人看得远，看得透，要将自己的笔尖指向生命最深邃的地方，要陪着读者一起叩问灵魂的最深处，要用文字敲响灵魂深处的那一缕回音，于是我们看到了黄彩梅老师在《石头开花》里有意识地把视角投向了生活中那些普通的平凡人，有送考十年的出租车司机，有疫情蔓延期间带头捐款的沈仕明，有拼命三郎何万明，还有土陶技艺的传承人……还有很多很多身边的普通人，他们可能是你，可能是我，他们身上的品质犹如天空中闪亮的星辰，他们用勤劳和善良共同编织着我们的中国梦。

　　生活里所有的遇见都是最好的安排，阅读《石头开花》还有许多有趣的事情，除了让你知道贵州有那么多好玩的地方，还可以让你知道贵州有那么一帮人，他们可能不是专业的文学工作者，但他们义无反顾地热爱文学，热爱家乡，热爱生活，他们用自己的方式宣传着家乡的民族文化。

民族的就是世界的,真心期待着黄彩梅老师笔耕不辍,创作出更多无愧于自己、无愧于时代的优秀作品!

【作者简介】胡全,贵州毕节人,中国散文学会会员,贵州省散文学会会员,贵州省青年文学研究会会员,七星关区作家协会会员。

秋的收获
胡荣胜
——读黄彩梅散文集《石头开花》

秋天的枫叶红了
伴随秋的脚步
在秋的微风中
我捧着《石头开花》拜读
走进了彩梅的内心世界
感觉她是一位用心写作的人
书里的每一篇文章
都是她一次心灵的倾诉
每一个文字
都赋有生命
就连石头也开了花

彩梅
出生在毕节大方
高高的大山
一墩墩奇形怪状的石头
构筑一道道风景
也制约山里人的发展

石头开花
是山里人的企盼
也是作者的企盼
作为一个走出山沟
居住省城的彩梅女士
时刻也没有忘记家乡

北京之行
贺敬之先生赠予
"花海大方"的墨宝
成为彩梅对乡愁的眷恋
和为家乡作出的贡献

《杜鹃花开别样红》
字字吐真情
道出文学前辈对年轻人
关爱　厚望
表达作者对故乡的祝福
成为她众多散文的代表作

《人生坦荡》
参观火葬场有感而发
旁征博引　纵观古今
抒写人的价值　生命的意义
读之可获人生真谛

《水之魂》
诗意散文
在阳光的照耀下
飞起的水珠
如同透明的水晶

那么清澈　那么晶莹
没有一丝杂物
精美的文字
道出水的品性
做人也应该如此

《女人味》
作者笔下的女人味
自身剖析
综合名家论述
道出女人的做人
一个女人没有女人味
就像鲜花失去香味
明月失去清辉

韵味源自长期的修养
自评　虽没有优点又无懈可击
书序中顾久先生　点评
把平日的体验积蓄
与思　知　情　文
编织起来　无须刻意　真情实感

《石头开花》
是一部文化丰厚的书
捧读它　可直触
贺敬之　陈长吟　文朝荣
时代楷模的优秀心灵
可浏览家乡的山水风情
可感受到作家对生活的敏感
语言文字真挚而热情
对世情的见解和生活的热爱

秋天　风
虽有几丝凉意
更让人感到丰收喜悦
彩梅《石头开花》集子出版
汇集她多年的创作成果
走进她　我体悟到
读懂他人也提升自己
愿作者创作更多的美文
愿她文笔更老辣　精品多多
愿她出彩多多　梅花更红

【作者简介】胡荣胜，笔名盛林。曾任兴仁县文联副主席，《兴仁文苑》期刊常务副主编。中国诗歌学会会员、中华诗词学会会员、贵州省作家协会会员、贵州省散文学会会员、贵州省摄影家协会会员。出版诗集《深山红叶》《生命谷》和《木叶的旋律》（与人合著），散文集《太阳的摇篮》。《生命谷》《深山红叶》被中国现代文学馆、中国国家图书馆收藏。

黄慎新 | 给家门妹的一封信

彩梅：

你好！

近来忙吧？

夜深人静，我点亮油灯铺开信笺，提笔给你写信。

刚才的情景，只是对知青生活的怀旧而已。其实，我是打开电脑，用鼠标来写这篇《石头开花》散文集的读后感。只是，不管用什么方式表述，都不会改变生活的本质，不会改变文学的本质是吧？

什么是文学呢？

在我心底，文学大概是那个社科之王哲学的公主，一位离家出走的公主。她要为父王去寻找那个叫作哲学三问的真正答案：我是谁？我从哪里来？我要去哪里？

人接触事物的第一次，都会记忆犹新。记得小女出外求学坐飞机第一次返黔，作为姑姑的你第一次开车去龙洞堡接机。热情大方还充满人性味的你，给小侄女留下了特别的好印象。去年，我也是第一次受你邀请，参加了盛世中学为你举办的《石头开花》新作发布会（你此前出版的书籍我均无缘参与发布会）。在一切以经济效益为重心的当下，贵州是脱贫攻坚和乡村振兴战略的重点省份，书中有对这两项工作的描述，这是一本不可多得的散文集。难怪，有三位著名文化人还为此书分别作了序和跋。

这是一本主题鲜明、朴实无华和芬芳温馨兼而有之的值得收藏的好书。因为，写实的东西更接近生活的本来，还可为后人作为史料来参考：在我们这个称为新时代的时代里，究竟发生了什么。

比如，在《果林深处的笑声》里，你用平和真挚拉家常式的语言，叙述了在被"誉为水果之乡的松林镇"，相遇那位与果园有不解之缘的农家大娘，唠嗑得知她与这片地之间的人生故事。不就是这颗蓝色星球最具有典藏意义的故事么？其实，生存或生活在这个宇宙、这个星球的人类，千百年来，不就是一些反反复复出现在这些自然的山水之间、难解难分和水乳交融的故事么？你说呢，家门妹？

《石头开花》记时代之录，抒时代之情，发时代之感！很多篇什，都让我眼前一亮，每一个故事，都是我们这个时代的真实写照。这样的东西少，所以才珍贵是吧？甚至，没有因为文段过长分段少而造成阅读疲劳。还真是内容决定形式，读有价值的东西就是不累。当然，曾是知青的我，读到《青春芳华的记忆》——你对知青生活情感剧《遥远的距离》和《遥远的婚约》观后一文时，感到你在结尾处的那段话很是中肯：

> 在这两个剧情中，我更关注的是他们的个人情感与理智冲突的艰难抉择。从头到尾男女主角的命运都备受煎熬，他们的青春和追求，岁月与生命，希望和憧憬，欢乐和眼泪，苦难与艰辛，汗水和鲜血，光荣与梦想……我不知道用什么样的情怀来诠释他们的情感！或许，《遥远的距离》《遥远的婚约》能体现那段艰苦的生活，苏扬和郑向东、乔慧敏和刘思杨这两对知青的恋情，把知青的视角、知青的浪漫、知青的情感、知青的无奈、知青的悲壮展现为这个年代的历史，诠释为知青这一群体对国家、对社会发展作出的特殊贡献。如果把知青比喻成是经历了风雨的花，那么，知青就是能在任何地方都能绽放的花。因为，她承载了一段历史、一种生命、一种血性的浪漫。

或许是旁观者清的缘故。直到四十年后的今天的我们，也才慢慢明白了那一段"血性的浪漫"岁月存在的价值所在。

因此，感谢家门妹从两部知青剧里就看出来知青生活的本质。其实，作为知青的我们从未后悔过。因为，无论你出生在任何一个年代，生活或生存都是一本难念的经。"每一代人有每一代人的使命。"人生的共同点是：所有的信仰、梦想或征服，都必须付出代价。

换句话说：没有苦难或为摆脱苦难的抗争，就没有人类加上文学。

今年，是毛泽东同志《在延安文艺座谈会上的讲话》发表80周年纪念年。这是一篇在人类社会主义实践中产生的伟大的历史文献！

文艺为什么人服务？这个问题会一直伴随着社会主义初级、中级、高级阶段以至永远。因为，文学即源于生活，生活的主体又永远是人民大众或为人民大众作出贡献的人。所以，我前些天向你提出建议，以你们的青年文学研究会《青萃》会刊同我们杂志的《中贵文艺》专栏，参照中宣部的相关通知，以"喜迎二十大·歌颂新时代"为题，联合举办一次征文活动。但愿我们成功举办！一句话，中国特色社会主义文艺创作者的使命与中国特色社会主义建设者的使命，一样神圣而伟大！

前几年，郭思思主编了一本《贵州50后九人诗选》，我在入选的开篇里写道：我只是一个行走在文学边缘的爱好者。也许，只有这样，才能更好地观察文学与生活之间的关系。自然，没有生活，哪来文学？刚才，你来电话说明天要去大方县一农村小学参加"六一节"互动活动，还要为这所小学授牌"大方县牛场苗族彝族乡牛场小学创作基地"。很遗憾，我忙得抽不开身一同前往，只能遥祝此次活动圆满成功。

最后，请允许我对《石头开花》的面世和《石头开花》中所礼赞的人们再次表示祝福！希望有更多的人用写实形式记录这个新时代的作品不断问世，让我们得以继续分享。

我怀念每到周末，去书店购书和到邮局贴8分邮花发信、寄稿的日子。不像现在，不出门就可以网购和发微信了。不过，今天既是写信，就索性用写信的格式来收尾。

妹，祝你身体健康、创作丰收！

家门哥：黄慎新
2022年5月31日于筑·樱花巷

【作者简介】黄慎新，贵州星火文化传播中心理事长、贵州省锐意生态文明建设研究院发起人、《中国贵商》杂志主编。系中国散文诗学会会员、中国旅行摄影家协会会员、贵州省散文诗学会会员、贵州省诗人协会理事、开阳县作协理事。著有反映矿山劳动生活的散文诗集《海石花》。

黄亭贻 | 给黄彩梅老师的一封信

敬爱的彩梅老师：

您好！

非常感恩能够遇见您！在打开手机写这封邮件前，脑海里浮现很多想法，我该以怎么样的方式写给您！感恩您的荣耀照耀到了我。

说起来，也算是机缘巧合。我不会写，但我很爱看书，也算是一个热爱文学的青年吧。2020年5月29日那天，恰好刘华姐的朋友简桐邀请她参加您的新书分享会，她就问我愿不愿意一起去？我说好呀！那我可以多沾沾文学气息啦！所以就有这么一个机缘巧合能够认识您。

但在分享会头一天晚上，她打电话说有事，参加不了您的分享会了，就把她朋友的联系方式给了我。第二天我如期到了会场，也许冥冥之中注定我的人生中有这样一场安排，让我遇见您。

在分享会现场，我突然觉得有点孤单，因为所有的人我都不认识，还有就是和我想象中的新书分享会不一样。哈哈，您别见怪，因为这是我人生中第一次参加近距离的作家新书分享会，以前都是在网络上看到的比较多。看着教学楼上和操场上稀疏的人群，彼此之间也都在用陌生的眼神观察着对方，还是有点拘束的感觉。会场也还在布置，挂横幅，搬桌子、椅子，摆放座牌。我心里想，现在才开始布置，那不是还要等很久吗？要不还是走了吧。念头闪过，又想着，来都来了就先看看吧！

我找了一个空位坐下，没过多久工作人员把嘉宾座牌全都放在桌子上了，因为没有我的名字，我又退了一排，后面人多起来了，嘉宾位置又加了一排，因为没有我的名字，我又挪到了后面坐，连续好几次都这样，这让我坐也不是，让也不是，显得非常尴尬。于是，我拿出手机打电话给朋友，想给她说我还是走了。可她那边很吵，没听清楚我说的话，还以为是我没有找到地方，还说让我联系她的朋友简桐，匆匆忙忙说了两句话就挂了电话。我只好拨通简桐的电话，介绍自己后，我和他在操场签字墙那里见了面。他特意指着你的展板介绍给我说："这位就是今天主要分享的作家，先看好，一会儿好对上人，可以多了解一下，相信你会喜欢的。"

哈，照片太漂亮啦！简介上介绍，中国散文学会理事，贵州省散文学会副会长等职，还是贵州省自然资源厅的一名高级工程师……我真羡慕我有这样一位本家姐姐，更为刚才坚持没走感到庆幸，我顺着那一排排展板，认真地仔细阅读作家们的简介。都是我不认识的人，但看他们的简介，都是发表了好多作品的大作家。

说了这么多的原因，是我觉得在遇见您的这个过程中还是比较受阻的，也让我再一次看到，自己内在的和解与很有趣、很微妙的心灵对话。要以前的性格可能真的就放下不参加了，一走了之，也就不会有缘分听到这么多作家对您的新书分享的感受了。那我也没有机会打开您的书看到里面的内容，也不会得到您亲笔签名的新书《石头开花》和跟您合照做纪念的机会了。

随着台上作家们对您这本书的分享，让我有探究里面内容的好奇，到底石头怎么开花呢？为什么这本书要叫《石头开花》呢？

我并没有急着去探究答案，而是专注地听着台上每一位嘉宾对作品的分享感受，手却紧紧握住这本珍贵的书《石头开花》。只听台上的人说："很高兴到贵阳来参加《石头开花》的分享会，分享黄彩梅女士的一份收获的喜悦。贵州是个山地之省，地势起伏变化，自然环境奇特，文学艺术也是丰富多彩的。山地石头多，石头还能开花。石头是自然界的客观呈现，但开花了就是诗、是散文。彩梅女士的散文集，就是贵州山地文学中盛开的一朵新花。读了黄彩梅的散文集《石头开花》，眼前是一片缤纷的世界。我到过贵州数次，知道那是一个万木葱郁的地儿，但这只停留在感观上，是彩梅的散文，让我对贵州有了理性的认识……"原来讲话的是中国散文学会的副会长陈长吟先生。还有来自四川的大作家周闻道，还有省内的很多作家、诗人也参与了分享。

在休会的间隙，我迫不及待地打开手中的书，呈现的章节的标题中，我一下子被"女人味"这三个字吸引住，我完全沉浸在这篇文章带给我穿越时空的思绪里：女人味/它让我回望过去的自己/什么时候关注自己身体生长变化的/什么时候开始在意别人对我穿着打扮看法的/什么时候想要开始变得温柔的/什么时候渴望穿裙子的/什么时候渴望自己用香水的/什么时候渴望涂胭脂口红的/什么时候开始觉得自己不美丽/什么时候开始期待有男孩子喜欢自己的……

作为女人，就像您书中说的那样："欲说还休女人味，说不清的，正是女人的娴静之味、淑然之气。但女人味也不全都是优点。有的女人却做到了：虽没有优点却又无懈可击。"在阅读您的书的同时，让我感受到，这虽然是一本书，但也是一个人，甚至是很多人！是生活，是现实！因为，这里有花、有果、有食、有酒、有故事，还有音乐的陪伴。

在您的书里有种魔力，可以让我把自己整个生活的点点滴滴全部又呈现了一遍！书中提到的美食核桃、糕点，都是自己爱吃的，书中提到的地方开阳、大方、泉湖公园等等都是自己去过的！书中提到的历史记忆也是我们要去铭记的。跟随着您的文字，让我又体验了不一样的富足的生活，人生的哲理，人性的考验，历史的经典故事，向善而生，心中有志而前行的生活世界。

有您和更多像你们这样和蔼可亲的前辈在前面为我们引路，通过你们的人生经历转换成文字带给我们生活希望留存的光的能量！真的非常感恩！谢谢生命中能够遇见我的朋友，和您！你们！

【作者简介】 黄亭贻，文学爱好者。个人天赋才华潜能分析师，ACbars潜意识开发执行师，亲密关系探索者，易经文化爱好者，心灵陪伴者，冥想练习践行者，数字能量实践研究者。

浓墨重彩写春秋
——黄彩梅散文集《石头开花》简评

江跃华

2019年12月26日,应清镇市红色文化研究会的邀请,与贵州省散文学会副会长兼秘书长黄彩梅一行十余人,赴卫城镇参加一代伟人毛泽东主席诞辰126周年庆祝活动。我乘彩梅秘书长的轿车一同前往,返回的路上,听她说起即将出版个人散文集《石头开花》,并嘱我为她的新书写篇评论,受人之托,忠人之事,我自觉责无旁贷,理所应当,立即答应。

我大致翻阅了一下,集子共有五辑:第一辑"杜鹃花开"、第二辑"石头开花"、第三辑"核桃之恋"、第四辑"冬日暖阳"、第五辑"随思感悟"。洋洋洒洒,72篇精美散文,文如其人,篇篇都充满激情,不愧为女中豪杰,巾帼不让须眉。

十余天过去了,彩梅散文集里精彩的篇章,在我脑海里留下了深深的烙印。第一辑的首篇便是《杜鹃花开别样红》,文中深情抒写了与我省著名诗人李发模一行十余人去北京拜访剧作家、文艺理论家、现代著名诗人贺敬之先生的全过程。彩梅女士1968年出生于美丽多彩的大方县,大学毕业在外工作,时刻眷恋着自己秀美的故乡。在摆谈中,她热情洋溢地向贺老介绍了家乡有面积最大的原生杜鹃林,总面积达125.8平方公里,名叫百里杜鹃。共有23个品种,素有"杜鹃王国""世界天然大花园"的美誉,被誉为"地球彩带、世界花园、养生福地、避暑天堂"。她出于对家乡的挚爱,想请贺老书写"花海大方"四字,没想到贺老欣然应允,她成了此行唯一获得墨宝之人,兴奋之心无以言表,足见她的用情之深!

在《就恋这把热土——〈文朝荣〉观后》一文中,作者以"前路漫漫""就恋这把热土""绿水青山是他心中的梦""绿叶对根的深情"四个小节,情深意切地记述了海雀村党支部书记文朝荣简朴而又光辉的一生,不愧当代共产党员的楷模!读罢此文,贫穷大山里村支书文朝荣的感人形象跃然纸上,令人震撼,催人奋进。《杜鹃情缘》一文写的是贵州省地质局于1984年创办的文学刊物《杜鹃花》,迄今已逾三十五载,历经六届编委,其成员有李裴、袁浪、欧阳黔森等知名大咖,还有彭德全、欧德林、陈跃康、冉正万、冯飞、管利明等知名作家,都从这本文学刊物上走出。不可否认，这本文学刊物凝聚了地质人几多心血，洒下了艰辛汗水，可谓人才荟萃，办出了贵州特色，是目前全省行业部门办得最好的刊物，充分展示和流露了作者的真情实感。

散文集的第二辑"石头开花"收录了彩梅女士游览各地的抒情散文，读后发人深思，给人启迪。作者笔力老到，功力深厚，写景、状物、叙事，信手拈来，如行云流水，亲切自然。如《醉美的相遇》一文，把白云区的泉湖公园写活了，园里风景平静秀美，分外宜人，好一个世外桃源！这样的佳句，很是贴切。连问路遇到一位二十出头的高挑姑娘，由于得到热心指点，也发出了山美、水美、人更美的感叹！作者在文中对佛教的描写也很到位，入木三分，使人信服。

彩梅女士在《石头开花》一文中，如诗如画地描写了发生在大方县九洞天岩壁上的神奇现象。文章一开头，便是"石头开花"这一奇迹，你听说过吗？你觉得是真的吗？极大地吊起读者的胃口。据《大定县志》记载："在瓜仲河流域九洞天的小渡口岩上，每年四月，值雷雨之夕，必有蝴蝶数十万驻留于岩上孵卵。在阳光反射下，呈五色花蕊，至端阳后，则伏藏不见也。"作者在文中写道："每逢端午时节都会有如期上演的蝴蝶歌舞盛会，好多的蝴蝶披着绚丽多彩的盛装集结成群地飞来，然后统一停歇在一块大石头上聚集成团，时而静立，时而相互嬉戏，时而翩翩起舞，那不断扇动着的翅膀在阳光的照射下折射出耀眼夺目的光彩……"这般美丽生动的词句，可见作者观察力的细致入微。我认为，第二辑是散文集的重点，每一篇都各具特色，颇值一读。如《水之魂》《寨沙恋歌》《奇趣的罗甸大小井》等都写得十分精彩。在《寨沙恋歌》一文中，作者触景生情，真情流露，最后一段写道："寨沙，一个依山傍水，人杰地灵的好地方。真是'门前碧水如画，屋后青山似黛。远望似人间仙境，近游如世外桃源。'身临其境，给人一种此景只应天上有，人间难得几回游之感。"何等气魄，何等豪迈！

《仰望家乡的杜鹃花》一文是散文集第三辑的开篇。彩梅出生在大方县，虽然在外工作，却无时无刻不深深地热爱着生她养她的家乡故土，非常钟情故乡美丽的百里杜鹃。该文写出了作者浓浓的乡愁和对家乡深深的眷恋。文章一开始便写道："山的那边，满目温婉又娇艳的杜鹃花海渐渐接入天际。看那满山遍野山丹丹花开红艳艳的场景，好像一团团燃烧的火焰。"可谓点睛之笔，一下子抓住了读者的心灵，非要一口气往下读。作者的想象力异常丰富："且看那雨中的杜鹃，犹如奢香夫人，手持长剑，傲世而立，一袭红衣临风而飘，一头长发倾泻而下，说不尽的美丽清雅，高贵绝俗。又如'西施'凤髻出尘，轻移莲步，袅娜腰肢曼舞山间。"多么地美啊，神奇的大自然，多彩的杜鹃花！

在《核桃之恋》一文中，作者去赫章县朱明乡采风，把"千年夜郎栈道，百里核桃长廊"中的核桃刻画得淋漓尽致，栩栩如生。遣词造句极为生动，可谓妙笔生花。

《这个冬天不会冷》一文是散文集第四辑里一篇十分优美的华彩乐章，记述了贵州银行总行组织的一次赴长顺捐资助学活动。"面对孩子们一张张天真稚嫩的面孔，特别是那一双双清纯、天真的眼，就如一汪泉水，清纯得一眼就能看到底，更看到了他们对来者的期盼。"文中的描述，多么朴实，多么真诚！"当孩子们手捧着电脑、书包、书本和服装、鞋子等捐赠物品时，一个个的小脸上都乐开了花！有的喜气洋洋地换上新装、有的聚精会神地比画着文具……"写物叙事，朴实无华，充满了爱的奉献。

散文集的第五辑，除前几篇是阅读类作品外，后面均为有关散文创作的论文，当然，论文也属散文的范畴，包括序等。众所周知，对每个人来说，生命都是有限的，宇宙间的许多事物，我们都不可能亲自去认知，更多的是借助其他方式。其中，阅读便是至关重要的一种形式。有关散文写作的几篇论文，立论清新，引经据典，资料翔实，是彩梅散文创作的经验之谈，有较高的可读性。

彩梅女士刚过"知天命"的年龄，由于保养有方，看上去也才四十出头的模样，精力充沛，容光焕发，文思敏捷，正是出作品、出成果的大好年华。愿多彩蜡梅在今后的岁月里，持之以恒，笔耕不辍，写出更多更好的散文作品来，像家乡大方的杜鹃花那样，守正笃行，久久为功，绚丽多姿！

【作者简介】江跃华，贵州省作家协会会员、贵州省散文学会副会长、贵州省散文诗学会会员。资深媒体人，自由撰稿人。出版《耀华文集》《耀华作品集》《耀华文选》等个人专集。

蒋大海 | **热烈的情感　清新的文字**
——评黄彩梅散文集《石头开花》

前不久参加纳溪笔会，承蒙黄彩梅女士赠送其散文集《石头开花》。书名新颖，吸人眼球，令人好奇，我似有所悟，不过没有请她解说，我想自己读后去印证触发的领悟。

认识黄彩梅女士，是 2017 年 5 月在重庆合川承办的川渝贵散文家笔会期间。大约贵州方因初次加入，仅来了黄彩梅为首的两三位作家，她是以贵州省散文学会副会长兼秘书长身份参会的。众所周知，一个学会或协会，关键的组织者往往是会长（主席）和秘书长，前者把握方向，掌控大局，后者承上启下，协调落实。看上去彩梅女士芳龄不过不惑之年，却能当此大任，识见与能力必定杠杠的，或者有其他过人之处。自那以后，我们曾在多次全国或区域性文学论坛、采风笔会、互访交流等活动中见面。对她有了更多的了解后，最初的预感居然逐一得到了证实，心中便不免窃喜，我还是有些识人眼力的。

黄彩梅女士为人热情大方、朴实直率，有一颗透明的心，胸无城府，接触中你会感到她的真诚实在，而愿意接近她。由此，她与人相处，很快会去除陌生感，极易融入群体。这样一个人，自然就有亲和力、凝聚力，容易把一批醉心文学、志同道合的人团结在一起，为共同的文学追求努力。

这些年，贵州省散文学会每年都有不少或大（跨省）或小（省内）的文学活动，黄彩梅女士在其中都担当着重要的组织者角色，体现出她卓越的组织协调能力，也反映出她在地方上有着良好的人脉资源，以及对文学事业的热爱与奉献。对于一个主要靠向社会筹资开展活动的民间组织而言，策划开展这样的活动，困难很多，相当不易。没有黄彩梅女士这样有能力有资源又热心的组织者，是难以实现的。个中甘苦，我是略知一二的。

黄彩梅女士在写作上，执着而勤奋。执着使她热爱生活，关心世事，具有一种自觉的家国情怀。所以，读她的文章，你能感受到这位"小女子"却有着较大的格局和较高的眼界，国家和地方的重大事件，几乎都有她的观察、感悟和描写。从纪念抗战胜利到中华人民共和国成立70周年阅兵,从脱贫攻坚到举国战疫,均未缺席。黄彩梅女士以她集子中一篇散文的名字命名这部散文集,不也说明了她那埋藏心底的对文学的执着与倔强吗?——哪怕在荒山野岭的石头上,也要开出绚烂多彩的文学花朵。这或可看作是她对文学创作目标的自我定位与激励。勤奋使她好学深思,笔耕不辍。她的所闻所见,所历所为,所思所得,多有记载,述而为文。从对山川胜迹、历史遗存的赞赏,到对钦仰人物、英烈模范的崇敬,从对历史事件的描述到当今时代风云的摹写,多有涉猎。这是难能可贵的!

在创作追求上,黄彩梅女士也有自己的目标。她的作品,语言清新流畅,不乏生动描述,有着积极向上的力量。有的作品,既体现出女性作家观察事物的敏感细腻,又有不让须眉的大气。这些,应该是源于她对家乡的深情和对祖国河山的热爱。她的家乡大方县,是"杜鹃之乡",她的这本散文集的第一辑,即命名为"杜鹃花开",所收九篇文章中,专写杜鹃花的即有三篇,分别是《杜鹃花开别样红》《杜鹃情缘》《仰望家乡的杜鹃花》。而第一篇文章,就写的是她第一次同文友们一起去拜访贺敬之时,虽然激动紧张,却不揣冒昧,大胆向贺老请求为其家乡的"百里杜鹃"景观题写"花海大方",以为家乡增色,使之更加闻名遐迩。如果不是对家乡有着挚爱与深情,是不会这样做的。而这辑中,其他六篇则是描写人物的,有国学大师文怀沙,有文坛人物欧阳黔森、陈长吟,有扶贫攻坚的名誉村主任郑传楼,有抗疫白衣天使群像等。她为何将这些有所成绩或成就的出彩人物列入这辑呢?我想,一定是因为在她心中,杜鹃是美好的化身,"她没有玫瑰的娇艳,没有牡丹的傲气","好像一团燃烧的火焰",既如清雅高贵的"奢香夫人",又如凤髻出尘的"西施"……她把美好的事和优秀的人都拟人化为了别样红的"杜鹃"。

她对祖国大好河山、自然遗存的喜爱,熔铸了她的家国情怀。而这种热爱这种情怀,是从亲近家乡的山水开始的。对家乡的热爱,使她关注家乡的生态环境变化和生态文明的建设。在《石头开花》一文中,她写了家乡大方县九洞天风景区生态环境返璞归真的故事。在儿时故事的情景里,九洞天花团锦簇,美不胜收。后来,因为砍伐山林,河道干枯,只留下光秃秃的石头,再不见石头开花美景。这些年来,大力植树造林,改造荒山、山清水秀、鸟语花香了,每年四月,九洞天小渡口岩石上成千上万只彩蝶飞舞群聚的"石头开花"奇观,终得再现。

通过这个故事的讲述，反映了家乡生态环境的巨变，向人们形象地说明了生态建设的重要性，这样的写作是生动巧妙的。

总的来说，阅读这本散文集，从中能够看到黄彩梅女士那颗质朴爽直而炽热的心，以及她对包括散文写作在内的文学创作的不懈追求和所取得的突出成绩。

现在她是贵州省青年文学研究会的会长，我衷心希望看到她更大的进步，读到她更多更好的美文。

【作者简介】 蒋大海，中国散文学会会员、中国楹联学会会员、中外散文诗学会主席团成员、四川省作家协会会员。现任四川省散文作家联谊会副会长、四川省法治文化研究会副会长、四川省文艺传播促进会特邀副会长、德阳市散文学会名誉会长等。曾获第八届冰心散文奖、第二届四川省散文奖、中国散文学会"突出贡献奖"。

李 艳　一个文艺女青年的生命启示
　　　　——读散文集《石头开花》有感

　　认识黄彩梅女士大概是在2018年。那年正好是改革开放整四十年，德阳市文学界在第一个摘掉人民公社牌子的广汉市向阳镇举行了一场隆重的纪念活动，邀请了不少全国的散文名家，贵州方面来的是会长秦连渝和副会长兼秘书长黄彩梅。

　　初次见到黄彩梅，给人的感觉就是一个时髦女郎：光洁白皙的脸，乌黑深邃的眼，高挺的鼻，玫瑰花瓣一样粉嫩的嘴唇，身子轻转长裙散开……一举手一投足都如风拂杨柳般婀娜多姿。江南女子那种温婉、水柔、优雅，表现得淋漓尽致。

　　整个会议的接待与交通都是由我在负责，所以我算是黄彩梅来德阳见到的第一人。

　　素昧平生，黄彩梅见面便送我一份礼物：贵州民族风情的钱包。立刻给我一种感觉：这位时髦女郎待人接物很是世事通达呢。几天下来，这种通达让彼此都感到了轻松。

　　笔会后不久便收到了她的文章，读起来一如和她的相处：轻松。

　　也许，轻松便是一种默契。没有刻意来往，但此后二人不时地会在各种文学笔会中邂逅。两人也就像老熟人一样打着招呼：Hi！好久不见，最近又有什么大作呀？

　　但黄彩梅给我的印象始终脱不了文艺女青年的范儿，身上最突出的是比她热爱的艺术还浓烈的文艺气息。

　　大概是前几天吧，黄彩梅突然在微信窗口发了一份大大的文档——《石头开花》。哦，一个有魅力的女性，一位结交甚广、因缘颇多的名媛出书了！还是处女作呢，可得认真拜读拜读。

　　这部名为《石头开花》的散文集，应该是汇集了黄彩梅女士从事文学创作以来所有能够代表这位美女秘书长文学创作水平的文字，按照不同的类别归属在

"杜鹃花开""石头开花""核桃之恋""冬日暖阳""随思感悟"5个专辑，全书29万字。

根据我的经验，29万字的文学专辑算是大部头了。但我看得很快且酣畅淋漓。"石头开花"——要说感受，这就是感受。这个感受心念端正。后来我对产生这种感受的原因作了分析，认为有这么几点：

一、内容清澈开朗，直抵人心

这本记录了黄彩梅女士十余年的人生经验，以及她与她敬爱的朋友们的爱与温暖故事的书，也如她的经历一样，在做贵州省散文学会副会长兼秘书长的人生路上，黄彩梅女士用文字记录生活，其笔下的人物鲜明，有着选择自己人生方向的勇敢，有着善良和执着的美丽灵魂。所选文字多为黄彩梅女士近年来参加各种文学笔会和日常工作与生活中的诸多感悟。

既有家乡的山水风情，如《水之魂》一文中对黄果树瀑布的赞美："先是轻轻的、缓缓的，在低吟浅唱，似一曲舒缓的、美妙的、纯真的轻音乐，继而成为一曲激昂高亢、浑厚圆润的交响乐，情调热情奔放，唯美悠扬地在深山幽谷中……"

也有各地的人文历史，如《秘碉缩影》中对四川省广安市武胜县一个古寨的描绘："看着这历经百年沧桑，如今仍然完好无损的大门，想象着当时不知让多少盗匪咬牙切齿的痛恨和望门兴叹的绝望？这说明段襄臣当时在用料上的选择是何等地精细……"

甚至还有对自己身为一个小女人的认知，如《女人味》一文中：欲说还休女人味，说不清的"正是女人的娴静之味、淑然之气……"

字里行间充满了昂然向上的生气与对人生积极因素热切追求的活力。质朴中透着纯真，总能让你在纷繁芜杂的世事中获得一份宁静，在浮躁中倾听到内心的声音。

读者可以从她的文字中，轻松地了解脱贫攻坚在当今生活中的意义，也能从对文字的咀嚼中得到思考后的启发，尤其是对于我这样一个一进入寒假就将自己终日深埋在高深晦涩的物理题中的所谓高校教师来说，似乎还要再加一层：苦读深思的冬日午后，抵住眼皮打架，终于把自己想象成境界非凡女子，将心中的淤积运功排出……

突然想起汪曾祺老先生在《生活，是很好玩的》那本书里的一句话：口味单调一点、耳音差一点,也还不要紧,最要紧的是对生活的兴趣要广一点。

最轻松的文字,只不过是回归了本真。有一天,当我们回头看看自己说过的话写过的文,就会发现,那些套路那些模式那些文采,不过尔尔。最最重要的,是我们是否回归到事件的本真,智慧地透视,真诚地表达。

人生,亦如此。

二、小女人大情怀,道出了扶贫攻坚到底有多难

初看到"石头开花"这四个字时,我心里一怔,文艺女青年嘛,活得诗情画意,永远向往诗与远方……出书怎么会想到用这样沧桑的文字?疑问将我的思绪引到了贵州这个贫瘠的地方。

贵州最大特点是产石头比产什么都多。

多年前我去赤水,满眼都是些高低起伏、形态各异的石头。石头上的人家,石头上的生活,在绵绵山脉里延伸着。偶有一块像样的田,也矗立着几块千奇百怪的巨石……屋靠着巨石而修,路靠着巨石而行,甚至走进屋里,还藏着一块巨石。记得站在石头上的我全身都在发抖:这些山高得太吓人,山里的人怎么生活?

要让山里的人过上平原人一样的生活,无异于让石头开花。因为所有的土地,都只能在石头缝间开拓。

黄彩梅是贵州大方县人,她的身上还有一个标签:一个地地道道从大山里走出的文化人。我终于明白了,黄彩梅跟贵州的大山大水亲近得很呢。见到她时千万不要被她时髦靓丽的表象迷惑了,要深挖她深埋在骨子里的真性情,就从她送我那个刻有家乡风情的钱包开始。

《石头开花》这本书里收录了大量采写扶贫攻坚方面的文章。如《倾情为民步履勤——扶贫攻坚名誉村长郑传楼》一文中正安县自强村名誉村主任郑传楼、《就恋这把热土——〈文朝荣〉观后》一文中毕节市赫章县河镇乡海雀村原党委书记文朝荣、《五星村里的"顶呱呱"》一文中黔南州长顺县摆所镇五星村支书高金国……

从没想过那种像干枝一样的植物,会开出美艳的花朵。就像从没想过贫瘠的深山里,能走出一条致富的道路来。

但我分明在黄彩梅一行行饱含深情的文字里,真的看到赤水的石头开始开花了，石头上有人唱歌，有人欢笑，有人拍照，有人把那些花朵一朵朵摘进背篓里……顿觉天地之阔，霎时间有了放眼的机会，忍不住纵情地呼叫，群山回应，峡谷有声。

但，并不是所有的人，都能把荒山变成财富，也不是所有的人，都能让财富滋生出更多的经济效益……所以啊，黄彩梅一定要让这本书叫《石头开花》，石头不仅能开花，还能开出很艳的花。

这多少让人领会到：文艺女青年除了要让美的事物充满世界，让眼前一切都赏心悦目，同样需要面对孤独，面对伤痛，面对迷惘。当春来百花盛开时，她们会比我们更多地想到花开背后的故事。比如石头开花，开花的石头像是从大地中生长出来，带给人们一种有生命的感受，而不是仅仅被安放在土地上的。这样的开花难道不更美？

由此看来，《石头开花》这样大而化之极其正确的语句，虽属于非个性化写作的领域，但是落到黄彩梅女士身上，它变得颇有些个性化了，能让人感受到是这一个，是这个人，是这一段人生的一个自传。

行文至此，我忽然想到散文的写作。如果我们能把散文放在广度与深度两条轴上观察，广度上的兼容并包，有容乃大，与深度上的向内的挖掘应该相得益彰。所以散文的写作应该有一种回响，这回响既像是岁月回声，又像是回望的眼眸和向着依然光亮的未来的张望。写作时如果忽视外部世界，忽视时代情绪，无异于自断广度这一臂。

【作者简介】李艳，笔名雁子、文彦，四川工程职业技术学院教授。中国散文学会会员、四川省作家协会会员、德阳散文学会副会长兼秘书长、四川省杂文学会德阳工作站站长、《德阳散文》主编。出版散文集《灵魂的维度》《守望》。

彩梅，缤纷的梅
——读黄彩梅散文集《石头开花》有感

李 云

黄彩梅女士这本《石头开花》散文集，29万字，拿在手上沉甸甸的。翻开书目，内分五辑，分别为"杜鹃花开""石头开花""核桃之恋""冬日暖阳""随思感悟"。显然此书是她的心血之作。

2020年秋季，川贵冀散文作家在河北沧州采风时，我第一次认识黄彩梅。她很活跃，给大家摄影、唱歌、讲笑话，尤爱自拍。她装扮时尚，眉眼生动，腰身丰饶，姿态风骚，一副小女人样，可谓风情万种。令男士心仪，也招女人爱。她这模样儿，我是熟悉的，和我另一个文友很像。

我悄悄把她归入妩媚妖娆之类。想学她，可又学不来。

她唱的歌是她自己创作的，歌词里充满了对她的家乡大方县的深情，她唱得十分投入，歌声婉转，有贵州少数民族风味，很是动听。她不仅写散文、歌词、古体诗和现代诗，在其他方面也多才多艺。

彩梅也是一个爱思考、头脑灵光、有小心机的人儿。正如她在文中写道，去拜访著名诗人贺敬之时，"突然心生一念"，她要为自己的家乡向贺老索取一副墨宝。果然贺老欣然应允，手书"花海大方"四个字赠予她。她成了此行十多个人中，唯一获得贺老墨宝的人，自然是眉开眼笑。

她是一枝多彩的梅，一朵缤纷的梅，正如她的名字。

浏览全书文字，题材涉及面宽，内容充盈扎实。书中再现了彩梅认真生活、工作和行走、书写的情景。她对一个人、一件事、一部电影、一本书都倾注了自己的深情厚谊，她表情达意，是一个妥妥的情浓浓意浓浓的妙人儿。

出一本书，即便对一个男人来说也并非易事，何况对一个有职业、有家庭、有孩子的女人而言，更是艰辛不易。个中滋味，彩梅虽没有提及，但本人是了解并感受深切的。

祝福她，写书不易，她写成了；恭喜她，出书不易，她出版了。

来日方长,愿她继续五彩缤纷,恣意生活;愿她继续创作,再出新作!

【作者简介】李云,中国作家协会会员、中国作家协会定点项目签约作家。已出版5部文学作品,发表200余万字。

李发模

清净自心　识得自信
——黄彩梅散文集《石头开花》赏析

当彩梅把《石头开花》一书捧到我眼前时，我一点也不惊讶。因为在之前我就收到过她主编的一本散文集《高原山花》，也看过她写的一些诗歌和听过她作词的几首歌曲，尤其是近期的《梅花颂——梅》，给人一种不惧严寒、不畏挫折、力争上游的精神。因此，她给我的印象，犹如她的作品一样阳光、妍丽，充满着正能量。

俗话说，人与人的相识相知是一种缘分，而这种缘分往往能给人留下深刻的印象，也能让人产生温馨久远的记忆。

我认识彩梅是2013年春天的故事了，那是我带领一帮学生到北京去看望贺敬之先生，同行人当中，数彩梅最机灵，她居然向贺老求得了一幅字——"花海大方"，说是为自己的家乡大方县所求。我喜欢这姑娘的聪慧，也被她的爱乡之情所感动。回到贵阳后，彩梅便写了一篇文章《杜鹃花开别样红》，并分别发表在《贵州民族报》《大方日报》《高原》等报刊上。这就是彩梅给我的深刻印象。

彩梅出生在大方，她的这本《石头开花》散文集是以她的家乡一个4A级风景区"九洞天"而命名。"石头开花"这一奇观，你听说过吗？你觉得是真的吗？……说到石头开花，也许你就会想到广西都安县长寿山的地质景观——二叠纪层状硅质岩形成的燧石结核，石头上散布着含苞欲放的玫瑰花石纹，但不是，它是彩梅用一种不可遏止乡愁的力量，用笔墨去抒写的一个生态环境返璞归真的传奇故事。这就是黄彩梅这本散文集《石头开花》给我的强烈吸引。文中"多少年来，历史的演变和阳光雨露的滋养，便成就了我美丽的家园——多彩贵州、花海毕节、美丽大方、青山绿水、和谐人家，一派生机盎然。在我的家乡大方县九洞天风景区，每逢端午时节都会有如期上演的蝴蝶歌舞盛会，好多的蝴蝶披着绚丽多彩的盛装集结成群地飞来，然后统一停歇在一块大石头上聚集成团，时而静立，时而相互嬉戏，时而翩翩起舞，那不断扇动着的翅膀在阳光的照射下折射出耀眼夺目的光彩，放眼望去就像石头开花一样，而这一朵朵五颜六色迎风摇曳的鲜花却有着赋予生命的灵动，美极了。这个传说一直在我的脑海深处，也有一个问题一直存在，为什么这些蝴蝶会集结在这块石头上呢？这块石头在景区的什么地方？我就一直想着要亲自去实地找答案"，显然，彩梅以历史的变迁、地质的构造以及生态的发展为重点，突出了主题，也因为这一点，成为她缀字成文的灵魂，展现了一个生动的文学意象，丰富了散文创作的魅力。

《石头开花》散文集上的作品大部分取材于彩梅在生活中的各种经历，一共分为五辑，有描写个人为主的；有非常浓烈的人情味和感情色彩的；有描写自然风光和景物为主的；有结合时代气息描写脱贫攻坚的，这些都抒发了彩梅的个人感情。书里既有《水之魂》《茶尖上舞动的旋律》《桐梓花园》等美轮美奂的篇幅，又有《杜鹃花开别样红》《就恋这把热土——〈文朝荣〉观后》《倾情为民步履勤——扶贫攻坚名誉村长郑传楼》《以其无私 能成其私》等人物对家乡的爱以及伟大无私的奉献。还有《花与声共鸣》《醉美的相遇》等呈现的是一幅生机盎然的画卷，《相约春暖花开》《这个冬天不会冷》《倾情岁月，爱心涌动》以及第五辑等等，篇篇都能令人回味无穷。

彩梅的散文没有华丽的辞藻，也没有过多的修辞以及惊心动魄的内容情节，整体给人以清净自心、识得自性的梅花一样的品格。人有如是品格，用于创作，能以自然的、人性的、审美的何为、何谓、何以天以晴为履，请云留步，是雨、是雪，而留取梅香如故，且让读者于无声处听惊雷，听见作者为家乡的心跳。且看见旭日上山，山约杜鹃开了，土邀彩云缀地。且让人看见一方水土增富减贫，江河为山与山划界，雷电界定阴晴，从而领悟民生是一方水土，人性是一个国家。

从彩梅这本书中，还让人读到：别低估了世态炎凉，等你明白了一切，还有热情温暖自己，那才是真正懂了在火山口上的生存，或是冰山上的来客……已不仅是热板凳或冷板凳。

同时，在该书中还可读到：他山之石，可以攻玉，雕刻人生，我为"我"代言，归山图，天地回……找回世间的"心"与"灵"，穿过一小块人间，亦可找到经历的月蹄星印，于精神原乡发现灵魂路线图。

此外，对我这个退休老汉来说，能阅读到29万字的《石头开花》实感荣幸！祝：彩梅的散文作品久盛不衰！永恒经典！同时，希望彩梅在诗作方面也有所发展和突破，如同名字一样多彩、妍丽！！！同时祝贺彩梅当选中国散文学会理事！！！

【作者简介】李发模，1949年生。中国作家协会会员、中国诗歌学会常务理事、贵州省诗人协会名誉主席。国家一级作家，著名诗人。已出版诗集、散文集等共60余部。长诗《呼声》获中国首届诗歌奖，被苏联作家叶甫图申科誉为"中国新诗的一块里程碑"，是当前中国最有诗人气质和诗歌才情的作家之一。

有缘自会"石头开花"
——黄彩梅其人其书

李任凯

说起我和黄彩梅的故事，可谓一波三折。一次偶然的机会，早闻其名；看过照片，以为是"80后"小妹妹；后来有所联系，听声音，也是让人遐想；三番五次，才得以见面，"石头开花"，见到其大作《石头开花》，如获至宝，读之有味。

一、两次差点见面，就是见不到

2021年10月25日，我有幸参加第十四届贵州民族文学创作改稿班。即将成行省城贵阳，我第一时间联系了黄彩梅女士，她是一个重情重义的人，虽然她贵为贵州省青年文学研究会会长，但是平易近人，富有人情味。在我10月23日大婚之时，她本来要来婚礼现场祝福的，她准备了激情洋溢的发言，结果因为疫情原因未能到场。婚后第二天，我已经在开往贵阳的班车上，结果接到举办方的紧急通知，临时取消培训，不得不折戟而返。

二、培训成行，终于见面

2021年11月22日，终于成行第十四届贵州民族文学创作改稿班。其间，我结识到了成丹（笔名罗宾汉），他很热情，曾经去我的老家剑河进行过扶贫，还挂职过剑河县委副书记，爱屋及乌，跟我这个剑河人特别投缘。因为不知道培训地点情况，成丹很热络地来到了车站接我，把我送到了宾馆，还一起去参观了贵州省脱贫攻坚展览。说起真是有缘，我培训的宾馆就在黄彩梅工作的地方附近，当晚我就受邀参加了她的私人活动，在席间聊开来，我才知道我们的缘分由来已久，终于"石头开花"，得以见面。

三、偶然"相识"，无缘见面

和黄彩梅初次"相识"，那是缘于一次机缘巧合，也没有留下太多印象。当时周末有事要去贵阳，恰巧看到郭太东发的一个活动邀请，一个新书《石头开花》的分享会，说是欧阳黔森等贵州名家大咖也要出席，所以慕名而去。后来去到现场，看到了黄彩梅的照片，以为是个"80后"小妹妹，觉得这么年轻就能出书真是太厉害了，可谓"巾帼不让须眉"。结果活动因为校方原因，迟迟未能开始，我只好踏上归途，赶晚班车回了瓮安。

四、如若有缘，终会相识

经过应该"相识"的初次"相识"之后，可能会从此不再相识，可是有缘，茫茫人海，终会"相识"。之后，通过大方县刘俊杰老师的介绍，我有幸在2020年调动到瓮安县文联工作后继成为中国少数民族作家学会会员、贵州省纪实文学学会会员、黔南州作家协会会员之后于2021年被聘为毕节网顾问，加入贵州省散文学会、贵州省青年文学研究会、《青年文学家》杂志文学创作交流群。在加入这些学会的时候，刚好黄彩梅是贵州省散文学会副会长、贵州省青年文学研究会会长。打过几次电话，声音甜甜的，没有架子，特别热情，所以就一直保持联系，直到这次培训，因缘际会，才得以见面。

参加活动，终得《石头开花》。

2021年11月26日，第十四届贵州民族文学创作改稿班培训结束，本来受邀准备和黔南州作家协会的副秘书长顾光敏去都匀交流取经的，然后再从都匀陪黔南州文联党组书记、主席韦昌国去瓮安作"文艺振兴乡村五项行动"专题培训讲座。"英雄难过美人关"，禁不住黄彩梅的一再盛情邀请，考虑再三，机会难得，当晚参加了贵州省青年文学研究会的系列活动，由于表现积极活跃，终于获得了《石头开花》。

如获至宝，读之有味。

《石头开花》一书收入了黄彩梅近几年来写作的72篇文学作品，分为"杜鹃花开""石头开花""核桃之恋""冬日暖阳""随思感悟"5个小辑，共29万字。封面书名由贵州省文联主席、贵州省作家协会主席欧阳黔森题字，何士光、顾久分别作序，石英作跋。

《石头开花》可谓丰富多彩，读之有味，回味无穷。山水风光、人文地理、大江南北、都市乡村皆采撷于作者笔下，铭记于心，写作成篇，为读者摆上一桌芬芳四溢的散文盛宴。"杜鹃花开"小辑里的名家采访，"石头开花"小辑里展现的山水写真，"核桃之恋"小辑里记叙的农业生态、乡村风情，"冬日暖阳"小辑里的情感观与交融及"随思感悟"小辑里的理性思辨等，无论从写作手法、语言或从文学审美来说，都有各具特色的色、香、味。这本书，很好地体现了"语言是散文的血肉，也是散文的颜值"的观点。语言唯美，情感真挚，言之有物,沁人心脾,绕梁三日,余味无穷。

从书中可以看出黄彩梅对大自然的热爱,对摄影美学的执着追求,对历史文化名胜古迹的探索,对所敬重人物的倾慕与虔诚……源于生活,高于生活,笔耕不辍,"石头开花"!

【作者简介】李任凯,侗族,贵州凯里人。贵州大学学士,西北大学硕士。中国少数民族作家学会会员、中国散文学会会员、中国文化志愿者协会会员、贵州省青年文学研究会理事、《青年文学家》贵阳分会纪检部长、贵州省散文学会会员、贵州省纪实文学学会会员、贵州省侗学会会员、贵州省演讲研究会会员、黔南州作协会员、毕节网顾问。《瓮水长歌》《瓮安调》《瓮安文学》《黔中文学》《青年文学家·雪梅文学社》编委。

李玉真 | 立足热土的时代情怀——黄彩梅
——黄彩梅女士散文集《石头开花》读后

《石头开花》是彩梅女士一部将要出版的书稿。我得到的电子版，少了油墨的清香，阅读乐趣却没有打折。全书大致上以题材、主题或情感指向为准，分为"杜鹃花开""石头开花""核桃之恋""冬日暖阳""随思感悟"五辑。以下大致按照"热土"和"时代"脉络，稍作归纳和分剖。

一、着力讴歌的热土地

从遥远的先民开始，中华民族就在神州大地上耕耘、收获，繁衍生息，但回顾五千年的历史，翻阅相关的历史典籍或诗文作品，我们可以发现治世少而乱世多，兵燹、饥荒、疫病轮番肆虐，黎民流离失所反而成为常态。幸运的是中华民族凭着惯有的韧劲，一路走来，自强不息，越挫越勇。新中国的诞生和改革开放的实现，特别是近年来脱贫攻坚的巨大成功，终于让陶渊明先生追求而不得的世外桃源的梦想成了现实，祖国南北东西异彩纷呈。

地处祖国西南一隅的贵州省，经济、文化、交通、旅游等各方面的发展，近年来也直追发达地区。虽然差距仍在，但是取得的成绩已足以令人鼓舞。受到鼓舞的人们，通过文学作品讴歌、记录发展进步的不在少数，彩梅女士便是其一。

翻阅全书，我们可以发现，抒写贵州省风物人情之美的，就包括了《仰望家乡的杜鹃花》《石头开花》《漫笔神龙潭》《茶尖上舞动的旋律》《寨沙恋歌》《奇趣的罗甸大小井》《心恋务川》《桐梓花园》《花与声共鸣》《醉美的相遇》《邂逅一场土家的锦绣霓裳》《楠木渡的水，沉静而流深》等篇。这些篇章从不同角度，多方位展示了贵州省的风采，景致的美，民俗的美，意蕴的美，都相当到位。这当中最值得专门提及的是"花茂系列"，彩梅女士一写就是六篇：《花茂村的土陶》《就为一句话》《花茂村的拼命三郎》《两百块钱》《花茂村的农家小院》《幸福的笑容》。花茂人的精神面貌，他们战胜贫困、耕耘幸福、缔造未来的种种努力，包括国家领导人的高度赏识，在系列文章中，都得到了生动的体现。

贵州省之外，行旅所及，也是彩梅女士倾情抒写的地方。涉及四川省的《走进合川》《三星堆游记》《东门市井和李劼人故居的印象》《秘碉缩影》，涉及河北省的《千里之外品你》《翘首观云梯——记河北省省级非物质文化遗产代表性传承人李亮》，涉及山东省的《魅力日照 以爱传世》《石现梦想》，等等，无不充满了浓浓的诗情画意。绝大多数文章，都有数目不等的语段，或状景，或抒情，或发感慨，比比皆是。限于篇幅，下面仅以《寨沙恋歌》一文中的一段为例：

> 这不，广场上矗立着一座侗寨的标志性建筑——钟鼓楼。楼前有一个侗家小伙子正在到处寻找爱情哩，可是没有一个喜欢他的姑娘，原因是他不会弹琴唱歌。侗家青年男女的爱情，多半是由对歌而相爱结婚的，还有"哭嫁"习俗，女子在出嫁前7至20天就开始哭唱。哭唱的内容有"女哭娘""姐哭妹""骂媒人"等。开始是轻轻哭唱，越接近嫁期越悲伤。直到哭得口干舌燥，两眼红肿。她们把哭嫁作为衡量女子才德孝顺的标准。

二、时代扛在勇于担当的肩膀上

时代精神，时代气息，不仅仅在于看得见的成绩，很多时候，它也扛在勇于担当的人们的肩膀上。这里的人们，当然包括那些出类拔萃的个体，更包括那些无私奉献、默默付出的芸芸大众。打开《石头开花》，我们会邂逅《杜鹃花开别样红》里面平易近人的现代著名诗人贺敬之，会跟着彩梅女士的脚步《访国学大师文怀沙先生》《认识欧阳黔森》，会和她一起结识《一根筋的陈长吟》，会了解《我的老师》、贵州省著名画家杜宁先生——他们都是文化领域的佼佼者。我们还会走近扶贫攻坚名誉村主任郑传楼，会走近白衣天使张有楷，会走近搬动贫困大山的新愚公文朝荣，会走近知性美女企业家金滔，会走近花茂村的拼命三郎何万明，会走近庆祝中华人民共和国成立70周年阅兵式上的军人风采，会走近河北省省级非物质文化遗产代表性传承人李亮。

集子中值得我们钦佩的，当然还有许多平凡岗位上的普通劳动者，如连年接送高考学生的出租车师傅吴奇刚，如在平凡岗位上尽职尽责的刘孟胜，以及类似的其他许多人。

三、时代行进在脱贫攻坚的步伐中

摆脱贫困，追求富裕，是人类千百年来未曾改变的追求，但纵观古今，横看世界，最终实现梦想的，又有多少？放眼疫情肆虐之下的世界阴霾，我们可以自豪地说：风景这边独好！然而，这好风景不是别人施舍的嗟来之食，而是我们举国上下形成合力扶贫扶志多年如一日辛苦努力的成果。时代的亮色，行进在脱贫攻坚的步伐中。

《石头开花》找准了紧跟时代的契合点，集子中的多篇文章足以反映脱贫攻坚的努力和成果，如《倾情为民步履勤——扶贫攻坚名誉村长郑传楼》《核桃之恋》《果林深处的笑声》《就恋这把热土——〈文朝荣〉观后》《这个冬天不会冷》《楠木渡的水，沉静而流深》《五星村里的"顶呱呱"》《我也跟着乐在其中》《倾情岁月，爱心涌动》等等。这些文章有的记录了事件，有的歌颂了人物，彩梅女士都做到了笔到心到，让我们过目难忘。《相约春暖花开》是这当中较为特别的一篇，写的是抗疫，充分体现了中华民族不服输和团结抗争精神，尤为可喜的是，我们在全球率先见到了战胜疫情的希望的曙光。

四、对历史的深情回眸

书中回溯历史的篇什或章节不止一两个，如赫章县海雀村曾经非常恶劣的生态环境，如黔东南月亮山下苗家曾经异常艰难的生活状况，等等。其中最震撼人心的，可能要数关于这篇走访远征军的采访日记。

因为各种各样的原因，赴缅对日作战的中国远征军，曾经长时间为主流媒体所忽略。当历史的烟云逐渐散去，重新站在民族的高度，人们重新想起了这个悲壮的群体，可是当年的很多尚在人世的远征军战士，早已风烛残年，垂垂老矣。幸好官媒与自媒体、官方与民间一起发力，他们当中逝者与生者的境遇都得到了重视和改善。从这个角度看，《2013年不同寻常的国庆长假——走访滇缅界内的贵州籍中国远征军日记》这篇文章，是最让人心潮起伏的一篇。这篇文章细节描述不是很多，依然带来一种震撼，令人动容。历史，对远征军真的有所亏欠，幸好志愿者们的义举，让远征军的爱国精神得到弘扬、英勇事迹得到再现——哪怕是零碎的再现。下文所引，仅仅是令人触目惊心的片段中的片段：

> 当时有一位贵州老乡生病不轻，影响了部队的行军速度。连长觉得老乡已经不行了，就命令李华生执行枪毙老乡的任务，免得他受苦和拖累大家。接到命令的李华生，不忍心枪杀自己的战友和亲人，便把老乡扶到一株古榕树下，朝天放了两枪算是交了差，便含泪离开。
>
> ··········

石雕中有未成年的娃娃兵方阵，也有垂老飘零两鬓华的老兵……在这个方阵的右上角石雕中，有小到6岁的娃娃也上了战场，最终惨烈在日寇的枪下。

五、"小情怀"里的大世界

集子中的一些篇什，笔触细腻、纤柔，看似与世界无关，与时代无关，其实不然。这些"小情怀"，认真审视，会发现它们其实也是时代的缩影，是真善美爱的折射，是一个个不折不扣的大世界。

《昙花夜放》写了"我"对自家昙花开放前后的精心呵护、细心观察和满心欢喜，但并不专为赏花而写花，而是结合抗疫、防洪抗汛的紧张氛围，赋予了昙花积极而高尚的象征意义。《冬日暖阳》写了"我"40岁生日到来之际，寻思怎么度过时，街头偶遇贵州省电影家协会副主席陈跃康先生，在他的邀约下到《杜鹃花》编辑部跟省内文学界的袁浪等知名作家共进午餐。作家们高超的文学造诣，令彩梅女士兴奋之情溢于言表。文章致力体现他们的文学贡献，似乎与自己的生日有点"跑偏"了，然而，不是因为友谊，怎会有这篇文章？何况名家们的作品对"我"产生了诸多有益的影响。很多时候，友谊不仅是温暖人心的源泉，还是一笔不可多得的更不可取代的财富。如标题所揭示，这篇文章给人一种其乐融融的温馨之感。《红颜知己》是一篇很有意思很值得赏鉴和思考的文章，似乎在谈论，又似乎在抒发，然后意有所得。不过，审视我们的文化传统，达到"红颜"程度的跨性别的友谊，除非同时跨年岁或存在别的较大差距，否则不被曲解而能得到广泛认可和接受的，在相对保守的语境里，真的说不上多。唯其如此，才更加值得拥有和珍视。《女人味》一文同样值得思考：女人味是什么？当然可以有多种不同的衡量标准，但其中一点毋庸置疑，那就是特有的魅力。这特有的魅力在于内在学识修养品德风格的综合外化，是一个长期的过程，不是仅凭妖冶打扮或精致化妆就能实现的。这也是一篇有趣的文章，除了可供女性读者们"研习"，也值得男性读者们反省、深思，因为"男人味"也是个值得探讨的话题。这篇文章是不是听了任雪琴同名歌曲之后的有感而发不得而知，只知道一味委屈自己或专门打悲情牌而不懂得在气质修养等方面提升并改进自己，绝不是真正的"女人味"。《心灵的短章》一文写了三个小故事，分别从同情、宽容、谦让等角度，指向一个共同的主题：立身处世，厚道为本。

《幸福》这篇文章通过两个家庭的两件小事诠释了不同的人对"幸福"的不同体会：一对夫妻在收获时节驾着马车回家，一路哼唱着快乐的歌儿，他们的幸福与收入丰歉无关；一家人住在荒山之下，男主人听不进政府工作人员种树的劝告，只用柔和的眼光望着处于贫困境地的妻儿，他们的幸福与家境贫富无关。幸福是什么？究其实，是一种恬淡而知足的心境，它与别人的感觉无关。

六、《石头开花》的文本特征

从构成要件上看，彩梅女士的文章具有如下文本特征：

写人不限身份，既有文人、军人，也有普通劳动者；既有年高德劭的耄耋老翁，也有社会底层的优秀青年。对革命先烈的缅怀，对贫寒人的悲悯，对成功人士的祝愿，不分彼此，只要涉笔，彩梅女士都很上心。写事，多半会作溯源式的考证，但彩梅女士并不拘泥于陈说，多倾向于对历史纵深的一种诗意的拓展，其中那些美丽的传说或传奇，使得相关文章含蕴更为丰富，更加耐读；写景，立足于摹写当下成就的同时，往往会着眼于勾勒其前景的美好或更加美好；写物，绝不孤芳自赏，总会延伸、挖掘，设法赋予抒写对象某种积极的象征含义；写情，不拘形式，乡情、友情、借物抒怀、直抒胸臆，等等，可以说蔚为大观。有时只需要一两个拟声词，如"嘿嘿""哈哈""呵呵"之类，行文的俏皮、幽默等意味便生动彰显，跃然纸上。

以上这些，当然不是彩梅女士文章特点的全部，事实上，也没有哪一篇文章会专门写人记事、写景状物而不涉其他——它们总是各有侧重而互有交叉，共同承担着一项项彼此不同的使命。而且，同一篇文章，每个人的关注点不同，获得的感受就不会一致。见仁见智，从阅读角度讲是说得通的，否则"一千个读者就有一千个哈姆雷特"的观点就不会流传广远。

从结构上看，彩梅女士的一些文章有时候仿佛给人一种"枝蔓"感，然而这非但不是坏事，恰好相反。有道是"文似看山不喜平"，从头到尾线性呈现的文章，就算能够出彩，也一定会很有限。就像我们信步徜徉，偶尔发现路旁有一处不错的风景，多半乐意踱进去看个究竟，然后回到主道继续向前，因为我们往往不急于赶路，不期望快速走到尽头。这类风景非但没有妨害，反而会丰富行程，让我们获得别样的行走（阅读）体验。

七、并非结论的结语

一定要求全责备的话，《石头开花》的分辑或许可以做得更细致些。换言之，个别分辑的文章可以作些调整，比如关于文朝荣那篇，就可以移到集中谈论观影或阅读心得的最后一辑之中；类似的情形还有，不赘述。不过，各辑文章主题或体裁偶有交叉，也能相映成趣，试想如果有谁居然把花与叶、果或枝分门别类"割裂"开来呈现，一定会大煞风景。类比有些不当，道理还真的就是这样。

平心而论，《石头开花》是一部立足热土、心系时代而内涵丰富的散文集，集子中的一些事很小，一些人很平凡，但因为彩梅女士善于发掘，我们总能感知到他们身上那些真善美爱的闪光的东西。此外，全书叙事抒情文章没有哪一篇的主题表达了忧愁、抱怨或沮丧，充满了乐观、鼓舞，或者从乐观、鼓舞等方面引导着读者的思绪。这不正是我们积极倡导中的正能量吗？

愿《石头开花》得到更多人的喜爱，也愿你从这本书中感受到鼓舞的力量。

【作者简介】李玉真，笔名石竹，贵州贵阳人，"60后"，身处山林，以嗜酒自号山林饮士。贵州省作家协会会员，出版《容膝斋诗词集》、《容膝斋俚谈集》（文学评论集）、《聆听山林》（散文随笔集）等。

抒情在黔山雾水间

梁剑章

——品读黄彩梅散文集《石头开花》

庚子春日，正值全国抗疫期间，贵州省散文学会副会长兼秘书长黄彩梅女士寄来一部即将出版的散文集《石头开花》，要我随意"浏览"一下，并恳请我这个河北大哥"斧正"。看来，这位优雅的女子在疫情中并没有让自己休闲，仍然任性地驰骋在她所钟爱的散文创作中，我被她这种执着勤奋的精神而感动。

与彩梅女士相识，应当感谢文学这个媒介。2018年11月中旬，北京、河北、贵州等地的散文作家应邀参加四川省散文作家联谊会在广汉举行的向阳镇采风活动。在这次采风活动中，我们得以相见相识，彩梅那翩翩优美的舞姿，舒缓悦耳的萨克斯笛音，如少女般银铃式的柔声，以及在采风活动中体现的热情爽朗使我记忆尤深。

四川归来后，由于出差，去年年初在贵阳第二次与彩梅见面，她邀请了当地的艺术家、企业家们一起作陪，还乘兴游览了甲秀楼，观赏了正在楼头盛开的冬梅。那时，我诗兴偶发，写了一首《七律·甲秀楼南门外小酌》："千里周游觅远彤，宸楼把盏酱香浓。青山静处含芳草，碧玉桥头藏卧龙。尔驾轻辕征路阔，我偕细雨笔尖丰。当归莫道天穹晚，摇乱霓虹摇乱筇。"对彩梅的认识就又加深了一层。

去年6月中旬，河北省散文学会邀请川黔两省的12名散文作家来冀采风。在一周时间里，大家冒着炎炎的烈日，踏着蒙蒙的夏雨穿梭在省城周边，红色之乡西柏坡、文学之乡安平、太行深山汹汹水、千年古城正定、雪梨之乡赵州、三苏原籍栾城等等，使他们第一次领略了燕赵大地的风情。临别时，我把一首《鹧鸪天》送给大家：

执手华灯夜不眠，今宵十赋鹧鸪天。短长燕路倏然过，分聚文朋晃眼前。情切切，意绵绵，盼将岁月扯伸延。苍颜喜见新徒拜，笑语欢声到贵川。

以此表达了对他们这次采风活动的由衷感谢。

与贵州的缘分从去年开始就连绵不断，8月又一次到贵阳参加全国梁氏文化研究会，与彩梅和在石家庄所收的徒弟余国辉等见面。11月我组织河北11名散文作者赴四川采风，期盼能够重逢，但因故她们未能成行，留下了一丝遗憾。但回到石家庄不久，就收到了彩梅发来的河北采风作品《我在千里之外品你》。细细读来，其文笔细腻，其柔情满满，为河北之行交上了圆满的答卷。

《石头开花》这部作品，涉猎内容比较广泛，有对所接触采访人物的素描特写，有各地游览游历的体会体验，有对世事人生的感悟思考，也有对散文写作技巧的分析探讨。总体看来，作者抓住了散文写作的本源，用文学家的视角和女子别样的眼光去观察所描写的对象，从中抽出本质性的东西进行描写、叙述、分析、议论，其行文脉络清晰，感情浓郁，娓娓道来，既不失柔婉温美，又饱含着一种浩然正气，是一部值得欣赏和阅读的好作品。

贵州地处高原地带，千峰万岭绵延，洪江溪水相间，自然生态环境名列全国前茅。生活在这一方青山雾野之中，彩梅一颗炽热的心紧贴着它，长长的步履紧跟着它，柔情的笔墨紧追随着它。她写她的家乡大方县九洞天风景区的"石头开花"：每到端午时节，成群的蝶儿"披着美丽的盛装，成群结队往这里飞来"，"那翅膀折射出五彩缤纷的光斓，放眼望去就像一朵五颜六色的花"，给人以身临其境的感受；她描写江口县云舍村，"在这片天地之间、云水相接处，抬头看见不远处云遮雾绕、神秘莫测"，给人以仙风浩渺，似神仙入界的感受；她描写侗寨风情，"夜晚的寨沙在雨中显得神秘而美丽，篝火的燃烧点亮了色调沉着深厚的寨子"，"那些偶露峥嵘的山峰，若隐若现，让人无尘无俗"，给人以舒缓温馨静谧的感受。在湄潭县永兴镇茶海园区，她写出了《茶尖上舞动的旋律》，让读者亲临体验采茶的乐趣。在秀水山乡，她写出了《漫笔神龙潭》，让大家体验在碧水潭涧放松身心的乐趣。

让我钦佩和感慨的，是彩梅在《水之魂》一文中描写黄果树瀑布的那篇散文。作为一个长行者，黄果树景区我去过多次，也写过一些诗文，但是当我看到彩梅的文章时又耳目一新。她的文笔没有像常人那样拘泥在黄果树瀑布特定的景物中，而是大胆放开笔墨，使思绪任意驰骋，将现实与历史对接，将终端与源头呼应，将雄浑与委婉相合，纵横捭阖，大开大合，宏大的激流，纤细的源头，穿行的峡谷，高昂的奔腾，萦回的浅唱，铿锵的脚步，直至在黄果树下激流涌汇，喷珠溅玉，万马奔腾，水流在她的笔下行走，人生在她的笔下历练，使文章升华到了特有的高度。

除了对于山水的描写，彩梅的笔还延伸到众多人物中去，延伸到当前的扶贫工作中去。她描写一位省农业农村厅的干部郑传楼，自愿到正安县自强村担任名誉村主任，郑传楼与自强村的父老乡亲们一起在村里村外改水道、修桥梁、铺油路、建学校，推广良种良法，传播先进文化，使昔日交通靠走，信息靠吼，喝水靠桶，煮饭靠柴，娱乐靠酒，天黑睡觉的穷困山村在短短几年就发生了翻天覆地的变化。其实，文学作品就是这样，只有接准地气，反映群众需求，与老百姓在同一个频道呼吸，才能得到社会的长久认可。

文学创作者注入作家的思考很重要。作为成熟的散文篇章，只有叙述和描写远远不够，因为作者真实的感悟、感觉必须交代给读者，让读者明白所言所好。彩梅的这部书里有不少议论性的篇章，这些文章不仅展现了她的思考，也阐明了作者的人生观和价值观。在《冬日暖阳》一文中，作者对于生日的看法是："一路走来，喜怒哀乐，成功也好，失意也罢，一切都已成为过去。"提出了着眼于未来的思考。对于幸福，作者的理解是："幸福是一首歌，是一杯香醇美酒，是在路途上肩并肩的温暖，是妈妈眼里温情的关爱，是相爱的人彼此的眼神。""幸福就在你的身边，就在你的足下，就看你怎么选择！"这些思考给人以温暖、呵护、向上的动力。在《女人味》中她谈到，"女人可以不漂亮，但一定要有修养"；"女人味是一种风情，一种从里到外的韵律"；"女人味是一种挥之不去的情调"。我们常说，人贵有自知之明，作者作为一个女人，能把女人看透，应该是着实不易。

情感是散文创作离不开的主题。散文是美文，更是感情淋漓尽致的体现。无情未必真豪杰，无情不是好散文。在工作单位，彩梅对工作从不懈怠；在家中，是一位上得厅堂下得厨房的贤妻；在亲情中，是一位感情细腻的女儿。读白衣天使张有楷的《岁月无悔》，她对于医生这个高尚而又非常辛苦的职业充满了敬仰，其真实感情跃然纸上。观看电影《文朝荣》，她读出了一位老共产党员的铮铮铁骨和全心全意为人民服务的高风亮节。从《遥远的距离》《遥远的婚约》中，她体会苏扬和郑向东、乔慧敏和刘思杨这两对知青的那段艰苦生活、恋情梦想、浪漫悲壮，为读者展示一种不平凡的人生之路和对待艰难困苦的坚毅和恒心。这些，都通过感情的凝聚、蓬发和叙述，得到了完美的诠释。

贵州地处我国西南边陲，从历史上来讲，因为产生了"夜郎自大""黔驴技穷"这些成语，又由于受"天无三日晴，地无三尺平，人无三分银"这些俗语的说法，人们似乎对它就有了偏见。其实，在改革开放的大潮中，贵州人民锐意进取，奋起直追，无论经济、科技、文化、教育、农村都有了显著的变化和进步。近年来我多次踏足贵州，贵州的大型工商、科技实体企业达到几十亿元、超百亿元规模的已经不在少数。经济的发展必然推动精神文明建设和文化事业的繁荣进步，有像黄彩梅这样一批有造诣的文学工作者持久努力，贵州的文学园地一定是蝶蜂漫卷、五彩缤纷的春天。

【作者简介】 梁剑章，河北省散文学会常务副会长兼秘书长、河北省诗词协会常务副会长兼秘书长、中国散文学会理事、中华诗词学会常务理事，出版个人专辑23部，计560万字。

廖友农｜黄彩梅《石头开花》散文集品读

与黄彩梅认识缘于《贵州科学家传记丛书》，那是2020年的夏季，我时任《贵州科学家传记丛书》副主编、编辑部主任。当时正物色《贵州科学家传记丛书》第三卷的撰稿作家。我的老朋友贵州省核工业地质局原党委副书记兼纪委书记、贵州省纪实文学学会名誉会长高晋福闻讯推荐黄彩梅。初次见面，感觉黄彩梅热情洋溢，充满活力又落落大方。高晋福书记郑重介绍她是中国散文学会理事，任贵州省散文学会的副会长兼秘书长。看过简历，有点出乎我的意料，黄彩梅的散文作品在省内外诸如《散文百家》《贵州作家》等很多报刊发表过，有些作品还得过两次一等奖和一次二等奖，令人刮目相看。此外，她还出版过散文集《高原山花》和《高原的春天》多部，可见她对文学艺术的钟爱程度。于是乎，黄彩梅继成为《吴桥全域旅游》《贵州作家》签约作家后，又成了《贵州科学家传记丛书》第三卷的签约作家。

在丛书编辑部安排作家采访任务的时候，考虑到黄彩梅是地勘系统贵州省自然资源厅第三测绘院的高级工程师，对地勘行业更熟悉些，毅然把撰写贵州著名地质学家罗绳武的任务交给了她。这任务的艰巨性在于采访贵州现代地质奠基人罗绳武先生的生平事迹历史跨度为120余年。罗绳武先生生于1899年9月，卒于1969年11月，享年70岁。他1920年北京大学地质系毕业，师从中国著名科学家李四光教授。而由2021年回溯到1969年，其间的历史又历经半个多世纪。经过艰难地采访罗绳武的家属及后人，走访罗绳武原工作单位，到档案馆查阅资料等等，已出版发行的《贵州科学家传记丛书》第三卷，洋洋洒洒万余字的《贵州地矿"活字典"——记著名地质学家、教育学家罗绳武》，记录了黄彩梅写作的心路历程。

纵览《石头开花》，作者将作品精心地分为"杜鹃花开""石头开花""核桃之恋""冬日暖阳"和"随思感悟"五辑。俗话说，景由心生，心中有花，满目皆花，心中有海，遍地水云间。仅前三辑，字里行间，饱含着浓浓的乡愁情结。作者的家乡，就是贵州有"百里杜鹃花海"之称的毕节市大方县。书中相当篇幅的抒情性散文如《杜鹃情缘》《仰望家乡的杜鹃花》《石头开花》《昙花夜放》《桐梓花园》《花与声共鸣》《相约春暖花开》等，都与花有关联，都与爱和乡愁有关。特别是采访中国著名的文学大家、诗人贺敬之的《杜鹃花开别样红》一文中，构思巧妙，文章的结局竟然是请贺敬之老先生题写"花海大方"的墨宝。而作者在文中结尾处抒情地写道："我是如此幸运，我的故乡是如此幸运，无意之中之奇思妙想，结果决然，耐人深思，多彩贵州的大方，杜鹃花开别样红！"一种自然升华的大"我"，一种浓得化不开的家乡情结，读来令人荡气回肠，感慨万千。

最令人感动和难忘的，是黄彩梅在书中刻画的栩栩如生的人物形象和一颗热爱家乡、热爱所采访人物的赤子之心。无论是高官名人还是普通百姓，她都饱含激情去挖掘、去讴歌，去展现所采访对象心灵的美丽……凡此种种，无论是国学大师文怀沙，著名作家欧阳黔森、陈长吟，还是扶贫攻坚名誉村主任厅级领导干部郑传楼；无论是茅台酱酒文化馆的女企业家金滔，扎根乡镇的基层领导干部杨毓飞；无论是数十年如一日刻画抗战老兵的著名画家杜宁，还是数年坚持免费接送高考学生的出租车司机吴奇刚师傅；等等，在黄彩梅笔下都充满着对人性光辉的礼赞。

曲径通幽，黄彩梅对散文的结构把握别开生面。如明明是采访贵州省文联主席、著名作家欧阳黔森，却偏偏用欧阳黔森的话语作结："作家跟老百姓在一起，作品就有可能跟老百姓在一起。作家脚下沾满泥土，作品才有可能散发出泥土的芬芳。"如抒情散文《石头开花》的开篇："'石头开花'这一奇观，你听说过吗？你觉得是真的吗？"悬念式的提问，引人入胜。文笔形式颇具凤头豹尾之美感，内心又何尝不是作者自身的真情写照。

"你是最美的/一位平凡的人/善良温柔又不失坚韧//你站在那里/像鲜花一样/绽放在病人之间"，这是作者赞美白衣天使张有楷的诗句，用最朴实的语言描绘出真善美的人物形象。

品读黄彩梅抒情式的散文，《水之魂》《漫笔神龙潭》也好，《寨沙恋歌》《东门市井和李劼人故居的印象》也罢，作者咏物言志，直抒胸臆，意境盎然，通篇充满了对生命的感悟和人文情怀。其语言优美，词清句丽，这可能与作者的涉猎高雅和兴趣广泛有关联。除本职工作外，黄彩梅的业余时间，似乎除了文学，她还钟爱摄影，喜欢填写歌词。百度、腾讯、爱奇艺音乐风云榜热播的

《我的家乡叫大方》，网易新闻、今日头条、优酷上热播分享的《梅花颂——梅》，其格调清新的歌词，竟然都出自黄彩梅的手笔。《梅花颂——梅》歌词中"千枝万朵傲寒开，斗艳冰花不自来。雪压霜欺不屈服，春暖花开展襟怀"的描述，何尝不是作者傲寒斗艳的秉性再现。

想起朝鲜电影《卖花姑娘》一句经典台词："只要心诚，就是石头也能开出花来"。这句台词的哲理性在于，无论是对人还是对事，只要倾注心中的真爱，去追求，去践行，去守望，就会有意想不到的收获，丰富自己也愉悦他人。我想，这就是黄彩梅《石头开花》的寓意吧，也暗合着黄彩梅灵魂深处的美丽。

正如著名作家何士光在为黄彩梅《石头开花》序中写道的那样："写作是让人去体察自己的人生的一种思考，它还可以做一种牵引，让人最终指向自己的生命。所以一个人能写多少、写得怎么样，其实并不要紧，只要愿意写，能够写下去，就是一件有希望的事情。"

衷心祝黄彩梅的文学之花，开得更灿烂，更持久动人……

【作者简介】廖友农，号巫峰山人，籍贯北京。中华当代文学学会常务理事、中华诗词学会会员、贵州省作家协会会员、贵州省摄影家协会会员、中国硬笔书法协会会员，贵州师范大学、贵阳学院客座教授，上海张大千大风堂艺术中心授予的"大风堂中国书画传承人"。出版《夏之味》《谁持彩练当空舞》《巫峰山人诗词集》等散文、诗歌、报告文学专集多部。

林新华 | 《石头开花》读后记

《石头开花》这本散文集,在作者黄彩梅女士多年辛勤耕耘下,即将面世;我是最先看到的仅有的几个读者之一,大有先睹为快之感。该书的正式出版发行,既是黄彩梅女士又是贵州文学爱好者的一桩可喜可贺的文坛美事。

第九届西部散文家论坛于2019年4月在贵州省江口县召开,一位中年女性忙前忙后、殷勤热情的印象使人特别深刻。她就是论坛组织方的召集人黄彩梅女士,我第一回认识了她。2020年5月,我与黄彩梅女士应《中国扶贫》杂志社邀请,参与《习近平扶贫故事》一书采写任务,与黄彩梅在贵州的遵义、云南的大理共事了多日,对文学的探讨、对生活的认识有了更多面对面的互动交集。同年10月,黄彩梅和她的文学同伴,第一次踏进了我的家乡——温州乐清市。她怀着好奇心和求知欲,游历了乐清的山山水水。她的国庆节是在乐清市度过的。

随着我与黄彩梅沟通、交流频次的增加,我对黄彩梅有了全新认识和全面了解,她是一位激情四射、活泼开朗、热爱生活、热恋家乡、勤奋工作但又感情细腻、思维奔放、观察入微、钟情自然、多才多艺的女作家。人们都说创作的灵感与源泉来自生活,诚然,黄彩梅也不例外。她将自己的情感和对生活的感悟、大自然的认识、人生观的体现完全融于这本书中。

黄彩梅的《石头开花》一书,有写人物、景象、事件的,文字简练,文风朴实,或评论,或抒情,或叙事,娓娓道来,如春风拂面,让人耳目一新,又如阳光沐浴,给人一种暖暖的温馨。

读《石头开花》,也是走进黄彩梅的精彩人生和丰富的情感世界,感受不一样的黔土风情,使人翩翩然如翱翔在快乐的时光里,沉醉在墨香的书扉里。在黄彩梅跃动的字里行间,她厚植在故土,深耕在农村,流连在大自然,又挟带着一丝愿景和感怀,真实、善良、自然、美好的事物凸显无遗。

是呀,石头尚能"开花",它不但是一大奇观,还是意志的体现。在纯洁如童心一般清澈,在憧憬美好宛如渴望甘霖一样迫切,在黄彩梅期许的心里和盼望的眼神里，有什么美丽的花朵不向阳而开呢？有什么美好的事物不眷顾这位热情奔放的才女呢？

【作者简介】林新华，1966年8月生，浙江乐清人，大专学历，文化学者、作家、国家一级书法师。现为中国大民书画院副院长、中国书画家联谊会会员、中国散文学会会员、乡村振兴网浙江副主编、乐清市中雁荡山文化艺术研究院院长、乐清市新闻摄影协会执行会长、贵州省青年文学研究会专家委员会委员。

刘枫 | 黄彩梅散文集《石头开花》品读录

2022年6月18日下午,我在贵阳遵义路万象国际A座10楼26号,参加贵州省青年文学研究会组织的学习纪念毛泽东主席《在延安文艺座谈会上的讲话》80周年座谈会,获得黄彩梅主编《青萃》杂志第1期和黄彩梅散文集《石头开花》。

《青萃》杂志是贵州省青年文学研究会的会刊,获得《青萃》杂志的第二天我就开始阅读,阅读了贵州省文联主席、贵州省作家协会主席、贵州文学院院长、一级编剧、二级教授欧阳黔森撰写的小说《敲狗》,中国作家协会原副主席叶辛的散文《暴雨后的花溪》,贵州省人大常委会原副主任、民盟贵州省委会原主任委员、贵州省文联原主席、贵州省文史研究馆原馆长顾久的散文《李泽厚先生的贵州之行片忆》,中国散文学会会长叶梅的散文《幸福二队》,中国散文学会副会长、中国散文研究所所长、中国当代著名作家、文化学者陈长吟的散文《月光下冷硬的轨道》,贵阳市原副市长、贵阳市诗词楹联学会第四届会长黑卫平的古体诗《虞美人·年终拾雪》,贵州省作家协会原副主席、遵义市文联原主席、中国诗歌学会常务理事、一级作家、著名诗人李发模的现代诗《遵义:二〇二二·二·二二》《嫌我老了吗》,中国散文学会理事、贵州省青年文学研究会会长、贵州省散文学会原副会长兼秘书长黄彩梅的现代诗《一起向未来》……

我6月22—29日将黄彩梅散文集《石头开花》全部品读了一遍,全书由散文、随笔、文艺评论等体裁的文章组成,由何士光先生作序一、顾久先生作序二,中国散文学会名誉会长、百花文艺出版社副总编、《散文》月刊主编、天津作家协会副主席、《人民日报》文艺部副主任、当代著名作家石英作跋《挚爱散文的可喜成果》。《石头开花》全书共72篇散文,分为五辑,第一辑"杜鹃花开"(9篇)、第二辑"石头开花"(17篇)、第三辑"核桃之恋"(25篇)、第四辑"冬日暖阳"(10篇)、第五辑"随思感悟"(11篇)。

贵州省毕节市大方县九洞天,是国家4A级风景区,这九个洞天分别是龙口天（月宫天）、雷霆天、金光天、玉宇天（小石林、玲珑洞）、葫芦天、象王天、云霄天、宝藏天、大观天（仙人洞），贵州省青年文学研究会黄彩梅会长的散文《石头开花》，就来源于她的家乡大方县九洞天国家级风景区。她的第一本散文集的书名就是《石头开花》。

杜鹃花开

黄彩梅会长散文集《石头开花》的第一辑"杜鹃花开"有9篇散文，第一辑的第一篇散文就是《杜鹃花开别样红》，作者在文章中深情地描写了和贵州省著名诗人李发模一行去北京拜访剧作家、文艺理论家、现代著名诗人贺敬之老前辈的全过程。在《杜鹃花开别样红》里，"贺老，我的家乡在贵州省毕节地区大方县……我想请贺老为我的家乡写'花海大方'四个字！"就像孙女对爷爷的口吻，直白而清纯。犹如家乡山中清泉、岭头云树，不带半点污染和人工雕饰。她求得贺老的墨宝"花海大方"，是对故乡大方的无限热爱，是对家乡的由衷敬重。

在《倾情为民步履勤——扶贫攻坚名誉村长郑传楼》一文中，作者就为我们重点推介了一位十分了不起的扶贫攻坚名誉村主任郑传楼，作者对郑传楼的行为给予了极高的评价。

在描写自然山水的文章中，《江口纪事》一文对梵净山的介绍也是值得称道的。作者没有直接正面描绘梵净山如何陡峭峥嵘、雄奇壮观，而是借用古今名人的诗和歌予以高度概括。这种借用名家的作品为我所用的手法，比自己直接描绘要高明得多。

《仰望家乡的杜鹃花》是黄彩梅会长的散文集第一辑"杜鹃花开"的最后一篇文章，文章写出作者浓浓的乡愁和对家乡的眷恋，不由自主地抓住读者的眼球，让读者有了继续读下去的欲望。

石头开花

散文集《石头开花》的第二辑"石头开花"有17篇散文，黄彩梅会长在《石头开花》一文充满了女性细致入微的观察和思考，以及散文作品的优美笔调。作者从传说中的盘古开天辟地的远古时代说起，简要介绍了自己家乡的由来和特殊的地理位置，说明生态破坏是找不到"石头开花"的根本原因，文章一波三折，层层推进，不仅介绍了"石头开花"的来龙去脉，而且用事实再次证明了"绿水青山就是金山银山"这一科学发展理念。

描写自然山水，当然离不开水。比如在《水之魂》中，她不写远近闻名的"黄果树瀑布"，而去写"飞瀑"后边的水滴，就很有见地。《水之魂》将水的品行、精神、气质，写得入木三分。

在《寨沙恋歌》中，作者较为全面地介绍了侗族人独特的人文特色和精神风貌。在《心恋务川》中，作者将古代美丽传说与当今现实生活紧密结合，较为详细地介绍了仡佬族的起源、发展和现状，使我们对仡佬族有了一个较为完整的了解。

黄彩梅会长的散文集《石头开花》第二辑里有《2013年不同寻常的国庆长假——走访滇缅界内的贵州籍中国远征军日记》，这篇文章是作者对浓浓乡愁的一种升华。

核桃之恋

散文集《石头开花》的第三辑"核桃之恋"有25篇散文，在《花茂村的土陶》中的母先才，可算是众多普通人中最典型的代表。文章开门见山介绍母先才，他家四代做陶，以陶谋生，是目前全村仅存的仍在做土陶工艺的人，然后再介绍母先才传承土陶技艺的艰难曲折过程。

冬日暖阳

散文集《石头开花》的第四辑"冬日暖阳"有10篇散文，比如散文《女人味》，也自有其文化修养和素质，如她自评其语言"虽没有优点却又无懈可击"，把平日的体验、积蓄，与思、知、情、文自自然然地编织起来，无须刻意，真情实感。书不在厚，而在其质，文不在多，而在其味。

随思感悟

散文集《石头开花》的第五辑"随思感悟"有11篇散文、随笔、文艺评论，有《在场介入的写作——以〈边际的红〉为例》《采风散文创作谈》《略谈采风文章的情绪酝酿》《散文写作之三关》4篇杂文，有为李春梅的作品《禅悟山水》、石竹的作品《聆听山林》写序，有阅读法国作家罗曼·罗兰的《名人传》读后感，有观看电视剧《平凡的世界》、电影《廊桥遗梦》观后感，还有两部有关知青生活情感的电视连续剧《遥远的距离》和《遥远的婚约》的观后感，还初探《红楼梦》女主角林黛玉的个性特征。

小结

文章读后发人深思，给人启迪。黄彩梅会长的笔力老到，功力深厚，写景、状物、叙事，信手拈来，如行云流水，亲切自然。对于黄彩梅女士而言，写作犹如说话，坦坦荡荡自自然然就好，完全没有必要刻意增加或者过渡什么，可以说黄彩梅会长的想象力的确非常丰富。

《石头开花》的作品特色就是有感而发，朴实直率地把史地、人文、景观、乡愁等用优美的语言文字抒写和编织，阅读之可享受美与宁静，受益匪浅。

文学作品之长进与其他所有的事业一样，它必须属于有志者和善于探求者。黄彩梅会长将会沿着何士光先生在《石头开花》序一中所说的："一个人能写多少、写得怎么样，其实并不要紧，只要愿意写，能够写下去，就是一件有希望的事情。"勇往直前，生命不息，写作不止。

【作者简介】 刘枧，1963年生，湖南邵东人，贵州警察学院教授，中国人民公安大学访问学者。

在开花的石头上舞蹈
——读《石头开花》有感

龙正舟

作为一名文学爱好者，每一次行走都有收获，那是对文字情有独钟的梦想，从文字里追寻岁月的馈赠。当 2022 年接近尾声的时候，我参加了贵州省第五届中青年作家高级研修班学习，省略学习收获的过程，唯有文字可亲，唯有阅读丰满时光。此次灵魂洗礼的过程中，我认识了贵州省青年文学研究会会长黄彩梅，其实在此之前我们曾在微信中联系，未曾谋面。还好这次学习之旅让我目睹了黄会长的真容，她干练、阳光。其间她送我一本她的散文集《石头开花》，作为读者，我想借用一点时光从她娓娓道来的文字中探寻书写的真谛。黄会长是高级工程师、中国散文学会理事、中国自然资源作家协会会员、贵州省作家协会会员、贵州省青年文学研究会会长、《青萃》杂志主编。作品散见于《青海湖》《散文百家》《作家视野》《中学语文》《贵州日报》《贵州政协报》《贵州民族报》等，写有歌词《我的家乡叫大方》《母子别》《梅花颂——梅》《斗败严寒春花开》等，窥探她在文字的世界游历的脚步，我只有用仰望的目光去拜访一个崇高的师者。从贵阳回来已经很多天了，在拜读《石头开花》中，总想书写自己朗读的感受，作为一个学生只有从自己的角度把自己的品读感想付诸文字去流淌。

《石头开花》是黄会长的散文集，何士光、顾久前辈分别作了序，石英前辈作的跋，贵州省文联主席欧阳黔森题写的书名。他们对此书给予了很高的评价。《石头开花》分有五个部分："杜鹃花开""石头开花""核桃之恋""冬日暖阳""随时感悟"。我想其中另有深意，文学的创作中每个题目都有一个感人至深的故事，我想这五个部分浓缩了作者行走的里程，那是内心的召唤，那是对行走的小结，更是对未来的憧憬，她用昂扬向上的心灵碰击心中的渴望，积极地追求生活的美好，这是一种状态，也是对文字梦想的追寻。

她在《杜鹃花开别样红》中一文写道，2013 年 3 月 19 日在著名诗人李发模的带领下拜访诗界泰斗贺敬之的精彩瞬间，她用文字记录了此行的收获和感受，她在文中描述："趁老师们交流之际，我环顾四周，房子的整体布局宽敞、明亮、清爽，给人自然合理的感觉，又飘溢着浓浓的书香之气，让人过目难忘。墙上错落有致地挂着不同的字画，当中自然少不了贺老行云流水、舒展俊逸、苍劲有力的墨宝。"在我看来这样的书写看得出黄会长是一个对生活处处留心的人，字里行间显示了她是一个执着于细节的人，此刻我们可以省略拜访的细枝末节，我想这次拜访一定收获满满，要不然也不会有这样的文字印证。最后贺老帮她题写"花海大方"的墨宝，她是这次拜访唯一获得贺老墨宝的人，这是一份殊荣，更是一种鞭策，或许就是这样她的文章《杜鹃花开别样红》终于有了来处。在她的文中写到了国学大师文怀沙，写到了文学前辈欧阳黔森，写到了陈长吟，写到了扶贫攻坚名誉村主任郑传楼，写到了在阅读中认识的白衣天使等，为此她对杜鹃花有一份难舍的情缘，"却看那雨中的杜鹃，犹如奢香夫人，手持长剑，傲视而立，一袭红衣临风而飘，一头长发倾泻而下，说不尽的美丽清雅，高贵绝俗。"

"石头又开花了，你相信吗？我思绪万千……曾经有过这样的问题：一只蝴蝶代表虚幻，那是庄周的梦境；两只蝴蝶寄托爱情，那是梁祝的痴迷；那么，这样成群结伴满天飞来数不清的蝴蝶呢？冥冥之中，它们又寓意着什么？"这是她在《石头开花》中的句子，在优美的意境中我们仿佛看见作者已经跨越了现实，在如诗的美景中追寻现实的美好，跨越了时空，跨越了地理环境，把自己置身于思想的最高处，俯视天底下的芸芸众生，一方石头一方梦境，一方梦境一行诗。当然在《水之魂》《漫笔神龙潭》《茶尖上舞动的旋律》《寨沙恋歌》等文章中都有她文字幻化梦境的书写，更是她善于笔走偏锋的描写，让我们从简简单单的事物中可以读出精彩的文字，了解作者在大自然中另类的描写，她的笔记上充满无穷无尽的力量，每一处景物都充满了温暖的爱意。她在《三星堆游记》中写道："时间总是有限的，到了出展厅的时间，我依依不舍地和这些远古的雕塑道别，恋恋不舍地结束和它们的对话。"一次游记，能够出现这样的文字，我想是作者独特的笔法，她的奇思妙想跳出了游记的写法，让普通变得更加珍贵，她用文字穿越了浩渺的时空，她仿佛在酿酒，让我们陶醉其中。

"秋天是丰收的季节，果子成熟了。站在这气候宜人，地势较高，平坦开阔的'千年夜郎栈道，百里核桃长廊'中，看一个个果子两个一对，像是情侣紧紧相拥热吻；三个成群，挨个像一张张微笑的脸，互相交谈着，看似好亲密的样子。树丛中，一阵微风吹过，一只只蝴蝶在翩翩起舞，核桃树叶子也不甘寂寞，随着沙沙沙的乐曲在风中为蝴蝶伴舞，她们跳得是那样的专注与陶醉……"这是她行走赫章县朱明乡写下《核桃之恋》中的句子。赫章县朱明乡盛产核桃，素有"核桃之乡"的美誉。她仔细入微的观察，洞若观火般从内心升腾起了让人感慨万千的文字，简简单单的行走，简简单单的事物融入了她诗人一般的文字，别有一番气象。在《刘孟胜的故事》《果林深处的笑声》《就恋这把热土——〈文朝荣〉观后》《千里之外品你》等文章中都不乏精彩佳句，她让我们沿着文字去猜想她行走的足迹，从文字的来来往往中领略一路风景和播撒的星辉。

"南方有佳人，善良又智惠。黔中一枝花，清香人沉醉。"这是《灵魂深处的美丽》的开篇，文中描述了美丽善良的金滔帮助小霞的故事。农村姑娘小霞到金滔家做保姆，最后在金滔的帮助下，从一个小学三年级水平的学生，在勤奋努力之后，一步一个脚印到大学毕业乃至后来成了一名光荣的人民教师。金滔对小霞的帮助是在传递一种大爱，那是一种平等的爱心。这不是那种施舍的爱，我想作者传递的是人间大爱，她让我们看到人间有爱，这是难能可贵的爱心传播，她用文字记录了普通中的伟大，这种伟大是心灵与心灵的相互温暖。在书中很多处写到花茂村，其实传递的是另一种奋斗的精神，勤劳能致富，在传承文化的欢乐中实现小康生活的壮举，这是一个时代农村的缩影，她以点带面歌颂伟大的时代，赞美新时代乡村人民福享安康的生活。

黄彩梅会长对散文写作颇有研究，在散文的书写上她自己也独树一帜。其中《在场介入的写作——以〈边际的红〉为例》一文以周闻道先生《边际的红》为例，写出了自己对散文书写的独特见解，当然在《中国酒都的春梅——为李春梅的作品〈禅悟〉写序》《我的2020年春节假期——为石竹先生〈聆听山林〉写序》《〈名人传〉读后》，表现出她娴熟的文字拿捏及融入自己的情感于文字中，这些文章篇幅不长，但富有散文气息，把读后感写成散文体，我想这是作者的创新，更是她散文写作的一种方式。"何谓采风散文？我认为，采风散文是包括游记散文、叙事散文、抒情散文等在内的一种散文文体。它是作者本人通过对一个景点景物的参观了解所形成的文字。""写好采风散文，要有一双洞察秋毫的眼睛，敏于观察，勤于思考，详细描摹所游览的景象，或抒发感情，或升华认识，或阐发哲理，都要很细腻，很深刻地写进自己的文字里，给人留下深刻的印象和美好的记忆，从而鼓舞激发人们前去观光旅游的冲动和欲望。"这是她在《采风散文创作谈》中表达的观点和主张。

我只是《石头开花》的读者之一，从我的角度出发去理解和品读一本书描述的林林总总，是一种学习，是散文写作的一种学习，更是文字江河中的交流。当我荡漾在作者优美的文字中，不知不觉写出了自己的感受，或许偏离了黄会长的表达的意思。这只是一个后辈、一个学生心底升腾的念念叨叨，我想她会原谅我的不足，合上书本，闲思遐想，期待她有更好的作品面世，此刻我仿佛看见她在开花的石头上舞蹈。

【作者简介】龙正舟，贵州松桃人，乡村教师，贵州省作家协会会员，贵州省青年文学研究会会员，贵州省第五届中青年作家高级研修班学员。出版诗集《豆腐上跳舞的乡愁》。

路广照 | 坚与柔的辩证
——黄彩梅散文集《石头开花》读评

2021年六一国际儿童节前夕，应作者黄彩梅老师的邀请，参加了她的散文集《石头开花》出版分享会。

认识彩梅女士，是在加入贵州省散文学会的2018年。那时她是贵州省散文学会的副会长兼秘书长，因同在与自然资源部相关联的各自系统中谋事，加之又是本学会的成员，相互接触便较为多一些。她的文学底蕴、她的热情多思、她的机智善谋、她的洒脱处世，令我心生敬佩。

分享会上手捧馈赠之书，浏览赏读，这敬佩之意不禁地愈加增生。

《石头开花》，这令人瞠目的书名，表达了一种顽强的毅力和抱负的期许。不由自主地使我想起了汉代王充《论衡·卷五·感虚篇》中那句名言："精诚所至，金石为开。"

常言说"石头开花马生角"，这在常人看来那是不可能的事，仿若天方夜谭。然而对于彩梅来讲，她心中的石头是由她精心呵护后而形成的，是有柔感的，更是有其本质所固有的坚硬质感的。她心中的花既是由花朵表现的色彩、枝叶呈现的形体以及蕊蕾散发的芳香等几大元素构成的自然物，又是一种超乎自然的顽强生命力所赋予的、使坚石能得以如花儿一样绽放的超现实主义写照，这便是一种坚与柔结合的象征。

坚硬的石头是现实主义的石头，若不坚硬，它便沦落为泥与土了；柔软的花自然也是现实主义的花，它伴随着四季，或温暖或忧伤，或美丽或惆怅。坚硬与柔软对话，恰似一种意志与温情的沟通与交流，宛如品德与心性的交流。

这一坚一柔的理想希冀与现实展现极其所欲达到的效果，是寄希望于石头开花的一种心境，更是一种精神力量。让如影随形的石头得以开花乃至结果，尽管那过程是如此地艰难。作者所要达到的就是这样一种状态、是最终的结果，是一种皈依于文学人生的涅槃重生之心境。这不正是彩梅的文学与人生的精神执着之所在吗？

无论人生、无论事业、无论生活、无论写作，路漫漫其修远兮，吾将上下而求索。无非是要表达出一种对世上诸事付之于内心的矜持：只要用心灌溉，石头也能开花，开花的本身就是为了结果。这岂不正是彩梅的文学与人生的精诚所至吗？

美，存在于一切形式之中。写作亦是如此，体裁与题材的挖掘发现十分重要，成文以后的表现效果更加重要，借助于语言表达，用这审美功能的特殊符号呈现——散文，展示出一幅幅清新的印象与图案，如画图中之意境、若诗赋中之语言、似梵音中之旋律，使得作者与读者深处于同歌共舞、陶冶心绪、如醉似痴的境界之中。这也不正是彩梅在其文学与人生中所欲以达到的最终结果和目的呈现吗？

细览全书，29万字近300页的篇幅不算甚厚的一本书册，分为5辑，72篇散文，纳入了对贺敬之、文怀沙、欧阳黔森等名人的采写，集纂了对咏物游记、民风民俗、自然历史、扶贫慈善、为他人之书题跋写序以及散文写作理论之研讨等篇章，林林总总，翔翔实实，书虽略显单薄，但其文其意甚为厚达、凝重。

这位名不见经传、貌也不甚惊人的纤纤羸弱女子，深受文学大家的呵护和关怀。她敢"冒大不韪"地请贺敬之老人题字、敢"闯入"文怀沙老先生之宅细言恳谈、敢与众多名人大家闲聊采写，此种胆量非其他作者所能及也。更有甚者，该书书名由欧阳黔森大作家亲笔题字，由文学名人何士光、顾久老人分别作序，国务院政府特殊津贴专家石英撰写题跋，使得《石头开花》一书顿时蓬荜生辉、名声大振，让其他作者直呼其能量之巨并心存敬畏。

彩梅除文采四溢之外，她还主编了散文学会的几部散文集，统筹规划，费心竭力。这与我在文头所述她的文学底蕴、热情多思、机智多谋、洒脱处世等赞语确是名副其实的，没有丝毫的夸张与过誉，更不存恭维奉承之意。既成己者亦能成全他人，此若大善义举者焉。

记得初次与彩梅见面，聚餐时，她清唱表演的一曲由其作词的《我的家乡叫大方》，令我耳目瞠张、心扉顿开。那时就想：面前这位弱女子一定具有着广袤和深沉的内涵和功底，是值得与其交往和学习的。老天爷不会放过一个好人，天降其才必有用，曾经衣带渐宽、望尽天涯路的她，如今终寻见于灯火阑珊处。

俗话说"酒逢知己千杯少",而我说,文遇三人有我师。

拜读彩梅的散文作品,犹如由其带步直入名人大家之殿堂,颇获受益。作品除了具有以其自身的视角洞察名人的锐利目光,使读者似乎有了与名人大家对相接触、恳切面谈的场景气氛;更有贴近大自然、回望历史、亲历民间的畅快淋漓之感觉感受,无论对花茂村的人和事的描写,还是写有关远征军的抗战岁月;无论是那梵净山下云雾缥缈的云舍之玄妙的神龙潭,还是于书中陪其静候家中昙花一现的时刻。全如若身临其境,无不值得叫好、喝彩。

凭存善之心而写,便是一种追求和执着;而写后得以扬善除恶,即是一种目标所达之结果;通过弘德扬善而大获赞誉、褒奖,更是一种受社会的认可,尤其是对自己的鞭策鼓励。成败在所不惜,一意孤行,何惧消得人憔悴,如今已水到渠成,终得初心。

为文写书,文思泉涌于笔端、笺上,情感乃是流淌的河流,源头活水自当不断。彩梅一写便不可收拾,甚至于她在分享会与我闲谈中坦露真言:过些时候,她还将有第二本、第三本文集的陆续付梓面世。确实,将自己的所见、所闻、所触加之于所思、所想、所感抒之于怀、誊写于书间,使它成为一种精神资本留存世间,于己有益、于社会有利,何乐不为,且学无止境、写无穷途。弘扬文化自信与促进文学繁荣,便也成就了这位写者向作者进而向作家的渐行蜕变。

凡作文章者,感与知、觉与得,尤其为要:山水胜景、人文地理,走近了是认识,是为知;如鱼鲠在喉,不吐不快的那些心底话,以为感;寻找最恰如其分、竞相适应的体裁与题材,乃为觉;加之于个人的体悟和思考,终有所获,此便即可谓之得矣。

这是由知而趋于行、再由行以达更高层次的知的实践、认识、再实践、再认识之循序渐进过程,真正地树立了王阳明先生的知行合一的心学境界,也就成了彩梅的一种对人生与文学不懈的追求。

正如何士光先生在序中所言:"一个人能写多少、写得怎么样,其实并不要紧,只要愿意写,能够写下去,就是一件有希望的事情。"

完整地读罢《石头开花》一书之后,方深知作者将此经典语句特意设计在该书封面之天头处的目的和用意所在了。

彩梅她总不会停留于现在的收获里,仍在一次次地让石头开花中,守望坚硬的柔,留底温柔的坚,这是为文、做人、处世的准则与道理。

我想，彩梅正在诠释理解着、实践操行着这坚与柔的辩证之哲理，徜徉在瑰丽的文海之上和汹涌的人潮之中，走向那未来美丽的文学之路和瑰丽的人生之旅。

【作者简介】路广照，号普彤居士，祖籍河北南宫市，1981年初参加工作，供职于贵州省地质矿产勘查开发局。贵州省散文学会会员、贵州省纪实文学学会会员。2016年4月获国家新闻出版广电总局第二届全国"书香人家"表彰，2019年10月获贵阳市精神文明建设指导委员会第一届"贵阳市文明家庭"表彰。2021年4月与父亲合著出版首部文集《父子耕耘集》。

人亦雅　文亦秀
——读黄彩梅《石头开花》

欧阳继红

初识彩梅秘书长，源于许多年前一次远赴他乡的笔会，组委会安排了我俩同居一室，我也见识了其人之雅趣。犹记得晨曦初霁，正朦胧间，发现彩梅在阳台上忙得不亦乐乎，给雨中的专业照相机撑了一把小雨伞，仔仔细细地用一根绳子把相机拴在雨伞的伞杆上——相机即将要完成的工作是持续五个小时拍摄空中那朵云的变化过程。

"你快看哟，那朵云云卷云舒，太奇妙了！"彩梅见我已醒来，招呼我道。后来方知，彩梅守候三个小时拍一朵花从花蕾到完全的绽放，只为倾听花开的声音。

在一个雨打梧桐枝叶间点点滴滴的午后，在彩梅的小阁楼闺房里，我翻着二百多帖承载着怀旧故事的图片集，心中感慨：真是一个有故事的人儿！

雅趣，彩梅实至而名归也。

彩梅散文集《石头开花》陈于我的案头，细细品读，每一篇都有浓烈的"彩梅痕迹"。集子分五部分，第一辑"杜鹃花开"，悠长韵味诗意盎然。那一次与享誉国内外的文学大家贺敬之老先生的珍贵会面，作者仿佛知晓阅读者心急于阅读到这一次跨越时代的见面场景，着墨于缓缓铺陈。"我常浸润于文人骚客之风雅中，欣赏吟诗作赋，倒也渐将诗歌融入生活中作为消遣的一部分，在诗歌中品味人生。"在叙写潜心研究西安文化的陈长吟老师时，仿佛行吟于十三朝古都的城墙下，"也许是在这个历史背景的驱使下，被其无字的皇皇历史所深深吸引，旧史无字，陈长吟老师的文字即满满浓缩了西安城的故史，大概他已下定决心与之携手终老。"每一个字词都舒缓而润泽心扉，不疾不徐，一如彩梅对待生活的态度。

彩梅以如同节气转换般自然、流畅的笔触，写下第二辑"石头开花"。在这一部分里，从钩沉史海三星堆到探寻古老侗寨寨沙，从品味茶叶上的舞蹈到考古喀斯特古井，从醉美的相遇到土家的霓裳，"在遥远的记忆中，留下许多美丽的传说和珍奇的遗址古迹；在沧桑的岁月里，曾见证过多少发生在这片土地上震撼历史的惊雷狂波，吟诵过多少可歌可泣的英雄史……"彩梅写下这一串串刻满岁月遗痕的故事，让读者一窥深藏于历史中的秘辛。

彩梅擅长以一种独特的视角呈现宏大的叙事。在第三辑"核桃之恋"中，核桃、面条、杜鹃花、美酒以及芸芸众生中的小人物一一道来，"生活真正的希望在这里，就在这里！"在彩梅的笔下，一景一物，经过诗意思想的赋予，无不折射出悠久的历史感与情景的浸入感以及思维的纵深感。彩梅用温婉的笔墨写小小的自己，"我愿辞掉那些过往的岁月之尘，辞掉那些过往的欢笑泪水，辞掉那些过往的爱恨哀愁，我愿放空我的心灵，然后让梦想将她填满。"写袁浪老师"犹如一位鹤发童颜的长者，他的祝福之声，似乎从远古一步步走来"，她的至情至性皆泼墨于第四辑"冬日暖阳"中，那里始终氤氲着许许多多陌生而又熟悉、疏远而又亲近的感觉和情愫。这般浓得化不开的感受，是怎样汹涌弥漫而来？翻开彩梅的这本集子，或许你可以寻找到一个答案。

彩梅以观察者的客观角度将自己置于旁观的视角，用一双很冷的眼和一颗很热的心写就第五辑"随思感悟"。写同行者"周闻道对他们的情有独钟，是要从他们的哲学中，找到这个时代的精神求解。他以文字为桥，走进哲学大师们的哲学世界，通过精神介入，与他们对话，阅读他们的生命和用生命浇出的智慧成果"。写名人哲思："这些巨人的生涯就像一面明镜，使我们的卑劣与渺小纤毫毕现"。写散文立意："从审美的角度来说，很大程度上，山水之间彼此并无本质的区别，但在作者的笔下却有着独特的灵性，那是作者的灵性在山水风貌、人文名胜上的感受和体悟"。

彩梅向岁月扬手抛出一张网，以文字的形式积淀，徐徐地，一收一束之间尽是思想的火花。

墨秀，彩梅笔耕不辍也。

【作者简介】欧阳继红，中国散文学会会员、贵州省作家协会会员、贵州省散文学会会员。2016年由作家出版社出版散文集《跳出圈子看圈子》。

黔西北山水人文风光的秀美画卷
——黄彩梅散文集《石头开花》赏析

乔德春

庚子年岁末，收到了贵州省散文学会副会长兼秘书长黄彩梅女士发来的散文集《石头开花》书稿，拜读后甚喜！该书融思想性、艺术性和知识性于一炉，读后不仅获得难得的思想启迪和艺术享受，而且还增加了对黔西北历史文化和风土人情的深入了解，可谓受益匪浅。被庚子年新冠肺炎疫情搞得身心疲惫的我，没想到年末还意外地收了一个大大的"豹尾"！

书中收集了作者近年来撰写的散文、随笔和文艺评论等体裁的文章72篇。每篇作品，构思奇巧，立意深远，情真意切，朴实自然。作者用摄影师的艺术眼光，运用高倍照相机的镜头语言，多角度多侧面地摄下了家乡的美丽山水，寄托了一个游子对家乡深厚的情感；站在思想家的高度，将历史和现实有机地结合起来，用文字记录下了黔西北社会经济发展轨迹和家乡的巨大变化；用画家的如椽画笔，深入实际，尽情挥洒，描绘出了一幅幅感人至深、气吞山河的英雄人杰的时代画卷。这里，笔者仅就阅读后的点滴感受，谈点一孔之见。

一、展示自然山水，寄托思乡之情

黔西北风光旖旎，风景如画。尽情展示家乡的自然美景，表达游子的思乡之情，这是《石头开花》一书给笔者的第一享受。从书中得知，作者出生在黔西北的大方县，这儿的青山绿水，赋予了她天生丽质和出众的才华，这儿的一草一木，塑造了她坚韧的性格和爱美的心灵。现在在省城贵阳工作的她，家乡的山山水水还是那么亲切，永远珍藏在她的心中。为了表达游子对家乡的深情和挚爱，一篇篇介绍和描写家乡自然山水的美文，通过笔尖和键盘从心底深处汩汩地流溢出来。

在众多介绍和描写家乡自然山水的文章中，给笔者印象最深的就要算《石头开花》这篇了。文章一开头就发出诘问："'石头开花'这一奇观，你听说过吗？你觉得是真的吗？"给人一种神秘感和想要继续读下去的强烈渴望。接着作者从传说中的盘古开天地的远古时代说起，简要介绍了自己家乡的由来和特殊的地理位置，最后得出"多少年来，历史的演变和阳光雨露的滋养，便成就了我美丽的家园——多彩贵州、花海毕节、美丽大方、青山绿水、和谐人家，一派生机盎然"，思路清晰，收放自如。

正因为黔西北地理位置的特殊，所以"在我的家乡大方县九洞天风景区，每逢端午时节都会有如期上演的蝴蝶歌舞盛会，好多的蝴蝶披着绚丽多彩的盛装集结成群地飞来，然后统一停歇在一块大石头上聚集成团，时而静立，时而相互嬉戏，时而翩翩起舞，那不断扇动着的翅膀在阳光的照射下折射出耀眼夺目的光彩，放眼望去就像石头开花一样，而这一朵五颜六色迎风摇曳的鲜花却有着赋予生命的灵动，美极了"。原来不是"石头"怎么"开花"？而是蝴蝶成群结队地停歇在石头上，像一朵五彩缤纷的花朵。谜底揭开后，那么问题又来了。"为什么这些蝴蝶会集结在这块石头上呢？"为了进一步解开谜中之谜，作者在大学刚毕业的一个仲夏，带着追梦和好奇之心，循着长辈们故事中的路径到了九洞天风景区，"想结合林业经济管理专业进行采风搜集工作资料。"可是映入眼帘的除了农田旱地，就是老乡的旧宅，根本找不到"石头开花"的踪影。经打听才知道："那些年粮食不够吃，人们就上山砍伐山林、开土种苞谷，树林砍光了，河水干枯了，蝴蝶也没有了。"由此作者得出结论：生态破坏是找不到"石头开花"的根本原因。

光阴荏苒，日月如梭，时序进入21世纪，"我对多彩山河的喜爱、追求大自然中美好景物的精神一直没有停过。2015年在家乡召开的一次文化旅游联谊会上，从一个参会交流发言人的口中得知，我的家乡经过多年的植树造林，荒山改造，让大山披上了绿装，现在到处山清水秀、鸟语花香，就连九洞天'石头开花'的景观也出现了。"文章一波三折，层层推进，让读者欲罢不能。

在2019年秋意正浓的时节，作者再次踏上了已成为国家级风景区的大方县九洞天。虽是故地重游，却见识新多：乡情未改却生态大变、环境大变。"只见这里的天空蓝得可爱、纯净，空气清爽，让人心旷神怡。山上绿树成荫，坡上散漫花香，田间地头一片金黄。"还是导游姑娘说得好："蝴蝶是会飞的花朵，喜好含咸味之水，常停潮湿之石，展翅如开花，飞行如飘扬，常依靠特定植物栖息和采集花粉取食，前些年间树木砍伐、生灵凋亡，山水林田的生态失衡，光秃秃的石头上蝴蝶待不下去就飞走了，现在我们像保护眼睛一样保护生态环境，蝴蝶生存繁衍的生态环境好了，所以嘛，现在又出现了石头开花的景观，而且蝴蝶停留的时间也长了。"笔者之所以认为此文写得好，就在于它不仅介绍了"石头开花"的来龙去脉，让读者增长了知识，而且用事实再次证明了习近平总书记提出的"绿水青山就是金山银山"的重要论断是颠扑不破的真理。

在描写自然山水的文章中，《江口纪事》一文对梵净山的介绍也是值得称道的。正因为梵净山已名声在外，所以作者没有直接正面描绘梵净山如何如何陡峭峥嵘，雄奇壮观，而是借用古今名人的诗和歌予以高度概括，一是明朝大儒王阳明写的："天下之山，萃于云贵，连亘万里，际天无极。"二是现代著名诗人王心鉴写的《过梵净山》："近山褪俗念，唯有竹声喧。栖心皈净土，推云步梵天。禅雾入幽谷，佛光上苍岩。海内循道者，多来续仙缘。"三是现任贵州省委常委、省人民政府副省长李再勇为梵净山写的一首名叫《我的家乡梵净山》的歌词："我的家乡梵净山/红云金顶入云端/云梯万步天路远/风雨飘飘几千年/我的家乡梵净山/鸟语蝉鸣水潺潺/一山千溪武陵源/群山巍巍雾缠绵……"既有历史上的学者，又有当代的名家，还有在位的官员；借用这些名人的诗和歌，既让读者感觉到梵净山的非比寻常，又让读者了解了此山的历史文化和在社会上的影响力，不仅给读者诸多美的享受，而且还给读者留下了广阔的想象空间。这种借用名家的作品为我所用的手法，比自己直接描绘要高明得多。

描写自然山水，当然离不开水。在《石头开花》一文中，作者对水的描写又独辟蹊径，究其源头。比如在《水之魂》一文中，作者"每次站在黄果树对面时，看到气势宏大的飞瀑，我就会感慨万千，浮想联翩，思绪不由飞到了遥远的江河源头"，不写远近闻名的"黄果树瀑布"，而去写"飞瀑"后边的水滴，就很有见地。文章从弱小的水滴形成开始，到涓涓细流的汇聚，再到前进路上的艰难流淌，写得绘声绘色，情趣盎然。你看那，"水从群山间出来，流过山沟、淌过草地、漫过漠原、穿过丛林，缠山而来，绕山而去，汇聚成涓涓细流，向山脚、向低处，逶迤地直达理想的高地。"不拒细流，积小成大，这就是水的胸怀。"经历着艰辛万苦，艰难万险，总是穿行在沟壑险滩，与乱石相碰，与悬崖嬉戏，把自身勇敢地幻化为雪白的浪花，展现出'疑是银河落九天'的壮观，即便是人为的围堤堵截，水绝不会自暴自弃，甘愿用自己的身躯为人类带来滋润和幸福。"不畏艰险，勇往直前，这就是水的精神。"水有着辉煌的历史，惊人的姿仪，博大的胸襟，从来只知奉献，不知索取；只有满足人类的所需，不会计较个人得失；只会光明磊落，不会阳奉阴违。从走出寂寥空旷的山谷开始，水就怀揣着大海的梦想，一路滋润万物，与疯长的草木相伴，与啁啾的飞鸟同行，与耸立的翠山相依为命。"乐观豁达，目标专一，这就是水的品性。可以毫不夸张地说：《水之魂》将水的品行、精神、气质，写得入木三分。更难能可贵的是，作者写到这儿笔锋一转，由此及彼，由表及里，"人的一生就像流水，在前行的路上要怀揣理想，坚定信念，认准目标，哪怕一路被乱石撞得头破血流，遍体鳞伤，也要孜孜以求，勇往直前。即使在矛盾和困境、奸邪和诡诈中生活，也要高昂起头颅，勇敢地面对。越是这样，越能辉煌人生，就如同流水一样，没有乱石的碰撞，哪有灿烂的水花？没有高悬的峭壁，哪有吸引眼球的飞瀑？"妙哉，画龙点睛，寓意无穷，真叫人拍案叫绝，叹为观止！

书中描写自然山水的文章还有不少，由于篇幅所限，这儿就不一一列举了。截至目前，笔者还未去过黔西北，自打拜读了该书之后，便顿生了今后定要找机会亲临黔西北一游的强烈冲动。

二、赞美人文风情，传承民族文化

黔西北美丽的自然山水，不仅养育了这儿的各族人民，而且创造了灿烂的历史文化。赞美人文风情，传承民族文化，可以说是《石头开花》又一亮点或曰重要内容。据我所知，贵州是我国少数民族较多的省份之一，这儿居住着彝族、苗族、回族、侗族、仡佬族、土家族、布依族等几十个少数民族。在这片广袤而神秘的土地上，在漫长的人类历史长河中，乌蒙儿女用勤劳和智慧，共同创造了种类繁多、形式多样、内容丰富的文化遗存。作者怀着深厚的民族感情，深入生活，深入实际，选择不同的角度和侧面，对其生产劳动、生活习俗等进行了深度挖掘，为我们奉献出了诸多丰盛的文化大餐。

在《心恋务川》一文中，作者将古代美丽传说与当今现实生活紧密结合，较为详细地介绍了仡佬族的起源、发展和现状，使我们对仡佬族有了一个较为完整的了解。"务川，自古就是仡佬人的居住地。仡佬族是世界上最早发现、开采和运用丹砂的民族，是世界上最早攻取水银冶炼技术的民族。"特别是文章中对"三幺台"的民俗介绍，给我留下了极其深刻的印象。"'三幺台'是仡佬族人在嫁娶、立房、祝寿以及重大节庆时操办的宴席，包含三台席，即茶席、酒席和饭席。入席时，按照'三幺台'的规矩，客人们须按照亲疏、辈分、年龄顺序入座，长辈或宾客坐上席位置，然后依次是下席和两边席位。"难怪作家从务川采风回到贵阳数天后，"我的心情却怎么也平静不下来"，"务川的人，务川的山，务川的水；还有务川的情、务川的爱；那一幕幕荡气回肠的丹砂魂，那一场场仡佬遗风传承的文化，还有那逢年过节、请人做农活或婚丧嫁娶时才有的令人口馋的'三幺台'，像幻灯片一样不停地在我脑海里浮现穿梭、不停播放，我的心还在务川的上空激情飞扬……"我想，无论谁读到这儿，都不仅会赞叹作者的文字叙述功底，而且还会产生亲往务川体验的冲动！

仡佬族的"丹砂开采"技术和"三幺台"的民族习俗叫人难忘，而侗族人的建筑特色、风土人情和侗族青年男女的恋情婚嫁更叫人赞叹。在《寨沙恋歌》中，作者较为全面地介绍了侗族人独特的人文特色和精神风貌。请看寨沙的建筑："全为两层木质结构的侗家民居餐馆，楼前高高的柱子上钉着几根带皮的木条，上面吊着几个写有店名的小簸箕，还有随风摇曳的灯笼，楼房梁上则挂满玉米、辣椒等农作物，寓意日子红红火火、风调雨顺、五谷丰登。"侗族人好客且对人真诚。当作者一行刚进入寨沙时，"迎面站着一帮身着侗家盛装，吹着唢呐，打着响鼓，唱着欢歌的青年男女。他们有的手中拿碗，有的抱着盛满酒的土坛子，并由年龄稍长者端着米酒，送到贵客嘴边，喝尽后才让客人进寨。这是侗家人的拦门酒，以示对贵客的隆重欢迎。"侗家青年男女的恋爱婚嫁，还保存着原始古朴的习俗。侗族人无论男女老幼均能歌善舞，青年男女恋爱都从对歌开始，用歌声表达彼此的心声。恋爱成熟后，婚礼更复杂。男方迎娶，全寨人三天不开火做饭，一起去贺喜，帮着迎亲、过礼、布置新房、做饭安席、招呼客人。女方"还有'哭嫁'习俗，女子在出嫁前7至20天就开始哭唱。哭唱的内容有'女哭娘''姐哭妹''骂媒人'等。开始是轻轻哭唱，越接近嫁期越悲伤。直到哭得口干舌燥，两眼红肿。她们把哭嫁作为衡量女子才德孝顺的标准"，读到这儿，笔者对作者突然肃然起敬：如果没有对这些少数民族的深入了解，没有对写作对象的至亲至爱，是绝无可能写出如此优秀的作品来的。

在《石头开花》一书中，作者对彝族风情的描写，对布依族罗甸大小井的介绍，对毕节浩瀚杜鹃花海和桐梓县马鞭草花的礼赞，无不透露出作家对黔西北地区人文历史的浓厚兴趣和深深的挚爱。正如作者在书中所言："这些文化遗产，是人类历史长河中留下来的珍稀实证，是日积月累的岁月积淀，凝聚着黔西北人民的勤劳和智慧，彰显着人类文明的光辉。"

黔西北历史悠久，人文荟萃，博大精深，可以说是我国人文大厦中取之不尽的文化宝库。作者"力图透过浩渺的历史烟云，对黔西北这片土地上的人文历史作深度的梳理、撷英般的选择、多维度的呈现，并对其作纵深的眺望"。正因为作者写作目的明确，所以才能够创作出如此优秀的作品。

三、讴歌英雄人杰，弘扬时代精神

从古至今，关于是"地灵人杰"，还是"人杰地灵"的争论，一直都未停止。笔者认为，两者是相辅相成的，地灵可以诞生人杰，人杰又会促使地灵，它们之间没有谁先谁后之分和主次之别。以黔西北为例，这儿因为地灵而屡出人杰，又因为英雄豪杰的出现，使该地区才闻名遐迩。在《石头开花》中，作者就列举了众多在历史上发挥过重要作用的英雄豪杰，如最早发现、开采和运用丹砂的仡佬族先民；最早发现和发明水银炼制技术的濮人；最早走出大山、叩问中原文化的汉代著名文学家、教育家和书法家尹珍（79—162）；元末明初杰出的彝族女政治家，为维护地方民族团结和国家统一建立不朽功勋的巾帼英雄奢香夫人（1358—1396）；等等。他们生于斯长于斯，为该地区的社会进步和经济发展作出了卓越贡献！

古代先贤值得后人永远铭记和怀念，而现代的英雄模范人物也值得颂扬。可喜的是，作者在书中将更多的笔墨放在了当今的英雄人杰或曰普通劳动者身上。在《倾情为民步履勤——扶贫攻坚名誉村长郑传楼》一文中，作者就为我们重点推介了一位十分了不起的扶贫攻坚名誉村主任郑传楼。郑传楼出生于贵州省正安县自强村，12岁时随父到省城读书，后官至贵州省农业农村厅副巡视员。早在1981年春节前夕，郑传楼回到老家看望奶奶，目睹了父老乡亲分救济衣、救济粮、救济棉被的场面，他感到难受极了。回城后时常牵挂着老家的乡亲，并想方设法给予帮助。1988年春节，他又回老家，给乡亲们分享他在沿河县扶贫的体会以及省外发达地区的经济、社会、文化发展方面的经验和收获，得到乡亲们的认可并被聘为名誉村主任。为了改变家乡贫穷落后的面貌，他常常利用工作之余与村里乡亲共商扶贫大计，改水、修桥、修路、建学校、推广良种良法，传播先进文化，使昔日"交通靠走，信息靠吼，喝水靠桶，煮饭靠柴，娱乐靠酒，天黑睡觉的穷困山村，改变成喝水不用桶，煮饭不用柴，房子黑变白，车子能进村的小康村。"与此同时，他还与团省委有关领导一起策划推出了一个大型公益活动——春晖行动。该行动自推出以来，已在北京、上海、香港、台湾、澳门、美国、加拿大等国家和地区建立了"春晖行动联络处"。2009年该项目荣获"国务院最具凝聚力的慈善项目奖"；2010年被中宣部盛赞为"一个伟大但人人可为的行动"。2011年5月，习近平总书记在贵州视察期间听说后，当即给予了充分肯定，并要求贵州坚持不懈地将此项工作开展下去。要知道，党中央提出脱贫攻坚是21世纪初，而郑传楼任名誉村主任是20世纪80年代，整整提前了二十多年。作者对郑传楼的行为给予了极高的评价："郑传楼先生的大爱胸怀，诠释了一名共产党员领导干部为国家、为社会作出奉献的高尚品德"，并坚信"星星之火，可以燎原"。

该书作者很会发现典型，寻找典型人物身上的闪光点，使典型人物形象跃然纸上，叫读者如见其人、如闻其声。《花茂村的土陶》中的母先才，可算是众多普通人中最典型的代表。文章开门见山，"贵州遵义市播州区花茂村有个母先才，他家四代做陶，以陶谋生，是目前全村仅存的仍在做土陶工艺的人。"接着插入土陶发现和制作的历史文化。"花茂村的土陶瓷业始于清代光绪年间，距今已有140年的历史。主要生产陶罐系列，如缸、罐、碗、壶、瓶等日常生活用具。1915年，举世闻名的'怒掷酒瓶震国威'事件，让茅台酒一举夺得巴拿马博览会金奖，当时装酒的器皿就是花茂村的土陶生产的。"然后再介绍母先才传承土陶技艺的艰难曲折过程。由于他不忍心看到祖宗遗传的技艺失传，于是在十分困难的情况下坚持了下来。党的十八大后，在各级人民政府的鼓励下，母先才申请小微企业资金贷款，建造新房扩大陶艺馆的规模。镇里领导请来了遵义师院艺术学院的师生免费给他的产品进行设计，建议他根据市场需要做出旅游产品，开设制陶体验作坊吸引游客，从而使他的业务有了很大的拓展。

此文的妙处还在于重点描写了习近平总书记到他家参观的情形。"2015年6月16日，是花茂村人永远不会忘记的日子，更是母先才家几代人也不会忘记的日子。这一天习近平总书记走进了美丽的花茂村，也走进了母先才的家，并亲切地与他拉家常。"习近平总书记的亲临视察和谆谆教导，使他备受鼓舞，决心"一定要听习总书记的话，将土陶技艺好好传承下去！也一定要保护好当地的绿水青山！现在的日子越来越好了，我也希望土陶规模越办越大，将来能带动村里及周边的老百姓一起致富。"

纵观《石头开花》中的所有文章，无不满溢着作者对这片热土浓浓的情，深深的爱。黔西北的山美，水美，人更美。这儿的各族儿女，勤劳勇敢，纯朴善良，他们是物质文明的生产者，又是先进文化的创造者和传承人，值得大书特书。但笔者也深深地感到，黔西北的美是立体的，是多方面的，仅靠一本散文集是无法穷尽的。笔者认为,《石头开花》一书,仅仅记录和反映了黔西北地区人文历史中很小的部分,还有许多领域,诸如"史前文化""夜郎文化""红色文化""抗战文化"等还有很大的空间和进一步挖掘的必要。希望作者发扬成绩,再接再厉,努力创作出更多无愧于时代的优秀之作,让"石头"再一次"开花"、结果!

【作者简介】乔(谯)德春,笔名桥歌,四川西充人。四川省戒毒管理局原副局长,四川省法治文化研究会副会长。在《人民日报》《解放军报》《法治日报》等报刊发表文学作品300多篇,出版《商海情报战》《风雨律师路》《长歌短笛》等文学著作9部,创作完成影视文学剧本5部。其业绩入编《中国专家大辞典》《全国优秀复转军人传略》等文献中。

秦　毅 | **她所书写的不只是一种传说**
——读黄彩梅散文集《石头开花》

我和黄彩梅初识于2016年6月的第六届中国西部散文家论坛暨天山笔会，第二次相见是在重庆散文学会举办的第七届中国西部散文家论坛活动上，她以精湛的摄影技术给我留下了深刻印象。我感到她是一位热爱生活、崇尚自然的大"忙"人，在会议间歇或休息之时总是举着相机抓拍一些人或物。第三次见面是在第九届中国西部散文家论坛暨"下基层、凝共识、转文风"江口行采风活动中。

此后我们互致问候，尤其互相关注彼此在刊物上发表的文学作品情况。

最近她发来散文集《石头开花》电子版嘱我写一篇文章，于是我仔细翻看了这本书，可以说我马上被书中描述的一些人和事深深打动。

> 在洞口的大石头上，打开粽子开开心心地吃起来，表示以后的日子甜甜蜜蜜，随后石头上便留下了粽子的甜味或咸味，引来了成群结队的蝴蝶在这里驻足吸食或孵卵，这一壮丽的景观便是传说中的"石头开花"。
>
> ——《石头开花》

"石头开花"是一种隐喻，一种沉淀在心底的理想，当遇到现实的绚丽突然而生发出的领悟，是一个藏匿多年的不得不吐之而后快的秘密，是酝酿已久找到的一个恰当的比喻。《石头开花》这本散文集里很多写景、状物反衬了作者细腻的观察力和洞察力，成就于笔端，发思于心底。

黄彩梅是贵州省自然资源厅第三测绘院的高级工程师，常年置身野外，对大自然的美好耳濡目染，以至于渗透心灵，而在内心发酵。一个作家必须反映内心的真实世界和爱恨情仇。从这个角度来说这本书代表着作者对生活体贴入微的观照和体验，全方位地透视世界。用真实悲悯的心来书写世界，眼睛里的世界和书中的世界可以一样也可以不一样，但情感必须真实。

这本散文集里人与事的集合，多角度的抒写，使人性可圈可点。如黄彩梅在书中描写了数十位名家的言谈举止、大家风范，让人顿生敬仰：贺敬之、文怀沙、欧阳黔森、一根筋的陈长吟、扶贫攻坚名誉村主任郑传楼、白衣天使张有楷，既有名家巨匠也有寻常百姓，没有厚此薄彼。比如描写采茶人："阳光温柔地洒在茶海的浪花里，越过茶海，一个个采茶人就像舞者一样，随着微风吹拂浪花的音乐，从容而舞，形舒意广"，而有了上面的铺垫，直抒胸臆就显得水到渠成，没有做作之意。"我想，当我们悠然品味香茶时，请记起这双采茶的手，感恩他们的辛苦付出，因为茶杯里浸润的不仅仅是茶的香醇，更有采茶人的辛苦付出。"

由茶说人而上溯到茶的历史，仿佛给读者讲授了一堂茶的普及课，一堂山水民俗的现实课。最后由衷赞叹采茶人的生活艰辛，就把笔触碰触到了一个人的内心，从而使一篇散文不落俗套。

在《心恋务川》一文中首先写到了"砂"，而后描述了务川拥有仡佬山寨、百合台、天主坳、九天母石等人文自然景观，最后详尽地介绍了三幺台是仡佬族人在嫁娶、立房、祝寿以及重大节庆时操办的宴席，包含三台席，即茶席、酒席和饭席，之后这篇散文的结语自然天成："文化是一个民族的灵魂。中华民族拥有五千年文明史，在漫长的历史长河中，无论兴衰成败，历史文化的根脉始终生生不息、绵延不绝。"

还有一些对花的描写如杜鹃花，从直观的描述中带入了人生感悟，有情感依托和文字的铺垫，借物感叹，不是无病呻吟。

黄彩梅在第七届中国西部散文家论坛举办地合川参观时写的钓鱼城："我的内心怎么也平静不下来。此时，我的目光穿越在700多年前的时光里，凝视着烟波浩渺的三江之水，眼前，仿佛战船相依，桅杆林立，旌旗飘飞。蒙古大军的铁蹄横扫而来，一代天骄成吉思汗之孙蒙哥汗正拿着'神鞭'点画着江南如诗如画的山水城，并以鹰隼般的双眼无比骄傲地环视着四野，目空一切地在向世人宣告，这里的山河即将成为我可汗的疆域，我的铁蹄即将踏上空灵的钓鱼山。"足见她是一位心细的人，如同她的笔和摄影机。

透过这本文集，我看到了地域性很强的东西，比如贵州的山水、地理、人文情怀，更看到了由山水而生发的浓浓的怀乡爱家情怀。九天洞、梵净山、神龙潭、黄果树、寨沙等等，不胜枚举。

一个认真生活的人都会有感想、体悟，无论简单或者复杂，有的人能够总结出来，有的人心里知道却无法用文字替代。黄彩梅用笔记录、用摄像机拍摄下来，兼而具之，记录了生活和心路历程，这除了具备一定的文字功夫，还要有锲而不舍的精神，读万卷书行万里路，饱读诗书才能下笔如有神，并要有独特的视觉发现常人发现不了的风景。

可以说在这些去伪存真、由表及里的散文篇幅中，积淀了作者太多的思考和观察。她睿智的观察力，优美的文笔，令笔下的世界熠熠生辉。她不仅用摄影机拍照和用笔记录了人与大自然的美好和变化，更是饱含深情地歌颂着人们改天换地的决心和意志，以及由此带来的结果，那就是天更蓝、水更清、草更绿。

我在一本书里漂游，就像在一个山清水秀的世界游走，始终都沉浸在美好的文字和美好的自然世界里，而后走进一个作者的心灵世界，由着作者的笔走进了一个随时代变化而日新月异的人文世界，窥探和发掘着大自然的美妙与和谐，正像"石头开花"能留住蝴蝶的景观世界。幸好我去过贵州，我所见的山水，在黄彩梅的文字里霎时变得丰富和丰满起来。

当我离开书卷，我陡然感到压力。一个生活在贵州的人用散文的形式写出了眼中、心底的多彩贵州，而一个生活在新疆的我能否用笔反映出"新疆是一个好地方"？

让一种美留存于世界，随着一股油墨香味，我相信这本书带给读者的必定是百看而不厌之感。

【作者简介】 秦毅，笔名秦一，中国诗歌学会会员、中国散文学会会员、新疆文化艺术研究会专业副会长、新疆作家协会会员、乌鲁木齐市水磨沟区作家协会常务副主席。

浓浓的乡愁
——品读黄彩梅散文集《石头开花》

冉 静

中国散文学会理事、中国自然资源作家协会会员、贵州省青年文学研究会会长黄彩梅女士喜欢小镇和乡村，那里可以与大自然毫无阻碍地交流，人没有过多的欲望，也不用太为生计奔忙，更不会被人际关系的大网捆绑。毕竟体会到生活的艰辛，使她一心想着要到城市去。大学毕业后，置身高楼的林丛，却又生出归隐之心。自然，这并不是非要在行动上予以证明，而是正如她所说：回忆之处是故乡。

通过回忆，黄彩梅女士把往事变成动人的文字。在2021年3月，云南人民出版社出版的散文集《石头开花》里，她动情地描写年幼时对家乡的新奇，大山的神秘与孤独，幼年同伴的赤诚与命运，以及亲人间血浓于水的深情，看过的人都被打动了，低调的她却认为尚不足以示人，以至故事里很多的主角至今还不知已悄然走进书本。

大方，始终是她心中一座不一样的县城，不一样的水土。大方的山川草木，是她终生的襁褓；大方的大街小巷，是她手心缕缕肌纹，蛰伏着她委婉曲折的人生故事和回望，记忆绵延，不绝如缕，偕她而长在。这份意趣，不囿于地缘亲近性，进而形成命运决定的一份故乡血性，化为恋母般情结。

对于黄彩梅女士而言写作犹如说话，坦坦荡荡自自然然就好，完全没有必要刻意增加或者过滤什么。

黄彩梅女士散文集《石头开花》第一辑的首篇便是《杜鹃花开别样红》，文中深情抒写作者与贵州省著名诗人李发模一行去首都北京拜访剧作家、文艺理论家、现代著名诗人贺敬之老前辈的全过程。在拜访中，她热情地向贺老介绍道："我的家乡在贵州省毕节地区大方县，水绿山青天蓝，距离省城贵阳仅仅155公里。那里有面积最大的原生杜鹃林，总面积达到125.8平方公里，名叫百里杜鹃，共有23个杜鹃品种，素有'杜鹃王国''世界天然大花园'的美誉。被誉为'地球彩带、世界花园、养生福地、避暑天堂'。"她出于对家乡的挚爱特地邀请贺老书写"花海大方"四字，没想到贺老欣然应允。于是，她便成为此行唯一获得贺老墨宝之人。正如她在文中所说，贺老的墨宝"花海大方"，实乃千金难求，无比珍贵，这是一个外出游子发自肺腑的乡情之音，是对故乡的无限热爱，是对家乡的由衷敬重。

黄彩梅女士的散文集《石头开花》第二辑"石头开花"里，作者充满女性细致入微的观察思考和散文作品的优美笔调。文中这样写道："2019年秋意正浓，我终于又踏上了已成为国家级风景区的大方县九洞天，这片让我迷幻多年的土地，虽是故地重游，却见识许多新事物，乡情未改却是生态大变、环境大变。只见这里的天空蓝得可爱、纯净，空气清爽，让人心旷神怡。山上绿树成荫，坡上散漫花香，田间地头一片金黄，农房也换上了时代新装，高速公路县县通，水泥公路村组连，家家户户两不愁、老人孩子三保障……"

跟随导游来到第一洞天，洞内有一座非常神奇的钟乳石，酷似张果老倒骑毛驴。传说张果老和其他神仙常来这里聚会，喝醉酒之后就倒骑在毛驴身上，慢悠悠地回天庭去了；有神似情侣亲吻的"万年之吻"钟乳石，据说当地有的青年男女为了能使他们的爱情天长地久，都要跑到这里来祈愿；还有像"金蟾望月""百鹤迎宾""嫦娥奔月"的奇石景观；有"南天重门人间去，通天暗洞不自来"的通天洞。沿着弯曲的栈道步行，犹如在月宫闲庭漫步。

文章读后发人深思，给人启迪。黄彩梅女士的笔力老到，功力深厚，写景、状物、叙事，信手拈来，如行云流水，亲切自然。

《仰望家乡的杜鹃花》是黄彩梅女士的散文集第一辑杜鹃花开最后一篇文章，黄彩梅女士1968年出生于美丽多彩的大方县，现在省城贵阳工作的她，却无时无刻不深深地热爱着生她养她的家乡故土。文章写出作者浓浓的乡愁和对家乡的眷恋。"山的那边，满目温婉又娇艳的杜鹃花海渐渐接入天际。看那满山遍野山丹丹花开红艳艳的场景，好像一团燃烧的火焰。"读者的眼球不由自主地被抓住了，读者有了继续读下去的欲望。可以说黄彩梅女士的想象力的确非常丰富，不信你看："且看那雨中的杜鹃，犹如奢香夫人，手持长剑，傲世而立，一袭红衣临风而飘，一头长发倾泻而下，说不尽的美丽清雅，高贵绝俗。又如'西施'凤髻出尘，轻移莲步，袅娜腰肢曼舞山间。"

我喜欢杜鹃花，因为它很美！它没有玫瑰的娇艳，没有牡丹的傲气，却有着花中西施的美名。

我喜欢杜鹃花，喜欢杜鹃花盛开的季节。行走在花满山间的小径，细哼着民歌《山间小路》，享受着这宁静的时刻，看着两旁鲜艳芬芳的杜鹃花，中间一条小径穿过花海，伸展到云端，怎不叫人心醉！

黄彩梅女士的散文集《石头开花》里有《2013年不同寻常的国庆长假——走访滇缅界内的贵州籍中国远征军日记》，这篇文章是作者对浓浓乡愁的一种升华。文中写道，观看有关中国远征军抗日战争时期的视频《归去来兮》，大部分女士流泪了，就连男士们也为之动容。观看完后，大家含泪练习演唱了歌曲《老兵》："遥远的故乡，遥远的梦，遥远的青山岗，淡淡的云彩，悠悠地唱着，心伤而无悔的歌。问一声老兵，家乡可曾在远方静静地把你守望……"唱歌的人泪水涟涟，听歌的人早已泪湿衣襟……

"一个潜心书写家乡的人，心里一定装着一个可爱的家乡；一个痴心守护家乡的人，一定是一个有责任感的人。"一位文友在品读《石头开花》后感慨道。

眷恋乡土，是对乡土的一种至死不渝的爱，她的乡土情怀，在《石头开花》中得以一次妥帖地安放。

【作者简介】 冉静，笔名蓉儿、侠君，安徽合肥人。游客网策划总监、贵州省散文学会理事、贵州省青年文学研究会会员、郭润康集邮研究会会员、贵阳老年邮友联谊会会员。出版《不落的红太阳——当代毛泽东现象透视录》《天使的呼唤》《禁毒，我们别无选择》《为了母亲的微笑》等。作品入选《潮涌南明》《见证贵阳解放七十周年》等。荣获全国、省、市各类奖项四十多个。

用点睛之笔　展奇石之花
——读黄彩梅散文集《石头开花》有感

商振江

众所周知，中国最著名的四大奇石，分别为东坡肉形石、岁月、中华神鹰、小鸡出壳。这些奇石，除天然形成外，因其栩栩如生的造型，不同寻常的色彩和花纹，极大地满足了人们的猎奇心理和审美。然而，辛丑年新春佳节之际，当贵州省散文学会副会长兼秘书长黄彩梅的《石头开花》一书的电子版跃入眼帘，我不禁眼前一亮，就好像是发现了中国第五大"奇石"，进而从这一"奇石"里探索出形神俱备的妙趣和折射出丰富的文化意蕴。

作者的《石头开花》这本书，共收录了72篇散文。每一篇散文都在自己心中形成一幅"成竹"，而后再把成竹画下来。这些散文，取材广泛，文思纵横开阔，不论是歌颂新时代，还是赞美风景名胜，或者是随思感悟等美文，都有变化而又完整，都能够严谨而又生动地将自己的内心感受用清新自然、优美洗练的语言表达出来，而且是信手拈来，如行云流水，本色天成。

观看《石头开花》一书中同名文章的开头，作者开门见山地问道："'石头开花'这一奇观你听说过吗？你觉得是真的吗？"连续两个问号，巧妙地引起了读者的好奇心，让你非看下去不行。

在第二自然段中，作者刻意地去列举世界八大奇观："埃及胡夫金字塔、巴比伦空中花园、阿尔忒弥斯神庙、奥林匹亚宙斯神像、摩索拉斯陵墓、罗德岛太阳神巨像和亚历山大灯塔、中国的秦陵兵马俑。"使读者感觉犹如奇峰突起，出人意料。作者以此为根据，不仅告诉读者，连世界八大奇观中，也没有"石头开花"这一奇观。从中可以看出作者的知识积累和对生活感受的敏锐，所以才能触类旁通，浮想联翩，一下子打开了读者的视野。

作者接着提醒说："说到石头开花，也许你就会想到广西都安县长寿山的地质景观——二叠纪层状硅质岩形成的燧石结核，石头上散布着含苞欲放的玫瑰花石纹，或许，会把你的思绪带入影视剧场——一个讲述黔北石头乡招商引资引发啼笑皆非的戏剧情景。"其实，作者并非让读者到广西看都安县长寿山的地质景观，也不是让读者到影视剧场感受啼笑皆非的戏剧情景。而是说明自己那种"乡愁难寄的情绪久久萦绕"和"一种不可遏制的力量催动我用笔墨去叙写这个生态环境返璞归真的传奇故事"，而以此为起点，从历史的纵深曲径探幽，一步步探寻出个中的奥秘，匠心独具地描写出一段段鲜为人知的发现。

作者继而写道："多少年来，历史的演变和阳光雨露的滋养，便成就了我美丽的家园——多彩贵州、花海毕节、美丽大方……"使家乡在其笔下苏醒，在其笔下抽枝拔节，在其笔下如花绽放，并且介绍说："在我的家乡大方县九洞天风景区，每逢端午时节都会有如期上演的蝴蝶歌舞盛会……"还从蝴蝶披着绚丽多彩的盛装，成群结队聚集在石头上，"时而静立，时而互相嬉戏，时而翩翩起舞，那不断扇动着的翅膀在阳光的照射下折射出耀眼夺目的光彩，放眼望去就像是石头开花一样。"如果说《石头开花》这篇散文，一开头就巧妙地引起了读者的好奇心，那么，这里则成功地抓住了读者的心，使其产生要亲自去实地找答案的愿望，或者是产生一种去大方县九洞天风景区一饱眼福的冲动。

以上仅仅是这篇散文的序曲，没有刻意的雕琢，只不过是用真挚的感情和高尚的趣味，通过观察客观景物的感受，就让读者体会到了新鲜奇特的审美享受，从而进入联想的一种境界。但是，对于作者而言，此时此刻审美求索才刚刚起步。作者紧接着追问："为什么这些蝴蝶会集结在这块石头上呢？这块石头在景区的什么地方？"这些悬念，将读者的审美期待再次引入一个精心设计的胜境。

跟随作者的生花妙笔，读者来到大方县九洞天国家级重点风景区。第一洞天叫"龙口天"。洞口如一条巨龙张开大嘴，地下瀑布如巨龙吐雾，壮丽非凡。第二洞天叫"雷霆天"。洞外瓜仲河波涛汹涌，洞内电站机器雷鸣，形成双瀑和鸣雷霆万钧的景观。第三洞天叫"金光天"。当阳光从洞顶的天坑中直射到水面，折射出粼粼波光，而波光又反射到岩壁上，暗光与金光交相辉映，景观奇特。第四洞天叫"玉宇天"，由多个洞穴组成。洞内钟乳石晶莹剔透，千姿百态，形象逼真，疏密相间，有"小石林"之称。第五洞天叫"葫芦天"。洞形上收下放，自然形成葫芦状，水也被河岸围成一个葫芦状，形成了天上一个葫芦，水面一个葫芦，所以叫葫芦天。第六洞天叫"象王天"。洞形恰似一头大象立于水中，故得此名。第七洞天叫"云霄天"。洞口高大雄伟，形成一个斜插地面的巨大天窗，犹如一面望向宇宙的巨镜，直射云霄。第八洞天叫"宝藏天"。洞内钟乳石形态各异，有的好像是彝族女政治家奢香夫人在办公，有的又像睡眼惺忪的大型卧佛，有的还像送子观音佛像，有的又如巨大的狼图腾，令人叹为观止。第九洞天叫"大观天"。洞内有三层溶洞，上层是面积数万平方米的大厅中堂，中下层则通道彼此相连，多个洞穴直通苍穹，形成立体迷宫，举世罕见。

　　作者不愧为散文大家，从雄奇瑰丽的溶岩大观中找到书写线索，采用"一线穿珠"的写作方法，不仅一口气描绘出有"中国岩溶的百科全书""喀斯特地质博物馆"美誉的大方九洞天风景区的九个洞天，又从人物行动线索、事情的发展线索、九洞天景物的线索等，让作品的线索连贯起来。通过对这些景观的描述，生动地表达出什么叫"别有洞天"。其中，不但蕴藏着富有传奇色彩的故事，而且代表了九洞天那份未曾被濡染过的完整与美丽，就如同一个个彝族阿咪子（彝语：姑娘），只是她们的气质不同而已。

　　至于读者关心的"石头开花"景观，作者首先介绍《大定县志》记载："在瓜仲河流域九洞天的小渡口岩石上，每年四月，值雷雨之夕，必有蝴蝶数十万驻留于岩上孵卵，在阳光反射下，呈五色花蕊，至端阳后，则伏藏不见也。"其次，也像一位相声演员一样，作者在介绍第二洞天时，恰到好处地抖出早就准备好的包袱——在大方县流传着一个美丽动人的民俗故事。

　　当地青年男女，在谈情说爱的过程中，小伙子们都会结队出门，手持糯米做的粽子和砂糖在路边等候。姑娘们则要带上自己亲手做的香包，回赠给向自己示爱的小伙子。因为这个民俗，每年端午节这天，该地青年男女都会相约到第二洞天洞口欢聚。有缘成为情侣的，就会把砂糖放在洞口的大石头上，然后开开心心地吃粽子。于是，石头上就引来成群结队的蝴蝶吸食，这一壮丽景观就是传说中的"石头开花"。

　　最后，作者还感叹道，可惜由于多年以前的乱砍滥伐，自然生态受到严重破坏，"石头开花"景观已经成为人们的美好记忆。好在经过多年的植树造林，昔日的荒山披上了绿装，作者的家乡处处山清水秀，鸟语花香，九洞天"石头开花"的奇观也重现于九洞天景区。让读者感受到作者即使久别大方，远离大方，对家乡的那种眷恋与热爱不曾改变，进而陶醉在"多彩贵州"的秀美山川里。

　　《石头开花》整篇文章，用"石头开花"这一个中心旋律贯穿全篇，其构思新颖，主题明确，语言朴实，文情并茂，环环相扣，给人印象深刻。正所谓"文贵真，热情打动石头心"。通过作者内心的独白，一方面满足了读者的好奇心，另一方面让读者畅游了九洞天这边独好的风景和作者家乡大方县的风土人情。该文之所以深深打动人心，引发读者的共鸣，还得益于记忆穿插得体，揉进的知识准确，不但显示出作者不凡的文学功底，而且可说是用点睛之笔，展奇石之花。

过去，听电视剧《木鱼石的传说》主题曲《一个美丽的传说》，我知道了"精美的石头会唱歌"。现在，读《石头开花》一文，我又看到了"精美的石头会开花"。时值新春佳节之际，连石头都那么喜庆！只是，不同的石头代表的寓意和象征不同。从中可以看到历史记载中的"石头开花"这一奇观，欣赏那一个个开花的纯天然奇石。也可以邂逅一个个美丽动人的民俗故事，让世人重新领略大方县九洞天风景区的无限风光。

创作一篇散文，不难；但要创作一篇好散文，则难上加难。我们期待黄彩梅立足本土文化的丰厚土壤，深入掌握和探索散文的规律和技巧，创作出更多有深度、有情怀的精品力作，以其饱满的激情去完成时代赋予散文作家的使命及责任，努力建设山清水秀的文学生态，推动散文"黔军"创作的繁荣！

【作者简介】商振江，笔名凡夫。中国散文学会会员、四川省散文学会理事、四川省通俗文艺研究会理事、四川省文艺传播促进会会员、四川省通俗文艺研究会乐山市工作站站长、峨眉山市通俗文艺研究会副会长、《峨眉河》杂志主编。作品散见于《人民日报》《四川日报》《四川经济日报》《中国诗词》《美哉天下》《四川散文》和海外网等媒体。

用激情回应生活
——读《石头开花》之感

石安芳

最好的文字，都是有体温的，犹如中医理疗的"悬灸"，温暖、舒服而不灼伤体肤。读着作家黄彩梅的《石头开花》亦有此感。

辛丑年末，我应邀参加在筑举办的一诗歌高级研修班。其间，偶遇好友黄彩梅女士，隔着一些学员和几排桌椅，我们目光相遇，彼此兴奋。

她绕过桌子，朝我走近，递给我一本精致的文集，淡黄色的封面上，墨绿色的"石头开花"题字，是贵州省文联主席、贵州省作家协会主席、著名电视剧剧作家欧阳黔森先生的墨宝。彩梅甜美地说："亲爱的安芳，好久不见，想你哦！我有本书送你，请你指导哈！"

我打开书扉，两行秀美的小楷出现："请安芳闺密惠存，文友彩梅，辛丑年12月25日。"看见如此的签名，我深感荣幸，毕竟"闺密"不是谁都能享有的称谓。

"才女，一星期后交评论稿哈。""啊，原来是有任务的哦。"我感觉上当了，要她多宽限一周，高情商的她笑嘻嘻地应了。

尽管争取到两周的福利，但这期间我还有剧协的工作、家庭装修事务、给文学沙龙稿子写点评、给区巾帼商会年会写朗诵诗，排演年会节目、春节慰问等细细碎碎的事，所以两周时间也是紧紧巴巴。

彩梅与我是七年前于省散文学会采风活动中相识。她像一团火，激情自己又点燃旁人，她爱唱、爱跳、爱笑。她的文字涉足也广，诗歌、散文、报告文学、歌词、小说都小有成就。彩梅除工作身份是贵州省自然资源厅某处高级工程师外，还身兼《贵州文学》主编、贵州省青年文学研究会会长等职，主编有散文集《高原山花》《高原的春天》；作品散见于《散文百家》《作家视野》《文学百花苑》《中学语文》《中国测绘》《贵州国土》《贵州作家》等刊物；写有歌词《我的家乡叫大方》《母子别》等。我尤其喜欢《母子别》这支歌，情真意切、细腻体贴，"我的孩子你切不哭，为了更多孩子不哭，妈妈立即踏上征途……遇事多找爸爸克服，春暖花开我们来弥补……"

彩梅不仅文艺作品颇丰，同时她还是一位热心公益的爱心人士，今年1月8日，她又组织贵州省青年文学研究会部分会员，冒着凛冽寒风，从贵阳驱车到200多公里之外的大方县牛场小学开展爱心活动，为师生们送去春天般的温暖和问候……

为了赶时间，从筑城返回凉都，我连夜抓紧阅读，一口气读了《杜鹃花开别样红》《访国学大师文怀沙先生》《认识欧阳黔森》《一根筋的陈长吟》《倾情为民步履勤——扶贫攻坚名誉村长郑传楼》《在阅读中认识的白衣天使》《杜鹃情缘》《江口纪事》《仰望家乡的杜鹃花》等文章。从《杜鹃花开别样红》《访国学大师文怀沙先生》中看到作者对拜访原文化部副部长、现代著名诗人、剧作家、文艺理论家贺敬之先生，著名国学大师、红学家、书画家、中医学家、吟咏大师、新中国楚辞研究第一人文怀沙老先生的无限崇敬之情，文字中也流露出了作者开朗、大方、活泼性格，以及深植于内心对家乡的呵护和热爱。在激动、紧张的情形下，仍向贺老表达为百里杜鹃景区赐予"花海大方"的墨宝的请求，她的真诚感动了贺老，居然成了拜访的一行人中唯一获得贺老墨宝的人。作者这样的生活体验，也激发了我们普通人勇敢向外界推荐贵州、宣传贵州的热情。

当读到《一根筋的陈长吟》时，我眼前一亮，美妙的行文，与之前几篇文字有所变化。

我在当代作家陈长吟老师的散文选集《美文的天空》里翻腾了数月，有时笑得合不拢嘴，有时伤心得守不住泪，有时要郁闷一整天，有时竟忘记了时间。我不停地在里面寻觅……

我找到了《莲湖巷》，这是一座古老的城市，一条古老的巷子，一栋古老的建筑，里面聚集了那么多文人雅士，或者说是文人骚客，他们的辛勤汗水似涓涓细流、笔下咏唱的文字豪情满怀，源源不断喷薄而出，带给人们的是可赏可餐的精神食粮。

这样轻松、自然、飘逸的叙述在书中比比皆是，让读者十分享受。

"文如其人"，这话很对！我认识的彩梅犹如一朵冷静、理智、特立独行、独自芳香的梅花，即便是厚绒绒的雪花覆盖了她，把身枝压弯，她仍是笑盈盈地面对世界，从雪花的缝隙里露出红扑扑的春意。明明是雪地里的一朵花，却能绽放出春日的温暖。也许是因为有被压弯过的经历，使得她从没有趾高气扬的神情。也恰如她的一篇短文所示，"雪花对梅花说：'梅花，我喜欢你的清逸幽雅，傲立寒冬独自开，从不与娇艳的花儿争芳斗艳。我更喜欢你的一缕幽香暖天涯。'"

也如同我喜欢彩梅一样。我们有很多共同之处，都喜欢亲近自然、拍美照、不会喝酒但常伴喝酒好友、喜欢参加公益活动、爱买时装愉悦自己，未来的岁月我愿更近她的芳香……

通读整部作品，能够感受到彩梅女士的文字功底较为深厚，用词也十分华美、准确，细致入微。在此，也谢谢彩梅女士为我们呈现了一份文化美食。

但人无完人，文字也如此，会有不足之处。如《三星堆游记》一文中，整篇文章若行云流水般自然，也很有故事性，可略微不足的是从89页至91页，作者对"远古"一词，运用较频繁，兴许这是作者故意为之，用于强化三星堆的"远古"文化，但我还是会固执地认为，这会影响文章的阅读性。若能稍加修润，会更宜耐读。

【作者简介】石安芳，中国戏剧家协会会员、贵州省作家协会会员、贵州省戏剧家协会理事、六盘水市文学艺术联合会委员、六盘水市戏剧家协会主席。2005年全国助残先进个人，六盘水市消防安全形象代言人。散文集《玫瑰之恋》获凉都文学二等奖，童话集《嘟嘟的魔力椅子》选入贵州省新文学大系，小品《一封家书》获六盘水首届群星一等奖，情景剧《特殊作业》获全省消防安全示范剧目，儿歌《宝贝要睡觉》选入人教版小学教材。

石孝军 | 女儿笔墨　壮士情怀

我认真地读完了黄彩梅的近作《石头开花》，掩卷沉思，心绪难平。这是她近几年在紧张的日常工作和繁忙的社会活动之余呈献给世人的心血之作，也是她植根贵州，放眼世界，记录生活，讴歌时代的思想结晶。娓娓道来的故事让我心生感动，侃侃而谈的见闻让人身临其境，细致深刻的思考也能让我产生共鸣。这是一部有温度、有品位的好书。作为一个非文学工作者，我非常愉快地把自己的阅读享受和思想收获与更多的朋友们一起分享。

这是一部多彩山河的美丽画卷

《石头开花》浓墨重彩地描写了贵州的山水风光。黄彩梅的家乡有著名的"百里杜鹃"景区，她的散文多以杜鹃冠名，由此可见她的杜鹃情结。"山的那边，满目温婉而娇艳的杜鹃花海渐渐接入天际"，"我喜欢杜鹃花，因为她很美！她没有玫瑰的娇艳，没有牡丹的傲气，却有着花中西施的美名"。除了杜鹃花，她还擅写山、写水、写风景、写民俗。九洞天在她笔下，奇幻无比，层层递进，一波三折；神龙潭在她眼中，精彩纷呈，款款深情，一咏三叹。湄潭茶海，风情万种；务川朱砂，荡气回肠。捧读这本书，我们随着作品的视线，一个村寨就是一个景区，一桩传说就是一处名胜。罗甸大小井，她写道"半洲古屯，一坝良田，两村翠竹，三条地下河流绿水青青，孤峰矗立影印井中，百尺天桥横卧山间，无数个绮丽多姿的山洞衬托出'山乡洞国''山洞画廊'的美丽画卷"。茶园观海楼，她形容"绿浪浩瀚，碧毯铺陈；横看成波，纵看成浪，远听是涛，近听是潮，馨香扑鼻，秀色可餐"。她足迹不止贵州。重庆钓鱼城，成都东门市井，都能被她描述得别开生面，引人入胜。山东日照的海边，济南大明湖湖畔，波光粼粼，活色生香，读者仿佛身临其境。

这是一曲文化视野的乡土颂歌

黄彩梅的散文贴近生活，具有浓厚的乡土气息和人文情怀。她写乡土是用文化视野的笔触，而不是简单的报道式地反映。在《核桃之恋》当中，她深刻地描述了核桃产业在赫章这个地方的存在地位、历史渊源和发展前景。如歌般地描绘了"千年夜郎栈道，百里核桃长廊"的丰收景象。描写宝箴塞，她把这座普通庄园的智慧和神秘描写得一波三折，引人入胜，充分展示了这座凝聚民族智慧和中国特色的古建筑是如何见证着历史的沧桑。她描写兴义的方舟文化的风水气场，大量地引用了孔子、老子在黄河边的对话："上善若水。水善利万物而不争，此乃谦下之德也"，从而揭示了兴义方舟殡葬服务中心的文化内涵。把殡葬工作和民生结合起来，和文化结合起来，和艺术结合起来，充分展示了这个园区的气场和神韵，十分传神，令人久久难忘。

这是一束充满热爱的生活故事

黄彩梅散文里的生活故事，从她所描写的对象，可见一斑。《刘孟胜的故事》描述一位普通的工作人员在基层服务的时候，被夹老鼠的铁夹子夹住，通过他摆脱困境的挣扎和他的智慧、乐观、坚韧，反映了一个二十多岁的年轻人坚定的担当和作为，让我们看到了一个很有希望很有朝气的青年职工的形象。《果林深处的笑声》通过偶然的一次邂逅，见到了三代人幸福而又温馨的时刻。她的思绪穿过了柚黄橘红的密林深处，从内心涌起一阵波澜。她由衷地赞美，中国百姓的生活经历了从贫穷到温饱进而小康的跨越式的转变，中国社会实现了从封闭、贫穷到开放、富强和充满活力的历史性的巨变。她的笔墨带我们走进了时光的隧道，感受到了世间的温暖和多情。她写文朝荣，翠绿的山岗，春风化雨；脚下的热土，充满情义。她写母先才，先从做陶艺开始，然后到做工艺马灯，物喻当年，无限缅怀。马灯点亮了花茂村人新的生活方式，成为小康路上的一盏明灯，寄托着花茂村对未来的希望。她描写花茂村的拼命三郎何万明如何带领全村人致富，办起农业种植合作社的事情，充满深情赞美。

这是当下嘈杂文坛的清丽之音

通过阅读黄彩梅的《石头开花》，我不禁对中国当下的文坛现象心生感慨。我们现在脱离生活脱离实际的作品太多，甚至有很多作品走上了低俗肉麻的道路。为了博人眼球，简直不堪入目。完全丧失文化品位和文人风骨。正如《人民日报》所批评的，我们今天的文艺创作失去信仰、失去灵性、失去判断、失去方向，是整个民族缺乏想象能力，缺乏自由精神，缺乏独立思考意识的表现。黄彩梅的散文，无论是游记还是访谈，抑或是她的读后感，都充分体现了一种昂扬向上的正能量，一种对生活充满热爱的感人情怀，一种严肃认真的创作态度。在一定程度上，她代表了我们当下贵州散文创作的至高水平，有着鲜明的时代特色和贵州气派。所以我对黄彩梅的散文极为推崇。通过她的作品，可以看出我们中国的文学艺术不缺少故事，而是缺乏表达；不缺少能力，而是缺乏责任；不缺少资源，而是缺少灵性；不缺少资本，而是缺少生命。习近平总书记指出，文艺工作者应该牢记，创作是自己的中心任务。作品是自己的立身之本。要静下心来精益求精搞创作，把最好的精神食粮奉献给人民。必须把创作生产优秀作品作为文艺工作的中心环节，努力创造生产更多传播当代中国的价值观念，体现中华文化精神，反映中国人的审美，追求思想性、艺术性、观赏性有机统一的优秀作品。简而言之，也就是我们要多讲中国故事，讲好中国的故事。

希望黄彩梅忠于自己的内心，埋头创作，埋头苦干，心无旁骛，不断地推出自己的好作品。

自古圣贤多寂寞。你的女儿笔墨、壮士情怀会有更多的精彩和灿烂的明天，会有更加丰硕的创作成果问世。

【作者简介】 石孝军，网名玉树临风，湖北荆州人，在职研究生学历。中华诗词学会会员、中国诗歌学会会员。陆军中校转业。曾任贵州省人力资源和社会保障厅正厅级干部。在多种刊物和网络平台发表过学术文章和诗歌作品。著有《走向全民社保》（劳动保障出版社出版），诗集《壮思员风飞》和《冲情云上》（九州出版社出版）。

《石头开花》 真情酿造的挚爱之果
——为黄彩梅女士新作《石头开花》面世点赞喝彩

田景祥

今天能够应邀参加黄彩梅女士《石头开花》新书分享会，聆听各位高谈阔论，分享其新作面世的愉悦欢欣，殊感荣幸！首先向黄彩梅女士用辛勤耕耘收获丰硕成果表示由衷祝贺！

品读《石头开花》，深为其真情打动。全书 5 辑 72 篇，计 29 万字，字里行间激情洋溢，爱意潜藏，令人如沐春风，可谓情深意笃、翰墨情浓。

黄彩梅女士一向勤于学习，热爱生活，善于思考，对人生、幸福乃至于情感都有着自己独到的感悟。她尤其深爱自己的家乡，眷恋生养自己的那方热土。为追求"杜鹃花开别样红"的至美境界，八年前她曾抢抓机遇，不惜斗胆向现代诗坛泰斗贺敬之先生当面成功索要墨宝，为自己的家乡增添了一抹亮色。她笔下的"石头开花"，空灵神韵，栩栩如生，跃然纸上；杜鹃花开，艳丽多姿，令人心旷神怡，如醉如痴！

她擅长寓情于景，也不乏寄景于情。在她的笔下，有名噪中外的文坛泰斗，有蜚声中外的国学名流，也有平凡岗位上敬业爱岗的人民教师、白衣天使、扶贫斗士，还有来自农村最底层的基层干部、村姑农妇。对于芸芸众生，她一向心存大爱，一视同仁；一概真情眷顾，施之以浓墨重彩；从未见厚此薄彼，区别对待。在她的笔下，水之魂，花之韵，心之恋，茶尖上舞动的旋律，文化方舟的风水气场……无不令人如闻其声，如见其人，如临其境。那桐梓花园的秘密，务川丹砂古县的神奇，罗甸大小井的情趣，楠木古渡水流的静谧，广汉松林镇果林深处的欢笑，遵义花茂村农家小院的愉悦……莫不令人大开眼界，心驰神往。她既可以从一个平凡善良智者的修为洞见其灵魂深处的美丽，也可以从一部普通电视剧的赏析领略到主人公对人格风骨的不懈追求。真是心之所至，情为所动。于是坦诚诉说如涓涓细流，滔滔不绝，言辞恳恳；语言绘描，质朴无华，没有刻意雕琢、故弄玄虚，给人以矫揉造作之感。这就是《石头开花》呈现给我的视觉真味。

感谢黄彩梅女士的辛勤耕耘，向我们馈赠了一份营养丰富、色鲜味美的精神食粮。

祝黄彩梅女士继往开来，勤耕不辍，努力创作出更多更好的文学精品以奉献社会，回馈满怀期盼、热心关切你的广大读者。

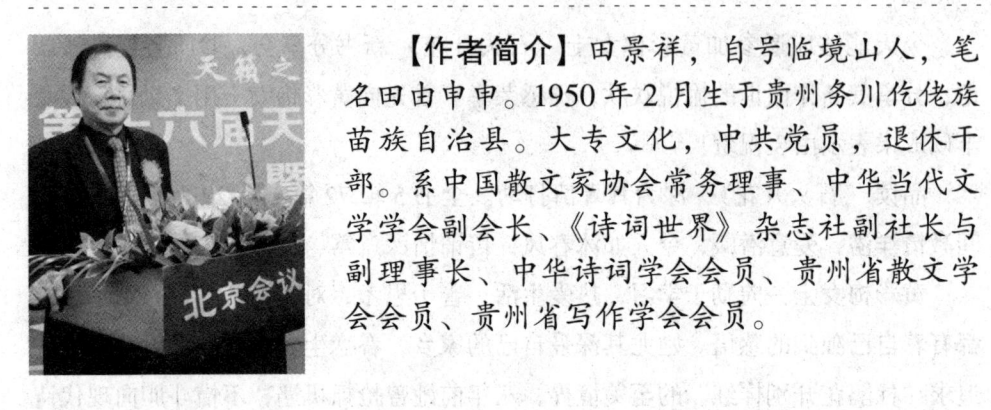

【作者简介】 田景祥，自号临境山人，笔名田由申申。1950年2月生于贵州务川仡佬族苗族自治县。大专文化，中共党员，退休干部。系中国散文家协会常务理事、中华当代文学学会副会长、《诗词世界》杂志社副社长与副理事长、中华诗词学会会员、贵州省散文学会会员、贵州省写作学会会员。

一本开卷有益的好书

万郁文

——我读《石头开花》

认识黄彩梅之初，我对其名字很有兴趣，因我认识的女士中，有个彩桥、有个彩云，两位都是深有学问的人，这位彩梅，梅字更胜一筹，一定是一位有人格魅力的人。果然，在多次的采风活动中，她大方活泼，爱唱爱跳，和众多的文化人在一起，她既端庄稳重，又不失俏皮机灵，还特别亲切。这次在中国散文名家青铜之光三星堆采风行活动中，她送我两本书，让我对这位来自贵州的文友更加刮目相看了。

翻开杂志《青萃》，创刊词由任贵州省青年文学研究会会长的黄彩梅撰写，她是主编，栏目分为小说、散文、古体诗、现代诗、散文诗、评论。对于这样分类，虽说有点简单笼统，但是读其内容不得不称道，第一篇小说是贵州省文联主席、作家协会主席欧阳黔森的作品《敲狗》，第二篇是中国作家协会原副主席叶辛的作品《暴雨后的花溪》，第三篇是贵州省文联原主席顾久的作品《李泽厚先生的贵州之行片忆》，第四篇更亮眼睛，是我们中国散文学会会长叶梅的大作《幸福二队》，接下来是中国散文学会副会长陈长吟的大作《月光下冷硬的轨道》。真是了不得，一本杂志汇集了众多名家赐稿，可见黄彩梅在文学界也是一位优秀人物，是一位办刊物的好手。上面大家们的文章篇篇堪称精品，读来让人感到惊心动魄，回味无穷，它给人太多的思考和学习的空间，真是一本值得珍爱的读物。

另一本是黄彩梅的个人专辑《石头开花》，这本书分五辑，"杜鹃花开""石头开花""核桃之恋""冬日暖阳""随思感悟"，她的每篇文章，主题明确，语言朴实流畅，不乏文采，读来亲切感人，让你怦然心动，你会跟着她的文章，爱上她写的人，跟着她写的景，进入那美丽的画卷，也会感受到她对社会公益事业的热心，那种积极向上的热情。在"杜鹃花开"一辑中，她写的著名诗人贺敬之、国学大师文怀沙、贵州省文联主席欧阳黔森、中国当代作家陈长吟，文章中介绍了和大家们的相识过程、大家们的风范、大家们的作品，全方位多角度地展现了一位位文学界的领军人物，让我们也对这些大家有了进一步的熟悉和认知。在"石头开花"这一辑中,我最推崇的是《水之魂》这篇散文。这篇文章可以说将水的属性、特点、状态、用途、象征写到了极致。这篇文章是黄彩梅观看黄果树瀑布时生发出的情愫:"源头之水,正是一泓泓泉水汇聚而成。尽管它从山涧走出时很弱小,弱小得无人问津,但就是这么弱小的泉水,一路欢笑,一路滋润,最终谱写了辉煌的篇章,成就了伟业,实现了梦想。"这是写水的属性,从弱小到辉煌。接着写了水的状态,"水在流淌的时候,先是轻轻的、缓缓的,在低吟浅唱,似一曲舒缓的、美妙的、纯真的轻音乐,继而成为一曲激昂高亢、浑厚圆润的交响乐,情调热情奔放。"那水的作用,就写得更是奇妙,"甘愿用自己的身躯为人类带来滋润和幸福,甚至将自己的躯体化为乌有,而心甘情愿地去牺牲自己,留给人类的是姹紫嫣红、绿意盎然、鸟语花香、景色如画的醉美环境和绿浪翻滚、金色覆盖、果蔬飘香、五谷丰登的田园美景、丰足食物。"这么全面地将水之用途展现出来,来源于生活,提炼出水是人类的朋友和不可缺少的物质,但是读上去是那么美,这就是散文的一种知识属性,在文章中,传递出知识。下面一段,也有很生动的描写:"水刚从大山里溢出时,像刚学走路的孩子,蹒跚地向前挪动,遇到悬崖峭壁时跌跌撞撞地滚落下来,摔得几乎是粉身碎骨后没精打采地向下走去,而后,汇聚千泉百溪之水,牵手继续向前……"这一段,用了拟人、比喻、夸张的修辞手法,形象地、生动地、鲜活地给我们描述了水的形态,这一段精彩的描述,是散文写水的精华,读后让我大开眼界,水的写作能如此动人,真是写出了水的灵魂。最后,水肯定要上升到一定的高度,黄彩梅从水中得到了这样的启示:"人的一生就像流水,在前行的路上要怀揣理想,坚定信念,认准目标,哪怕一路被乱石撞得头破血流,遍体鳞伤,也要孜孜以求,勇往直前。即使在矛盾和困境、奸邪和诡诈中生活,也要高昂起头颅,勇敢地面对……不管它们是击在水里还是打在石上,都是那么勇敢。人生如此,只有你去拼,只有像水珠那样从容不迫,才能体会到在岩石上绽开之后的快乐和美丽,才能像水晶一样放射出光芒。"这篇文章,立意高,文字美,将水具有的品质上升到我们人应该具备的品格,全篇写出了水的魂魄和欣赏水的态度,没有一句多余的话,写得出神入化,是第二辑的精品之作。

另一篇文章也彰显出了一个作家应有的家国情怀。黄彩梅在 2013 年的国庆长假期间,走访了滇缅界内的贵州籍中国远征军,在这六天内,他们从贵州出发到云南楚雄,从楚雄到腾冲、再到瑞丽,一路探访慰问参加过远征军从战场上受伤留下来的老兵，参观了滇缅抗战博物馆、滇西抗战纪念馆，侧重写了腾冲国殇墓园和云南松山战役遗址。在国殇墓园博物馆，一顶钢盔让黄彩梅看到了一场血与火的战争场面："师长戴安澜率领200师不惜一切代价死守同古，同日军激战12个昼夜，战斗结束后捡到的1003个钢盔，这意味着他们的主人已经壮烈牺牲。看着这些钢盔，我仿佛看见了壮士们当年在战场上冲锋陷阵的身影，听到了英雄们挥洒热血的厮杀声……"在松山战役遗址，有一组远征军的雕塑："石雕中有未成年的娃娃兵方阵，也有垂老飘零两鬓华的老兵……当你看到这些石雕，不知你的心情是否跟我一样？'中华儿女血肉丰碑天地表 民族英杰浩然正气日月彰'。这次走访，我充分认识到了这两句话的分量所在。中华民族是个不屈的民族，正是有了先人的鲜血和奉献，才有了我们今日的美好生活。"这样的书写，宣传爱国主义、红色基因、传承红色文化，正是我们作家的责任和担当。

接下来是一篇大多数作家从没有涉及过的领域的文章《兴义方舟文化的风水气场》，在我来说，还真是没有听说过组织作家去采访殡葬行业。黄彩梅他们敢为人先，走进了被社会遗忘的角落，为那些工作艰辛还不被人看好的行业进行鼓与呼，也是以大无畏的精神战胜了偏见，尽到了一个作家应该有的良知。

书中有相当部分采写的是对社会作出贡献的人，最让我感动的是《灵魂深处的美丽》一文，一位女强人金滔，对待她家的保姆，"远远超过了一个雇主和保姆的关系，别人说她是疯了，找个保姆来不做该做的事情，还要供吃供住供读书，病了还要供医药费。"在保姆小霞生病需要做手术时，金滔为她付出了高额的医疗费用，还承担了来贵阳陪小霞治病的母亲和表姐的生活费。在一般人看来，金滔的行为不可理喻，而金滔却认为："她来到我家也是一种缘分，既然到了这个家也就成了这个家的人。况且这孩子从小就喜欢读书，我不想毁了她的前程。"小霞在金滔家，除了少量的家务活，大部分时间都是在学习、看书，金滔还给小霞买来课本和学习资料，不懂的地方就教她，小霞在金滔家受益匪浅，经过自学，考上了中学、大学，后来成了人民教师。小霞一直认为："我的幸运就是遇到了姑姑（小霞称金滔为姑姑）……姑，是我的恩人，是我的母亲，她更是我的人生导师。"这位人物的描写，通过金滔和小霞的心理描写，以对话、自述的形式，将一位善良、高尚、大爱的女企业家展示给读者，起到宣传、感化的作用。让我们认识到，世间自有真情在，无私关爱暖人心。书中，还有不少篇幅是写有关大爱精神的，比如《亚木沟里的清泉》《这个冬天不会冷》《以其无私能成其私》等，都是写为社会、为人民做好事的人，他们是值得我们尊敬和记住的人，社会正因为有这样的"好人"，构成了我们的社会，正因为有这样的"好人"，人与人之间更加和谐、幸福。书中我认为值得提倡的还有，黄彩梅还讴歌了我们新时代涌现出的"小人物"，实际他们都有一颗红亮的心，比如《五星村里的"顶呱呱"》《花茂村的土陶》《就为一句话》《花茂村的拼命三郎》《两百块钱》，我们的社会就是由这些好人组成，他们汇成了一首流动的歌，经过我们作家手中的笔，广泛传颂。

对书中的言论部分，我觉得黄彩梅也是很出彩的，在第四辑中，黄彩梅对《红颜知己》《女人味》《幸福》《有一种青春叫芳华——庆祝中华人民共和国成立70周年阅兵观后感》《人生坦荡》等篇章的论述都很到位。议论散文是散文的一个分类，它是对某个问题或某件事进行分析、评论，表明自己的观点、立场、态度、看法和主张的一种文体。上面几篇文章可以看出，黄彩梅议论的论点都是大众很关心的内容，从论据、论证上都很有说服力，得出的结论也是积极向上，有征服能力。这些文章都值得读者一读，从中吸取有益成分，滋养自己的认知。

通读一遍黄彩梅的《石头开花》，收益颇大，给人大气磅礴、荡气回肠之感，是一本与时代紧密结合，唱响时代主旋律的时代之音且开卷有益的好书。

【作者简介】万郁文，曾任成都市青羊区新闻传媒中心采编部主任。成都市青羊区第五、六届委员，中国散文学会会员，四川省作家协会会员，《四川散文》副总编、特约编审，青羊区作家协会副主席，四川省文艺传播促进会女散文作家创作中心执行主任。作品发表在国家级、省级、市级各大报刊，曾获全国旅游散文奖、四川散文创作奖及多次地方性奖项。出版散文集《追梦》。

王霞 | 灿烂多彩　梅香扑鼻
——黄彩梅散文集《石头开花》随感

　　我的手机里一直珍藏着一张照片，一张我与黄彩梅两人毫无忌惮、开怀大笑时的照片。那是 2019 年"五一节"，贵州省散文学会副会长、秘书长黄彩梅与中国散文学会常务副秘书长张立华老师一同来到桐梓采风，桐梓县文联领导和桐梓县文学协会的文友们陪同，深入马鬃苗族乡了解民族文化和民族风情。行走在马鬃乡茶圣广场的"人生阶梯"上，我与彩梅分享一张现场有趣的图片时，毫无遮掩的笑被同行的文友抓拍。照片上的彩梅笑得灿烂多彩，而生活中的她更是活得灿烂多彩。

　　彩梅是一个热爱生活的人，也是一个善于思考的人，她的散文集《石头开花》就是最好的证明。她把生活中的所见、所思、所想，用心、用情、用文字记录，汇聚成集呈现给读者，这是一种无私的精神分享。

　　《石头开花》散文集里的好多篇文章，再一次勾起我对过往生活的回忆。

　　第九届中国西部散文家"下基层、凝共识、转文风"走进江口采风活动的开展，彩梅留下了《江口纪事》《漫笔神龙潭》《寨沙恋歌》等多篇美文。品读着这一篇篇清新隽永、真情流露的文章，让我再次领略江口美妙的同时，更多了一些对生活的思考。同时参加这次采风活动的我们，大多数参会者只是负责参与、发现和挖掘，而作为贵州省散文学会秘书长的彩梅，除了这些，还要负责活动前期的场地联系、资料准备和活动期间参会人员的吃、住、行、安全等方方面面的事项。《江口纪事》一文可见彩梅为组织这次活动付出的努力和辛苦，拟方案，交申请，跑部门，联系参会人员……每一项都那么认真细致，对每一个人又都那么关怀备至。可她没有一丝怨言，有的是一种责任和担当。正如她在文中所说："在贵州举办一次这样的文学活动，能为贵州的散文作家和散文爱好者们搭建平台，邀请全国各地的散文作家们到贵州来互相交流，以达到散文写作水平共同提高的目的。"

　　《漫笔神龙潭》中云舍的美丽独特和神龙潭的神奇传说，《寨沙恋歌》中侗家风情的多姿和游子聂风的坚持执着，这些都是我们一起去感受的风景，在彩梅笔下是如此迷人。正是她的细心和用心，认真品读每一处景色，才能在笔端留下美好的文章，而我却是走马观花，人多一起看的是热闹，过后就什么也没有留下。彩梅的这几篇文章，对我也是一种鞭笞。

《桐梓花园》一文是彩梅在 2019 年 8 月 19 日参加第十一届遵义文化旅游产业发展大会开幕式，参观桐梓旅游景点后写下的一篇文章，记得当时我在编辑"桐梓文艺"微信公众号的时候采用了。她以游人的视角对桐梓旅游景点的认知和欣赏，让人读到了她对美好生活和美好事物的热爱，以及乐观向上的人生态度："我看过不少地方的花，贵州毕节的杜鹃花海和韭菜坪的韭菜花，河南洛阳的牡丹和山东菏泽的牡丹，不曾想桐梓县马鞭草花开得如此艳丽，而且是我喜爱的紫色，此行真是美不胜收。我开始贪恋地品味，一时竟得意忘形地唱了起来：'花开的时候，你要来看我……'"

彩梅是一个勤奋的创作者和耕耘者，她用坚持和执着给贵州女性作者树立了良好的榜样。她每到一个地方，都会留下文字，大到人文历史、风土人情，细微到一滴水的情感、一棵树的精神。

我不敢妄评《石头开花》，但我喜欢彩梅文字的优美，情感的真挚，笑容的真诚，以及她努力创作的精神，与人交往的坦诚和积极向上的生活态度。是的，在《石头开花》里，可感知彩梅生活的灿烂多彩，可领略黔山秀水的美妙，可了解贵州历史文化的厚重。彩梅把对生活和家乡的热爱根植于她的一篇篇文章里，让读者在品读中跟随她的视觉去感受美，感知真，感动生活的美好给予。

多姿多彩的生活，在彩梅的笔下含蓄、清澈，散发着澄明无比的芬芳，犹如扑鼻的梅香，清新而绵长，于无形中浸湿肺腑。

【作者简介】 王霞，桐梓县融媒体中心记者、贵州省作家协会会员。有散文、小说作品发表于各级各类报刊。

贵在坚持
——读黄彩梅女士的散文作品集《石头开花》有感

王 义

在一个偶然的情况下读到了黄彩梅女士的散文作品，经过"大跃进式"的"挑灯夜战"，具有震慑力的散文作品使我竟产生了如触电般的异常灼热的感觉。

虽然在寒冬腊月的夜晚，不断地翻阅着黄女士的散文作品，那引人深思的散文竟然如同实景一样在我的眼前舞动展示：那对家乡充满情感的《杜鹃花开别样红》、美丽动人的《在阅读中认识的白衣天使》、古朴山野气息的《漫笔神龙潭》、摄人心魄的《有一种青春叫芳华——庆祝中华人民共和国成立70周年阅兵观后感》……真让人应接不暇，美！简直是震撼人心之美！

一

在与黄女士交谈中得知，她出生于贵州省大方县，现就职于贵州省自然资源厅第三测绘院，高级工程师。爱好文学、旅游和摄影，系中国散文学会会员、中国自然资源作家协会会员、贵州省作家协会会员、贵州省散文学会副会长、贵州省科技摄影协会副秘书长、《贵州文学》主编、贵州作家网签约作家、《吴桥全域旅游》特约作家、《贵州省科学家传记丛书》第三卷签约作家。主要作品散见于《青海湖》《散文百家》《作家视野》《文学百花苑》《贵州作家》《中学语文》《贵州散文》《高原山花》《土地管理之路》《中国测绘》《贵州测绘政工》《贵州国土》《高原文学》《贵州日报》《劳动时报》《贵州民族报》《四川经济日报》《贵阳日报》《贵阳诗词》及多彩贵州网。主编散文集《高原山花》《高原的春天》，并获奖多次。

在了解黄女士的从艺经历和散文作品成功的同时，有个问题让人思索：地域环境和黄女士的散文艺术到底是怎样的关系？不能说地域环境是黄女士散文艺术的决定因素，但是，地域环境决定了黄女士的散文艺术具有别于异域的美学特质。

二

因 20 世纪 80 年代参与的贵州省"三套集成"(包括《中国民间故事集成》《中国歌谣集成》《中国谚语集成》)的工作,黄女士文章中的大多数地方我都去过。再次从她的书中去回味曾经的经历,所以更加感觉亲切。

贵州地处内陆,滔滔的乌江、南北盘江、清水江、都柳江,遍及贵州境内的武夷、苗岭、乌蒙等山脉,不单是各地域的分界线,也是黄女士的散文艺术风格形成的重要地域因素之一。终年郁郁葱葱的大娄山、乌蒙、苗岭、武夷山麓和浩浩荡荡的南北盘江、都柳江、清水江冲刷而形成的风景独特壮美的喀斯特地貌,曾经是漠视大汉夜郎帝国的邑域,也曾经产生过让人感叹的远古文化。在这里,无论是远古还是当今,都蕴藏着巨大丰富的原始的、现代的各民族的文化艺术遗产:如黔西的观音洞、龙里的巫山岩画、道真的尹道真、安龙的张知洞、兴义的何应钦、荔波的邓恩铭等等。从上述地域文化中汲取艺术元素,使她得益于这些得天独厚的历史文化、民族民间文化、民俗文化的滋润,虽有"夜郎自大"的贬称,但没有独特的地域人文环境因素,或者换句话说,这些得天独厚的历史文化成就了黄女士的散文创作之源。她用各种不同的类型去感受古今中外的散文创作意境,特别是在中国文学宝库中的挖掘,从中寻找艺术规律和吸取有益的艺术养料;同时,她还注重文学艺术修养的提高,阅读经典,诗词曲赋,特别是在《文心雕龙》《黔馆文集》等古代艺术理论中吸取营养,经过不懈努力,她不仅从散文创作的技艺上达到炉火纯青的地步,而且除在当代散文创作成为美学文化的好学之士,还在贵州文坛上成了一个"巾帼不让须眉"的佼佼者,也就是"内美"与"外美"的兼具之人了。

以此来看,黄女士的散文创作之所以能取得如此辉煌的艺术成就,是因为她实践了孔夫子的思想,她践行了丰子恺、林清玄等所强调的:散文创作和艺术家必须具有高尚的道德情操,热爱和熟悉生活,以及具有较高的艺术造诣。正因为黄女士的散文创作达到了这样的思想、学识和生活高度,所以,她的散文创作也达到了很高的社会文化艺术境界。如那些充满动感的具有东方美的民族民间文化活动之《醉美的相遇》、那些处处洋溢着活力的少数民族婚俗的《邂逅一场土家的锦绣霓裳》、告诉世人做人要有包容之心的《心灵的短章》等等，这足以说明贵州地域特色的内敛凝重的文化品格。

特别是贵州的各少数民族区域及各风景名胜、历史名人等人文风俗现象，她以自己鲜明的地域文化艺术风格，形成了影响巨大的"贵州散文艺术派"。为此，她全身心地投入到她的散文艺术创作中，在散文艺术上塑造属于自己独特风格的艺术世界，迄今为止，她已经在国内外发表了多篇优秀作品，如《花茂村的农家小院》《昙花夜放》《楠木渡的水，沉静而流深》……可以说，黄女士是贵州继何士光、李发模以后的文坛俊秀。

三

细读黄女士的散文作品，首先被她那充沛浩瀚的艺术气势所感染：无论是大型散文创作还是散文小品，其艺术境界异常开阔，各种人物形象呼之欲出，流泻于整个散文作品的色彩灌注着蓬勃向上的精神力量，例如，她的《刘孟胜的故事》《幸福的笑容》《女人味》等作品，都气韵生动，意境深邃。

文学中的散文作为一种文化艺术而言，如果没有敏锐的观察能力和独特的思维定式，就不可能理解她所需要创作的散文艺术中的文化内涵。

黄女士的散文创作，一个主要的艺术特征就是气韵生动，主要体现在她那塑造作品的流畅而富有创新的事物上，体现在她准确把握作品的主要性格特征和思想感情并能传神地表达出来，体现她在散文艺术作品所在的环境气氛的营造上，体现在整体作品的光彩夺目、勾人心魂上。她的《三星堆游记》《东门市井和李劼人故居的印象》《开坛啦——见证湄窖酒窖藏30年开坛》《人格魅力与艺术形象——初探林黛玉的个性特征》，无论是黄女士散文艺术的精神风貌还是内在的卓立于世的人格力量，均能很好地表现出来，形神兼备，甚是符合人们对这些散文艺术品的形象"预设"。人们往往根据阅读这些有关的散文艺术品，回想着他们的模样，并按照她自己的"预设"来描绘出她所需要的形象，或飘逸，或潇洒，或端庄，或凝重，但是，这种"预设"的形象是模糊的不清晰的，而且是变动不居随时可以修正的，而她却能逼真地把这些具有独特地域文化活色生香地"复制"在其散文艺术上，让它们和读者进行思想的交流与对话，让她所塑造的散文形象得到大家的艺术认可和肯定，不然，文学硕士、贵州师范大学教授、贵州省文联主席、贵州省文史馆馆长顾久先生和贵州省作家协会原主席，《山花》杂志主编，贵州省文联党组成员、副主席，文学创作一级，全国第六、七届政协委员，贵州省第八届政协委员，中国作家协会理事的何士光先生能为本书作序？当然，能达到这样的艺术境界的散文大家属于凤毛麟角，我认为黄女士就在其列。

当我阅读她的《水之魂》时，想象作者站立高巅之处，耳边似乎传来王守仁那音韵铿锵而又充满无限感叹之声"不管人非笑，不管人毁谤，不管人荣辱，任他功夫有进有退"之豪迈状态。

阅读她的《石头开花》，看到那些气势磅礴的大山造就了俊秀别致的山民，一股崇敬之情油然而生，地域环境造就了他们向往着美好的明天，向往着改造环境的张力；她的《一根筋的陈长吟》仿佛又把我带回那迎击悲惨的大自然灾害中，那种人类不屈的生命力和最原始的相互关心跃然而现。

对此，黄女士在散文艺术创作运用过程中非常谙熟写作的艺术技巧，因而她的散文艺术在思想内涵和艺术品位上都趋向于上乘，这种作品有语言技巧（如修辞、句式、意蕴、用词、作者风格）、表现手法（常见的有：衬托、对比、伏笔、白描细描、铺垫、正面侧面、比喻象征、借古讽今、卒章显志、承上启下、开门见山、烘托、渲染、动静相衬、虚实相生、实写与虚写、托物寓意、咏物抒情等）、表达方式（常见的叙述、描写、抒情、议论和说明）、构思方法等四大类及修辞手法比喻、夸张、拟人、排比、对偶、对比等，应用确实是"非一日之寒"！这样的气度在她的散文作品中已经显现。

四

关于黄女士的散文，特别是对贵州地域民俗风貌的展示，几乎达到了神似的地步。

如果没有坚实的文字基本功，没有具备一定的哲理知识，没有对地域民俗风貌的准确把握和出神入化的运用，是不能恰如其分地将有限与无限、必然与偶然……更不能达到这样的形与神的统一，并且相得益彰的散文艺术境界的。

其次是民族风俗意韵的感受。其难度在于选材，即选取怎样的场景来表现作品的精神状态呢？这就需要作者具有深厚的民族民间民俗文化和古典文化知识，这些看起来非常琐碎的东西，浓缩在散文创作中却是非常重要的，需要刻意表达的东西，人们通过这些微小的知识细节来判别作品所处的社会环境和自然环境，从而正确把握作者的思想内涵与精神世界。

再就是她在创作散文艺术时，把握着时空的观念、设想和在实施的过程预设中，来解决作品创作中的结构设置（如悬念、照应、联想、想象、抑扬结合、点面结合、动静结合、叙议结合、情景交融、首尾呼应等等），它将涉及所创作的作品如何让受众对技巧和观念的理解和感应，这也正是她创作时的特点。

前面说过，黄女士的散文创作注意吸纳各种有益于创作的知识，一旦有了创作的艺术冲动就能随时从平日的知识库里调动出来，恰到好处运用在创作的情景里，为塑造鲜活的散文形象营造出真实的社会环境和背景，使她手下的散文作品成为"典型环境中的典型现象"。这个话说起来简单，可是真正做起来是不容易的。

黑格尔说过："美在于发现。"

所以也可以这么认为，一个缺少了解各类知识的人是注定成不了艺术家的，充其量只是个"跑龙套"的角色而已。之所以肯定她的这些作品，是因为在她的整个艺术创作中，她继承了传统的中国优秀文化思想，特别是儒家的强调和谐和敢于为天下的担当精神，也继承了道家的淡化名利和亲近大自然的人生态度，充满着积极乐观向上的精神和高度的物质文明与精神文明理念。《石头开花》作者保持昂扬向上的精神和涨满生命的创造力，是把自己的命运和一切纳入整个社会前程的散文家，难怪有人戏称她是一位对权威淡漠而深受大众欢迎的怪招散文大家！

五

在黄女士的散文创作中，她以节俭的造型开拓出广阔的意境天地，除以富于表现力的造型准确描绘出作品形象外，她还将中国传统文学写作的技法恰如其分地应用于作品上，而她在作品形象的塑造上则着力于表现出作品中所内含的灵魂和精神，反映出作品复杂而丰富的思想情感，如《人格与风骨的追求——电视剧〈平凡的世界〉观后感》《永恒的爱情存于心——电影〈廊桥遗梦〉观后感》《青春芳华的记忆——知青生活情感剧观后》等，这些需要对所塑造的对象的透彻了解和全面的艺术把握，离开了这个基础，就是再有艺术才华的散文家塑造出来的作品也是平庸的，站立不起来，达不到震慑人心的艺术效应。为什么呢？因为有修养在里面。作为文学艺术之一的散文创作不仅仅是科学不科学、准确不准确的问题，还有生动不生动等诸多因素，它的内容很宽泛。散文创作基础要硬要结实，这是艺术修养的问题。此外还包括作品的造型构思、结构等构成问题，还要注意作品造型的韵律等诸多因素。

综合说来，黄女士的散文创作是科学性与艺术性的结合。她认为要作品站立起来，关键是找准作品造型中形神达到高度一致的那一瞬间表现出的本质姿态和神情，在此处落手其形必佳。黄彩梅女士的散文创作往往善于捕捉造型世界中流露的那一形神并茂的感受，寥寥几笔就活灵活现地把散文艺术通过各种写作技艺等等不可预知的因素永远地保留在熠熠生辉的文化艺术队列里了，一些无碑无记的小人物，通过她的描述，给大千世界留下了不可磨灭的印记，使其作品具有了永久的艺术生命。在这里，洞悉黄女士的散文艺术造型的心灵世界至关重要，表现作品的心灵世界亦至关重要，也就是"得意忘象"的意吧，也可称之"意在言外"吧。

纵观黄女士灵动飞扬、形象逼真、气韵生动的散文作品，可以看出，她既努力地传承近代中国传统的散文艺术表现手法，又大胆地跳出其窠臼，不受其左右，大胆借鉴西方莫泊桑、马克·吐温、海明威等的散文艺术技巧，把两者巧妙地结合起来，在她的散文艺术的造型上探索出一条属于自己的独特道路。

"按照美的规律来构造"（马克思），对于中国人来说，这就是按照中国传统文化中的美学规律来构造，即提供出富有深厚兴味蕴藉的散文作品，因为这种作品才能动人。同时她也同意当代艺术的散文大家林清玄、余光中、杨朔、余秋雨，中国散文艺术大师季羡林、沈从文等先生的看法：喜欢文学艺术应该是作者的主要目的，功利性不要太强，得奖不是成为大艺术家的必要条件而是社会对其艺术水准的认可。

"石头开花马生角"虽然喻为没人见过、没有的事，也不可能实现的事，但在黄女士的散文《石头开花》的创作与不懈努力中，终得善报。总之，她的贵在坚持，才是使其达到了目前自己所能达到的文学艺术高度，这不但给她自己今后的艺术创新和不断超越设置了轻易不能逾越的标杆，也给年轻的一代散文作家树立了大家风范和文学艺术坐标。

【作者简介】王义（艺），中国绘画年鉴画院贵州分院院长、民进贵州开明画院理事、贵州省美术理论委员会会员、贵州省师范学院文化与教育合作研究院研究员、贵州省作家协会会员、贵州省音乐家协会会员。曾参与电视专题片《天地绝唱——走向世界的贵州原生态音乐》（该片获第四届中华优秀出版物奖音像出版物提名奖）、《艺术殿堂的明珠——音乐》等，出版专著《坑坑洼洼》《艺文选辑》和《贵州傩戏文化研究》（该书获"第十三届中国民间文艺山花奖优秀民间文艺著作"和"贵州省第十二次哲学社会科学研究成果专著类"二等奖）。

王海峰 | 心向高原

那是一片神奇的土地,高山秀水,多民族文化烂漫绚丽,充满传奇,令人神往。传奇多与美共生,也会与美生发出更多的可能,入了作家的笔下,就可成就好诗或美文。这是我对多彩贵州的感受。

初识贵州,是幼年的乡村年代,本族邻居有一独居小脚长者,我叫她五奶奶。她住着五间青砖大屋,八砖登顶,屋内陈设为实木,可谓豪华大气,每每经过,总心生神秘。其子早年参加革命,南下贵州,中华人民共和国成立后曾任贵州省档案局领导,特殊年代离世。虽未见过,而我幼年时她的孩子常常回乡看望五奶奶,带回柑橘、腊肉之类土产,甚是稀奇,因味知源,贵州不再遥远,常常心向往之。

多年之前,因参加开阳国际散文诗会我登上了这片高原,几天里转洞登山,观水访寨,所见皆为初识,处处神奇,留下无比美好的印象。第二次走进贵州,是受了彩梅会长的邀请,借西部散文论坛在铜仁梵净山召开,活动安排得周密细致,收获自然更多,对奇山秀水、民风人文更有体会。

庚子岁尾,佳节在即,忽接彩梅会长信息,闻散文集即将出版,未等发去祝贺,即得其索评邀请和书稿。她快言快语,如临畅叙,不容回绝,想到与彩梅会长的多次相聚,是一幅幅欢快、生动、多彩的画面,如镜头切换般映出美好。在梵净山,在日照海滨,在黄河入海口,在川蜀,我们一干人等因散文相聚,因友情相聚。彩梅会长性格开朗,热情大气,常着鲜艳衣裙,围巾、帽子点缀,一脸笑颜洒得一路,大家或三二好友,或独自漫步,或一干人等,将美好的画面摄入手机、相机,留下满满的回忆。

这是文学的缘分,也是友情的延展。一切留在心间的都是美好、快乐与幸福。我与彩梅会长同样都干着为本省散文会员服务的工作,看着她一手忙着本职工作,一手把学会的会务工作也干得得心应手,真是佩服。这份才情能力自是高原儿女的优点。

这也只是她生活的一部分,读书、写作、采访亦是人生重要的内容,多年笔耕不辍也就有了沉甸甸的收获,我是怀着这份敬意去读她的散文集《石头开花》,

去打开一个作家的漫漫心路,文字中呈现着一个个更为丰满与全面的人物形象。

文字是生命与精神的符号,我一直这样认为。从散文集中,我读到作为作家的彩梅会长对高原、对故乡、对山水的情感与呵护。那些朴素的画面,那些如山间小溪般潺潺流下的文字,记录着她行走、拜访、感悟的一个个瞬间,呈现了她对故乡的爱,说到底是对生活的拥抱与态度。她的文字不高深,却有着自己的哲思,能引起读者共鸣,作者心怀坦荡,读者快意体味,就如高原的风吹过来,带着初春的花香,带着草露的气息和迷人的民族风。

这本散文集共分"杜鹃花开""石头开花""核桃之恋""冬日暖阳""随思感悟"五辑,文路开阔,文思顺畅,从山水情、故乡情、时代情,到读书、思考、评介、感悟的生发,信手写来不求雕琢,有着迷人的本味。从书中我读出作者的真,对文学的真诚以及情感的真挚。读出生活之美与自然之美的双重叠加,读出梦的意境,只有一个热爱生活的人才能感悟生活的真谛,一个热爱自然的人才能体会人与自然的唇齿相依。作家是寻美的人,是生活与自然的发现者、书写者。从她的笔下,我也读出了多元的意象,读出了生命的渴望。石头开花不就是作家的向往与美的重生吗?

当下,是一个散文创作蓬勃向上的时代,为我们的表达提供了更多可能。贵州自然的独特性、民族的多样性和人文的丰厚度为更多的写作者带来更多创作的可能,为更多具有贵州味的文学佳作生发提炼,提供了土壤与平台,呼之欲出。

心向高原,走向美与多彩的山水间,那一幅幅迷人的图画浮现在眼前,像那多彩衣裙与满脸笑容书写的美好、自信,更像那石头上开出的晶莹之花一样珍贵。

【作者简介】王海峰,中国作家协会会员、山东省散文学会常务副会长兼秘书长。

韦安礼 | **石头开花　璀璨似锦**
——评黄彩梅的《石头开花》

"事不可过三。"过三皆有缘。

我和黄彩梅女士三次匆匆谋面，三次匆匆而去，对她不甚了了。

第一次，在省作家协会通联部办公室，我给通联部主任孔海蓉送张有楷的处女作《岁月无悔》一书，碰巧，黄彩梅也来到了那里，顺便送了一本给她，并嘱她读后写点文字。

她写了，题目是《在阅读中认识的白衣天使》。我读后，把它收入我主编的《张有楷〈岁月无悔〉研讨会文集》出版。开研讨会时，我把她请来了，并安排她在会上发言。这是我们第二次相见。

过了四年，我主持云归村乡村振兴顾问团、观山湖区布依族学会送党课下乡，请云归村名誉村主任、乡村振兴顾问团团长、省农业农村厅原副巡视员、机关党委副书记郑传楼同志，为下麦村党员和积极分子骨干上党课，郑传楼先生把她请来了，是叫她来采访写报道。这是我们第三次见面。即使是第三次见面，我和她也没有交流，下课就分手。能够较全面了解她，是受她之托，她送她的《石头开花》给我，请我为她写评论。我细读后，才初步深入到了她的内心，才比较地了解了她的人品和写作能力。

石头

　　本来不会开花
　　人们说它开花了
　　悬念很大，很大

梅

　　本来色鲜味美

>还要给它添彩
>
>真是锦上添花
>
>这书非读不可

一个作家辛勤耕耘、创作出版一本书，能否引起读者爱读、热读、爱不释手，取决于她所写的书的价值。读了黄彩梅的《石头开花》，我认为它有如下价值：

一、热爱家乡的价值

黄彩梅是地道的贵州人，老家是民谣中"一枝花"的大方县。她的确长得舒展、漂亮。不仅如此，她也有才华，是高级工程师。工作上她是能人，写作上她是她那方女性中的独秀。

一方水土养一方人。无论她走到哪里，她一刻也没有忘记生她、养她的大方，总是深深地想念着故土。为了让她的家乡大方县的明天更加美好，名扬天下，人民更加幸福，她随李发模去北京登门拜访贺敬之时，她请贺老题写了"花海大方"四字。她是他们一行人中，唯一得到贺老墨宝之人。她请贺老题写墨宝的目的，是要把他的墨宝大大方方挂在进大方县城醒目的地方，让天下人都知晓大方是花的世界，都来大方旅游，传播大方文化，让她的家乡，也像"绥阳诗乡"那样名震四方。真是"慈母手中线/游子身上衣/临行密密缝/意恐迟迟归/谁言寸草心/报得三春晖"。

今日，大方县的百里杜鹃名扬天下，游客如潮，旅游经济大发展，人们也会记得生于斯、长于斯的黄彩梅。她为宣传家乡是费了心思，做了工作，奉献出了智慧和努力的。功劳簿上都会闪耀着她的汗水和付出。

贵州省委原常委与副省长黄康生说："一个人，他能热爱本民族、热爱父母、热爱家乡，他就能热爱伟大的祖国，热爱伟大的中国共产党。这才是我们需要的人，是我们必须培养的人。"

纵观黄彩梅的所作所写，她是热爱家乡、热爱贵州的女作家，其价值值得肯定。

二、倡导民族团结的价值

欧阳黔森是当代贵州著名的剧作家、小说家、报告文学家，国家级的文学艺术奖项，他荣获不少。其作品对黄彩梅影响大。比如，她看了央视播放的欧阳黔森的《奢香夫人》，她就把欧阳黔森在影片中所提倡的主题，一字不漏地照搬到了她的作品里。他说:"创作这部片子,我认为,奢香夫人是一个维护国家民族统一,讲民族和谐、讲民族团结的一个女性,我们把这么一个伟大的女性、有着爱国主义思想的女性介绍给全国观众,是我作为一个贵州人,贵州的文艺工作者应该做的,我们就应该把这个光辉的形象,介绍给全国观众。"从中,我们看出欧阳黔森所提倡的民族团结、民族统一,正符合黄彩梅的心意。这不仅仅因为奢香夫人和黄彩梅是大方县老乡的关系,而是上升到民族团结、国家统一的珠穆朗玛峰的高度。这个价值是日月光辉下的价值,是天下所有财富不能相提并论的价值。

三、对"爱"阐释的价值观

在《石头开花》一书中,了解到黄彩梅是一位博览群书、知识渊博的女士,在她的作品中,有阅读过对苏联作家普里什文、法国作家杜拉斯、法国画家米勒、中国科学家杨振宁及他们的事业和爱情的相关资料后说:"爱情胜过灵丹妙药。只有爱才能点燃我们对生活的激情,只有爱能化解我们内心的烦乱和恐惧,只有爱能让一个人的灵魂得到慰藉和升华。"

这就是黄彩梅对爱的价值观。有了这个价值观,天上的七仙女才会爱上人间的董永;白毛女才鄙视黄世仁,深深爱着大春;刘三姐才爱阿牛哥,鄙视有万贯家财的员外;阿诗玛爱上阿黑哥,他们共同斗倒了地主的儿子,获得了心仪的爱情;白妹爱上了查郎,烧毁了财主的家园,双双成仙升天,千百年来,百姓年年祭拜他们;罗细杏和陆阿炳的生死相爱,撼天动地,万代传颂……

四、崇尚专家的价值观

不知何时,戏子成名捞利的价值观,淹没了无数英雄豪杰和专家学者,害了几代人。现在,在习近平新时代中国特色社会主义思想指引下,人们又才逐步走进恢复崇尚英雄模范人物和专家学者的大道上。在文化队伍中,迅速转向的是作家。他们用手中的笔大写特写英雄模范人物和专家学者。这个队伍中,就有黄彩梅。她在《在阅读中认识的白衣天使》一文中,歌颂了贵阳市妇幼保健院儿科主任张有楷。她在文中既叙又论地阐述了张有楷在坎坷不平的人生轨迹中,始终坚强地忠于职守,坚定信念,最后加入了中国共产党,成长为儿科专家、贵阳市劳动模范、专家评审委员会委员。退休后,还笔耕不止,用十年时间写出了厚重的一本书,传播医学知识、从业经验和救死扶伤的崇高品德。敬佩之余,黄彩梅用一首诗歌赞颂这位白衣天使张有楷:"你是最美的/一位平凡的人/善良温柔又不失坚韧//你站在那里/却像鲜花一样/绽放在病人之间/你用纯洁的心灵/高尚的情操/走进每一位患者……"

五、紧跟时代，呼唤青山绿水，抓好环境保护的价值

石头并不会开花，但人们偏偏传说石头会开花，这就给好思勤究的黄彩梅童年时期的心中，早早就种下了一幅神奇魔幻的画图，大学一毕业，她就临场穷追，结果是一个空欢喜。妇人告诉她，山青水绿时期，确实有过石头开花。那是水边的石头上藓苔密布，腥味诱蝶。五颜六色的蝴蝶闻味，从林中、花草中飞出来，扑到石上产卵，老远看去，就像石头开花。这就是石头开花的来历。后来石头不开花了，是因为森林没有了，花草枯萎凋谢了，河水干涸了，蝴蝶飞走了，从此也就没有了石头开花的风景。近年，又有石头开花了，是因为大方县的九洞天修了地下洞内水电站，开辟了九洞天旅游景点，绿化了荒山，种植了花草，水肥气鲜了，蝴蝶又飞回来了。一到它们产卵期，它们又扑在石头上，编织石头开花的奇幻美景。

这个从有到无，又从无到有的事实，铁证般地告诉我们，党的十八大以来，习近平总书记反反复复告诉人民，留住青山绿水，保护生态环境，让天更蓝，山更绿，水更清是无比的正确。只有这样，才能使人与大自然永远共存。这个科学的道理，在黄彩梅的笔下，演绎成寓教于乐的教科书，其价值真非凡。

六、热爱本职专业的价值

我在我的获奖专著文学评论文集《作家就在我们身边》中指出，一个业余作者，身兼两职，他既要完成好本职工作，又要搞好文学创作，这样的人，对社会作出了双重贡献。但是，在某处基层，是"五大郎办店"，老板并不这样认为，他认为这是歪门邪道，不务正业，大加压制。于是，我站出来为这一部分人说话，专门评论他们（也评论个别专家的作品，如评论社科院张劲研究员的散文作品），让社会知道他们的勤奋、辛苦和辛酸，呼吁社会理解、帮助、扶持我们的业余作者。

黄彩梅在省城工作，条件优越，领导关心，同事热情支持，她没有创作上的拦路虎。但她毕竟是业余作者，是个勤奋耕耘的作家，多多少少也存在着难以启齿的辛酸和苦恼。所以，我再忙，也先放下其他事，为她的作品写下此文字。否则，她在书中展现出她专业价值的宝贵东西就流失了。

她是在作文学创作，她的作品里，一旦牵连到她测绘方面的专业，她就叙述得准确、铁实，让人一目了然，让人信服，为其鼓掌。如《石头开花》等篇章，

都可作为对她专业水平的鉴别。所以她的"高级工程师"的职称是真才实学的，不像个别位尊而无功、奉厚而无劳的在职人读出来的"硕士""博士"。这样的人，只是个山间竹笋——嘴尖皮厚腹中空。

七、传神、传情的民间故事的价值

追叙一下拉丁美洲魔幻现实主义文学，之所以产生过高峰和高潮，首先它得益于民间文学的助力。其代表人物和代表作品，是加西亚·马尔克斯和他的世界名著《百年孤独》。

我的文学老师苏晓星（原名李德祥），1990年12月6日，为我出版的小说散文集作序，其序文全文发表在《贵州日报》副刊和《南风》杂志上。他在序中这样说："我们曾经热心地说过，无论如何，作书面文学的基础并哺育过书面文学产生和成长的民间文学，仍然可以供给当今文学创作以养料。因此，我们对韦安礼这样有意摄取民间文学使文学得以更新的做法，始终是欢迎和肯定的。"

我在细读黄彩梅的《石头开花》散文集时，发现了在她的多篇文章里，她在写作时，都自然巧妙地穿插进了很有趣味的民间故事，使她的文章有血有肉有筋骨地鲜活开去，使读者像渴时遇到了甘泉，像蜜蜂遇到了鲜花，像鱼儿游进了大海，像英雄歼灭了顽敌，像勇士攀上了珠穆朗玛峰。这就是她写作中穿插进民间文学的价值和魅力所起的作用。

无巧不成书。在此，我把苏老师几十年前鞭策和鼓励我的话，转赠给年轻的作家黄彩梅女士，希望你走得更高更远，创作累获丰收！

八、语言朴实美妙的价值

读黄彩梅的《石头开花》，她的叙事语言朴实美妙，就像摆龙门阵、讲故事一样好听。她虽是写散文，语言却不矫揉显摆，平淡中见奇，有些像小说语言的味道。像读到了20世纪三四十年代艾芜的《南行记》、四五十年代杨沫的《青春之歌》、赵树理的《小二黑结婚》、尼古拉·奥斯特洛夫斯基的《钢铁是怎样炼成的》、五六十年代曲波的《林海雪原》等远去时代文学作品一样舒心。

黄彩梅虽属网络时代的青年人，但她没有乱跟风，扬弃了糟粕，吸收了精华，传承了中华五千年优秀文化的精神。不像报载的我省一所大学的语言文学教授的儿子，在广州读书，写信向父亲要钱，白字满篇，网络语言颠三倒四，气得教授生病住进了医院。

九、善用民间谚语的价值

民间谚语是劳动人民在生产生活中创造和积累起来的精彩语言。它通俗易懂、精简明白，含有深邃哲理，能寓教于乐，很受百姓欢迎。

20 世纪 90 年代，我在民族事务委员会工作，国家开展"三套集成"（民间故事、民间歌谣、民间谚语）搜集、整理、出版工作，我负责此项工作，成绩显著，8 件套，24 本，二三百万字，分别受到国家民委、文化部、中国艺术指导中心和贵州省三套集成办公室的奖励，至今我对这项工作仍热心热肠。所以，当我读黄彩梅的《石头开花》，看到她在文中引用了许多民间谚语来充实她的文章，我很喜欢也很高兴。这让她的文章升华到一定高度，起到了增光添彩和推波助澜的作用。她为正能量呐喊充当了急先锋，写出了使人爱读，又耐读，愿意反复读的好文章。这种分量的文章价值，喜欢者都能掂量出其价值的厚重。

需要赘言的是，虽然她采访的方法和在资料上获取的素材相同，下笔时，也要各异，不要雷同。因为是文学创作，不是写新闻稿。即使写新闻稿，高手也会别开蹊径，不守成规，才有他们的出路。如几十年前刘庆鹰在瓦厂打工，他写新闻稿，常换手法落笔，才有他今日的功成名就。

【作者简介】韦安礼，中国作家协会会员，中国现当代文学研究会、中国现当代少数民族文学研究会常务理事，中国政法大学中国诚信研究中心特聘研究员，贵州省作家协会会员，贵州省电影电视家协会会员，贵州省布依学会常务理事，贵阳市布依研究会副会长，贵阳市观山湖区布依族学会会长，黔西南州彝学研究会顾问，黔西南州布依学会常务理事。出版文学作品 10 余部，处女作连环画《陈越九姐姐的故事》（杨之光绘画，广东人民出版社出版），代表作《天安门看龙》。获国际奖 1 次，多次获国内各级奖。入录《贵州省新文学大序》等多部辞书。

韦光榜 | **在抒写中感悟人生**
——读黄彩梅散文集《石头开花》想到的

和黄彩梅相识，缘于贵州省散文学会组织的山东、四川、贵州作家走进黔西南，走进兴义的一次采风活动中。作为贵州省散文学会的副会长兼秘书长，在这次采风活动中，黄彩梅给我留下了活泼、开朗、乐于为学会奉献的印象。

前不久，在微信上收到她发来的由云南人民出版社出版的散文集《石头开花》的电子版，叮嘱为她新出版的散文集写点读后感，收到后，刚利用闲暇开了个头，又被缠身的俗事耽误下来，内心的歉意老是挥之不去。耽误了一个多月，好在今年的五一假期随后到来，便只有逼迫自己，关在书房里，对着电脑，把自己的歉意和读后感表达出来。

黄彩梅的《石头开花》分为"杜鹃花开""石头开花""核桃之恋""冬日暖阳""随思感悟"五辑。收入散文集的每一篇作品无论是写人、叙事、抒情，她都在用真挚的情感，直抵心灵的笔触，抒发自己在生活中的切身感受。这些作品或在叙述和描摹中思考，或在感悟和倾诉中抒发对世间的见解和对生活的热爱。她的作品有时像高山的清泉一样，让人浮想联翩；有时又像茫茫原野的禾苗，在不断拔节向上，让人欲罢不能；有时又像在长亭中悠闲品茗，悠然生趣；有时又像在湖岸边休闲漫步，让人放飞幻想。阅读黄彩梅的散文，我们仿佛听到了她心的跳动，看到了现实生活的多彩，不断温暖着读者的心，温暖着我们这个尘世的心。

于此，我便想到清代诗人、散文家袁枚说的"千古文章，传真不传伪"。是啊，不同的文体有不同的表达方式，小说有时写的都是身外之事，而散文大都抒写自己的心中之事。小说以虚构见长，而散文须写真情实事；小说可以合理合情地编写典型故事，塑造典型人物，而散文却不能乱编，一乱编就露馅和失去生活赋予散文的本真。因为散文是心灵的坦露，必须真实、真切、真诚。写小说，作者可以用虚构的曲折故事和典型人物来紧紧抓住读者，而散文作者的写作唯有靠自己真挚的情感，对生活独特的感悟，以及独具个性的语言表达方式来抓住和感动读者。

通过阅读黄彩梅的散文，我感到，她无论是写人、记事，还是议论、抒情、描摹风景，都是真情地自然地流露出来，就像小溪流淌在山谷间一样，从容不迫，毫不做作。正如她在《水之魂》的感悟中写道：

  人的一生就像流水，在前行的路上要怀揣理想，坚定信念，认准目标，哪怕一路被乱石撞得头破血流，遍体鳞伤，也要孜孜以求，勇往直前。即使在矛盾和困境、奸邪和诡诈中生活，也要高昂起头颅，勇敢地面对。越是这样，越能辉煌人生，就如同流水一样，没有乱石的碰撞，哪有灿烂的水花？没有高悬的峭壁，哪有吸引眼球的飞瀑？

  读罢《水之魂》，你便会自然地想到老子的"上善若水。水善利万物而不争"的境界。是的，最高境界的善行就像水一样，因为水善于滋润万物而不与万物相争。

  水不像火那么热烈，也不像石那么刚强，但人们知道，水可以灭火，水滴石穿。王夫之说："五行之体，水为最微。善居道者，为其微，不为其著；处众之后，而常德众之先。"以不争争，以无私私，这就是水的最显著特性。它滋润万物而不居功，它甘心停留在最低洼、最潮湿的地方，这正是圣人处世的要旨，即"居下不争"。而我们做人，也要有"上善若水。水善利万物而不争"的境界。

  在我们根深蒂固的思想里，旅游就是出去走走、玩玩、看看，就是用我们的双眼搜索心仪的风景，就是饱览自己心目中向往的大好河山，就是在旅途中不断感受着外面世界的无奈与精彩。而黄彩梅的游记散文《奇趣的罗甸大小井》《心恋务川》却告诉我们，旅游应该是心灵与精神的行走和感悟，是思想与灵魂的放飞，心灵的滋养，在旅途的行走中不断思考生命的意义，以及现实生活中的美丽与哀愁、记忆与忧伤、歌唱与梦想。

  一如黄彩梅在《心恋务川》中写到的一样：

  已回到贵阳数天的我心情却怎么也平静不下来。务川的人，务川的山，务川的水；还有务川的情、务川的爱；那一幕幕荡气回肠的丹砂魂，那一场场仡佬遗风传承的文化，还有那逢年过节、请人做农活或婚丧嫁娶时才有的令人口馋的"三幺台"，像幻灯片一样不停地在我脑海里浮现穿梭、不停播放，我的心还在务川的上空激情飞扬……

关于散文，普希金说，散文所要求的是思想，没有思想，再漂亮的语句也全无用处。黄彩梅的散文立象尽意，成文自然，她的思想、她的感悟如同山间的溪流缓缓流出。她以真实为根基，以思想为犁铧，不断在寻绎历史文化的脉络，关注芸芸众生的生存与灵魂，注目尘世纷纭的当下，她执着于个人的散文经验，确立了自己散文独立的抒写姿态；她的散文自由舒展，富于质感，经过思想的过滤和感情的浸润，浸透着因爱而生的关切。《楠木渡的水，沉静而流深》《寨沙恋歌》《石头开花》等无不烙下她独有的散文抒写印记。黄彩梅的散文都是抒写自己的人生经历，自己的所感所悟，正如《美文》执行主编穆涛关于散文的看法一样，散文之道在于观世道、察人心，个人化、抒情性、娱乐化不能支撑起散文写作，有力量的散文应该具有承担、思考、书写复杂社会现实的能力。

著名作家严文井说："每一篇能够存活下来的散文都是与历史直接相关联的，是历史的小小侧面或折光。是地球上东西南北的气流所引起的特异的微风。这些微风，都是情感的波动，人的呼吸。"这就提醒我们在进行散文创作时，要努力从小我的圈子中跳出来，要把抒发个人情怀与时代情怀、民族情怀、家国情怀结合起来，还要在提高自身素养和人生阅历的积累和感悟上下功夫。只有这样才能在时代的洪流中写出大气的散文，写出能够紧扣时代脉搏，写出能够存活下来，流传于世的散文。这更需要我们要有自己深入灵魂的思想，有广博的知识积累，有深刻的生命体验。

这是我读黄彩梅散文时审视自己的一点点感悟。

作为文友，让我们共勉着在文学创作的道路上前行。

【作者简介】 韦光榜，笔名牧之，布依族，贵州贞丰人。中国作家协会会员、贵州省诗人协会副主席、文学双月刊《万峰湖》执行主编。有各类文学作品在《十月》《诗刊》《民族文学》等全国各地报刊发表。曾获第十四届中国人口文化奖、贵州第二届专业文艺奖，以及"韶峰杯""李贺杯""美文天下"等全国散文诗歌大赛一等奖等。著有《纸上人间》《风在拐弯处》《牧之诗歌选》等10余部文学专著。

魏 艳 | 在《石头开花》的坚毅里品味人生

山那边
一树一树的杜鹃花
穿越千年的梦想
在彩梅姐的散文集
《石头开花》里
娓娓道来

黄果树
滴水成溪终江水成海
湄潭茶海的缕缕茶香
沁润在我的梦乡
花茂村沈仕明的 200 元捐款
彰显着人性的温暖

境由心生　文如其人
只有一路坚持
才会逆风前行
让生活色彩斑斓
只有内心清凉一片
才会把这片土地
描绘得情深意切

有时候
我们确实需要光
照亮自己照亮别人
有时候
我们更需要力量
在前行的路上
鼓励自己　坚持到底
在层出不穷的阻力中
突出重围　凤凰涅槃

生活中需要逆行的历练
才会风雨彩虹　梅花傲雪

不要因为阴影就退却不前
不要因为逆光而忘记温暖
所有的序章
都将打磨成坚韧不拔

心若向阳，奈何疾风！
心有晴空，拥抱阳光！

【作者简介】魏艳，笔名耘泥，贵州毕节人，贵州省青年文学研究会代秘书长。作品散见于《毕节日报》《高原》《时代星报》和中国新媒体信息网等报刊和网络。

《老吴·洞见》之有生命的石头才能开出绚烂的花朵

吴　枫

——在黄彩梅《石头开花》新书发布会上的发言

尊敬的各位领导、各位文友：

大家下午好！感谢黄彩梅老师给我这样一个学习和交流的机会，让我感到暖意漫流。

最是书香能致远，静心写作，通过写作抒发生活最强音，展现自强不息的自我，实现了自己的人生与社会价值，这是值得我们钦佩和点赞的人。

今年的阳春三月，我通过胡氏贵州龙研究院的胡小波先生的引荐，认识了黄老师，第一次认识黄老师，就让我见识到了她文采的魅力。

我们公司在贵阳市的息烽县开发了一个类似织金洞、龙宫一样的溶洞类旅游产品，由于我们用了跳出溶洞做溶洞的思维，取了一个华夏蟾宫的名字。黄老师是在洞内游览后，文人的本性就显现出来了，还在洞内便诗兴大发，当即赋诗一首，曰："蟾宫胜景幽，气势雄千秋。容颜多诗意，百态游人留。"并让胡小波先生在洞内当场挥毫泼墨，用大字书写了下来。

黄老师的诗，胡小波的字，成了这阳春三月最亮丽的一道风景线，同时也成为我们华夏蟾宫多缤洞的一段佳话。

我虽与黄老师住在同一个城市，但数次见面，都是在百里之外的多缤洞华夏蟾宫景区，感恩黄老师对我们一直以来的关心支持与鼓励。

今天才拿到黄老师的新书——散文集《石头开花》，打开书卷，扑面而来一股清新的气息，一股坚韧不拔的力量。真像极了我们贵州这个石头的王国中，从石头缝中生长出来开着黄、白、粉等色彩的那些不知名的花朵一样，在风雨中摇曳，水滴石穿，让我们的世界绚烂多彩。

人生行走于世，沿途每一幅风景都能镜鉴生命，映射出生命的内涵。人生，就是不断完善心中风景的一个过程。只要心中有风景，到处都是花香满径，满世界的石头都会开花。

再次恭喜黄老师,并期待黄老师有更多的佳作问世。谢谢各位文友!祝福在座各位身体安康、天天喜乐!

【作者简介】吴枫,北京阳明之路国际文化传播有限公司、贵州阳明之路旅游开发有限公司董事长,曾编写过《黔酒宝典》《贵州绿茶》《舌尖上的黔茶》等图书。

吴茹烈 | **花开有时**
——读黄彩梅散文集《石头开花》有感

认识黄彩梅有许多年了，我们一同参加过不少文学采风活动，读过她的作品，也编过她的作品，都是零零碎碎的。前不久，她发来散文集《石头开花》文稿，该书共收录72篇文章。

黄彩梅是贵州大方人，我到过她的家乡，那里属乌蒙山脉，是奢香夫人故里。那里有雄伟险峻的大山，有著名的百里杜鹃花海……

黄彩梅收在这本集子里的许多散文是描写家乡的。我不知道黄彩梅是以怎样的心境来描写这片土地的，但读了她的文集，我想她的心境是热爱和敬仰。她的散文《仰望家乡的杜鹃花》《石头开花》等，光看标题就知道她的作品有意境、有意象、有哲思，想象丰富，文笔细腻而不乏空灵……

> 山的那边，满目温婉又娇艳的杜鹃花海渐渐接入天际。看那满山遍野山丹丹花开红艳艳的场景，好像一团燃烧的火焰。
>
> ……
>
> 我喜欢杜鹃花，喜欢杜鹃花盛开的季节。行走在花满山间的小径，细哼着民歌《山间小路》，享受着这宁静的时刻，看着两旁鲜艳芬芳的杜鹃花，中间一条小径穿过花海，伸展到云端，怎不叫人心醉！
>
> ——《仰望家乡的杜鹃花》

> 在我的家乡大方县九洞天风景区，每逢端午时节都会有如期上演的蝴蝶歌舞盛会，好多的蝴蝶披着绚丽多彩的盛装集结成群地飞来，然后统一停歇在一块大石头上聚集成团，时而静立，时而相互嬉戏，时而翩翩起舞，那不断扇动着的翅膀在阳光的照射下折射出耀眼夺目的光彩，放眼望去就像石头开花一样，而这一朵朵五颜六色迎风摇曳的鲜花却有着赋予生命的灵动，美极了。
>
> ——《石头开花》

人生很多时候就是这样，现实没有按照你期许的愿景安排，你可以这样去追求，也可以那样去寻觅，耐心地、不慌不忙地去追求自己喜欢做的事。黄彩梅本来是学工科的，业余时间喜欢文学创作，并取得不错的创作成绩，值得肯定。黄彩梅就这样用平凡而又平静的文字去描写她的家乡，生活把属于她的感受，一样样、不慌不忙地献给她的文字。

散文是抒情的文体，感情真挚、言为心声是散文永葆生命力不可或缺的因素。寓真挚的感情与质朴的文字，是散文动人的源头。

黄彩梅的文字真挚、灵气，以各自的生活体验和各自的视角去理解亲情。

在《幸福》一文中，她这样领悟幸福的真谛："什么是幸福？幸福是一首歌，是一杯香醇美酒；幸福是在路途上肩并肩的温暖，手牵手的力量，说不完的喜悦；幸福是妈妈眼里温情的关爱，是相爱的人彼此的眼神；幸福是涌动在困苦中傲然不倒的力量……"

散文作品有几个要素：第一是创造性，写别人之未写；第二是艺术性，叙述优雅独特；第三是思想性，涵盖别人未能思考的深度。

黄彩梅的这本散文集值得一读的还有许多，比如《杜鹃花开别样红》《杜鹃情缘》《核桃之恋》《相约春暖花开》等都是不错的篇什。

好的散文，是可遇不可求的。究其原因，在于好的散文它不是写出来的，而是活出来的。你内心的丰富性和体验的深刻性，直接决定了你散文作品的厚度和力度。正如写作者的人格魅力，会直接呈现为作品的风骨一样。从另一个角度看，文无定法！但好的作品不是"写"出来的，而是"改"出来的。播种有时，花开有时，收获亦有时，人生这样，文学创作亦如此。黄彩梅的有些作品，如果多沉淀、多些在字词句和文章结构上再斟酌、精练，下些功夫，还会更好！

正如作家石英所说："黄彩梅的散文，创作阅历虽还不深，但开局不错，势头颇健，令人欣喜。"

黄彩梅的作品看起来是日常的、生活的，有特有女性的敏感和触觉，潜藏在内心深处的体验，充满着个人的激情和平凡的生活气息，不琐碎，不庸俗，不媚不躁，回味悠长……字里行间闪耀着属于自己的独特体验与观察。好似采集着一滴滴路旁野花的露水，是清新的、透明的、晶莹的，却折射着作者的生命体验。

黄彩梅把这本散文集取名《石头开花》，是一种寓意吧，"花开有时，收获有时"。

期待黄彩梅下一部作品。

【作者简介】吴茹烈，贵州省作家协会会员、贵州省纪实文学学会副会长、《贵州民族报·民族文学周刊》执行主编。

吴显行 | 我读《石头开花》

于我而言，《石头开花》是多彩的。

在写这个题目时，我不断地回忆起我与彩梅女士的交往经历，仔细回想起来，我们的第一次见面是在2021年5月，那几日正值她的新书《石头开花》分享会筹备中，我收到郭太东先生的邀请通知，便第一时间参加了彩梅女士的分享会。那日，参会的大多是国内及省内的散文创作名家，听他们的分析和讲演，我也大致了解到关于这本散文集的写作背景和其中创作的小故事，于是，我随即翻阅起了工作人员分发到桌上的这本书，看了前几页，心想，散文的味道有了。

我常提到我对散文创作的看法，概括来讲是生活性与细致性，即无论笔端触及何物，这两种文学性质都应该在描写的对象中做到相互统一，这必然是对事物整体的把握，对语言描写的普适性和细节描摹的精致，而《石头开花》便是这样的特性。

这其中，我热爱的是她的《漫笔神龙潭》，文中通过富有特性的词语，从描写云舍村的村貌到引出神龙潭的美景，让读者通过作者的第一视角去感受，如开篇写道："伴着四月轻柔的雨丝，我似乎走进了江南水乡的世界，嗅到了水乡的味道，阅到了水乡的秀美。"一个"嗅"字和"阅"字起到了点睛之笔的作用，随后，描写逐步深入，引领读者的眼睛注视河流的走向，这里写道："对，在前面，不，在不远的湖面，有一只睁得大大的眼睛朝我看来……"又聚焦整个村子的地势环境，以点带面呈现云舍村的闲舍状态，其后逐步转移镜头，用第三者的主体描写，写出了神龙潭气象预测、深不可测、河水倒流的三大奇观，并且还采用蒙太奇的写作手法，横向转笔至轰鸣泉，例如："如人想用水，大叫一声'水来'，水即出，白盈盈的泉水带着美妙的轰鸣声犹如一匹神奇的白练倾泻而来，映衬在这青翠地秀的村庄。"作者将轰鸣泉的"水声"与神龙潭的"涌动"并行结合，从听觉和视觉上真正再现了云舍村的"桃花源"美景。

《漫笔神龙潭》是优美的，文章从人的视觉属性出发，结合景物动态和静态的特点，让全文显得通透立体，这不仅仅在于以语境的特殊性凸显神龙潭的奇特，彰显云舍村的恬静，更多的是作者用真情的普适性吐露对自然风光的美叹。

刘勰就曾在《文心雕龙》中提到"为文而造情"的美学观点，我总认为散文是最接近于这一观点的，这不仅表达出文学作品的真实，更体现出作家的真实，从散文的生活性与细致性来讲，对自然景观的细腻描绘和从中挖掘景观中的历史文化，是彩梅女士散文创作的一大特点，比如在《走进合川》一文中，全文采用历史和景物的叙事结合，构筑起一张丰富的历史山水画卷，开头即提到"重庆巴文化的发源地之一——合川，其以渠江、涪江、嘉陵江交汇而命名，它给我留下了很深的印象"，后追根溯源，用"文峰塔"代表合川的地域文化，挖掘合川的历史根基，之后再回到当下视角，以主观个人感受，融合所见所闻，细腻描写出"文峰古街"的岁月之感。这之中便融入了当下的生活和历史的感悟。

《石头开花》中和《漫笔神龙潭》《走进合川》一样，带有文学审美特性的散文自然不止于此，整部散文集细分为"杜鹃花开""石头开花""核桃之恋""冬日暖阳""随思感悟"五个章节，每个章节侧重点不同，有对大自然山水的描写，也有对过往、故地、故友的回望，更有对散文创作的所感所悟。

当然，彩梅女士的散文最终还要归结于"情"。

【作者简介】吴显行，贵州遵义人，贵州省青年文学研究会副秘书长、理事，《青萃》杂志小说版编辑，贵州省纪实文学学会会员、贵州省散文学会会员。主要从事小说、散文创作和文学批评写作，曾获2020年贵州省散文学会学术年会优秀论文奖。

武夫安 | **滴水成溪**
——读黄彩梅散文集《石头开花》

看到黄彩梅的散文集《石头开花》电子版，我的第一感觉是滴水成溪。点点滴滴的精华汇聚成卷，编辑成册。精练的文字、精短的篇幅承载着她顿悟的内心和开花的思想。

黄彩梅是贵州省自然资源厅第三测绘院的一名高级工程师，社会职务是中国散文学会理事及贵州省散文学会副会长兼秘书长。工作的忙碌、生活的繁杂可想而知，而她对写作的执着、勤奋用滴水成溪来概述再恰当不过，这本沉甸甸的集子就是最好的佐证。

认识黄彩梅是在 2018 年 5 月西安举办的第八届西部散文论坛上。黄彩梅在论坛上代表贵州省散文学会对贵州省的散文创作现状及她本人的创作感受作了精彩的发言，给我留下了深刻的印象。说实在的，在此之前我并没有读过黄彩梅的散文作品，在笔会采风期间我们作了多次交流。当黄彩梅将要出版的散文集《石头开花》的电子版呈现在我面前的时候，我还是很震惊。朴素的语言文字叙述着她对生活的理解、认识、态度、感悟。从文字里可以感受到黄彩梅对生活的热爱，这不仅仅是热爱，更是一种坚持，一种对生活的对文学的执着。在和黄彩梅的交流中，在她表达的话语间和神情里流露呈现的是文学气息。一个人的气质里，藏着读过的书、走过的路、爱过的人，说的就是黄彩梅这样的人。她是一位典型的文艺女青年，头戴一顶大檐丝绸质地遮阳帽，长发及腰，着一袭白裙，飘洒俊逸，仙味十足，缓缓向你走来。白皙的脸上始终绽放着微笑。她口吐芬芳，一颦一笑，气质优雅。对文学艺术的热爱浸染着她的一言一行，举手投足间，从内心到表情以及装束都是艺术的表达。她不但热爱文学，而且对书法、美术、摄影、音乐等艺术门类都有涉及，在这个快节奏的时代，难得有此修为。在有限的时间，把自己本职工作做好的前提下，投身于艺术世界，成绩斐然，令人钦佩。

黄彩梅是一个热爱生活的人。她在工作之余足迹涉足山山水水，她的每一次出行都凝聚成这本集子里的优雅文字，她观察入微，文笔流畅。饱满的感情表达了她对山河的大爱之情和大美之心。黄彩梅不但自己喜欢写作，而且更是一个热心人，作为贵州省散文学会的秘书长，她热心组织作家采风创作，推荐作品，结集出版。她的周围凝聚了一大批的作家和文学爱好者，她是贵州省文学的种子和散文的火把，在她的影响下，一大批文学新人茁壮成长，一部部散文佳作应运而生。

散文集《石头开花》书名就很吸引人。石头怎么会开花呢？翻开本书来寻找答案。"在洞口的大石头上，打开粽子开开心心地吃起来，表示以后的日子甜甜蜜蜜，随后石头上便留下了粽子的甜味或咸味，引来了成群结队的蝴蝶在这里驻足吸食和孵卵，这一壮丽的景观便是传说中的'石头开花'。"原来是这样！被作者的童真和新颖的角度感到惊喜。她的天真烂漫和有心构织了诗意的空间。罗丹说过"这个世界不是缺少美，而是缺少发现美的眼睛"，"石头开花"是一种隐喻、象征、现象。散文就是表达你发现的美，黄彩梅有一双发现美的眼睛和一颗顿悟美的内心。

黄彩梅如此比喻过往的岁月，"如果说少女时代是一篇清新的散文，那么，中年的女人应是一本情节跌宕、感情丰富、有思有悟、给人启迪的中篇小说了。人到中年，失去的是少女的靓丽与青春，得到的是历经岁月沉淀的气质与优雅，由内而外所散发的是成熟女性的馨香。人到中年，我学会了怀旧，像盛开的蔷薇一样缀满心房。"黄彩梅说她愿意把她的阅历记录下来，化成她的文字和照片。"对生活的思考、人生的顿悟，点点滴滴画册般一幅幅一篇篇编连起来，感觉就像是一部画册，一部小说。"

这本散文集是黄彩梅的完美蜕变。集子很厚重，内容丰富。这本集子有五辑："杜鹃花开""石头开花""核桃之恋""冬日暖阳""随思感悟"。黄彩梅内心世界丰富，感情充沛，通过女人的视角细腻表达。让我们深入了解贺敬之、文怀沙、欧阳黔森、陈长吟等作家；跟着黄彩梅，游览祖国大好河山，大方县九洞天风景区、黄果树瀑布、务川、三星堆、泰山、日照等。这本文集里，她的家乡贵州在她的笔下栩栩如生，不仅带我们领略了多彩贵州的风采，还了解了一些地质风貌，感悟人生的一些小品文及读后感的创作和散文写作的心得。从她的作品里体现了"世事洞明皆学问，人情练达即文章"的处世哲学和研学理念。

黄彩梅的文字清新透彻，读之如沐春风：

不知什么时候，杜鹃花那淡淡的香气塞满了整个鼻孔，我忍不住深深地吸了一口气，啊！一股淡淡的清香沁人心脾。再看那映衬在阳光下的朵朵花儿，犹如彝族巾帼英雄奢香翘首山头，似乎在仔细地查阅自己是否"榜上有名"，蜚声华夏，彪炳千秋。她以独特的魅力，引来一群群蝴蝶扇动着多彩的翅膀，不停地变幻着舞姿，一会儿飞降到高高的花朵上，一会儿又悠悠然停落在花蕊中。它们不停地交相舞动，仿佛在认真表演一曲动人的乐章，明艳照人……

散文集《石头开花》是黄彩梅近些年来创作的结晶，是她的文学创作的一次小结，是从心底里自然流淌出来的真挚和热爱。

我相信在未来创作的道路上黄彩梅就像她故乡的杜鹃花绽放在文坛上。

【作者简介】武夫安，山东邹县人，现居乌鲁木齐。兵团作协理事，乌鲁木齐市作家协会副主席，沙区文联副主席，沙区作家协会主席，沙区政协委员，历任新疆电子音像出版社文艺部主任，《新疆人文地理》杂志社副社长、副总编。出版散文集《正午的马蹄》《许多年前的村庄》，长篇散文《我的温泉河》，长篇报告文学《洒满阳光的新疆》等10余部作品。作品《新疆探险记》《新疆奥秘》获新疆维吾尔自治区第三届优秀科普作品奖，《太阳挂在树梢上》获首届孟子文学奖。

萧 萧 | 灵魂深处的美丽
——《石头开花》读后

　　这篇文章的文题借用的是黄彩梅女士一篇散文的题目。因为我觉得用这句话描述她的心灵是恰当的。认识她好几年了，由于她的不好张扬及我的不喜探问，竟不知她有如此才华，以至于这次她把《石头开花》这本近30万字的书稿发给我看时，不禁吃了一惊，没想到她这么能写。及至匆匆看完书稿，又由吃惊变为了敬佩。一位中年女性，家庭的羁绊、工作的责任、社会活动的牵扯，必会耗去太多的时间和精力，可她却还能抽闲等空又悄无声息地埋头写出这么多有思想有内容有文采的文字，实是不易，倘没有对文学深沉执着的热爱，断不能为此。

　　《石头开花》是一本散文集，按文章的内容分为"杜鹃花开""石头开花""核桃之恋""冬日暖阳""随思感悟"五辑。有对高端人士的采访，有对草根百姓的描述，有对山川风物的赞颂，有对世间万象的反思，还有对文学创作的感悟。这本书内容丰富，视野广阔，颇值一读。书中不乏精彩的文字，在《水之魂》中作者这样写道："没有乱石的碰撞，哪有灿烂的水花？没有高悬的峭壁，哪有吸引眼球的飞瀑？"这就给寻常所知所识的事物赋予了灵性和哲理。《水之魂》先是对水这一种物体作了自然的描写，过程中用了拟人的手法，读来亲切而又传神。继而引入水的品格和功利。下面这一段文字，酣畅淋漓有如仙音："滴水成溪，溪水成河，河水成湖，湖水成江，江水成海，这就是水的运行轨迹。水从群山间出来，流过山沟、淌过草地、漫过漠原、穿过丛林，缠山而来，绕山而去，汇聚成涓涓细流，向山脚、向低处，逶迤地直达理想的高地。水在流淌的时候，先是轻轻的、缓缓的，在低吟浅唱，似一曲舒缓的、美妙的、纯真的轻音乐，继而成为一曲激昂高亢、浑厚圆润的交响乐，情调热情奔放，唯美悠扬地在深山幽谷中，在葳蕤草木间，在空旷原野上，在蓝天白云下匍然东去。于是，水又给我们展现了一路前行时姿势优美、铿锵有力的脚步。"这样的文字，虽然说是文，其实更像诗。

　　作者笔触很广，地域风景、人文寻访、特产介绍都有涉及。文笔朴素流畅，很少有刻意雕琢的痕迹。热情洋溢的情绪总是充满字里行间。作者是个细心严谨的人，读她的散文，感觉就是在听一位友人在娓娓而谈身边的事，凡人的情，非常贴近生活，不会有天马行空远离尘寰的感觉。这一点尤为可贵。她不会去刻意追求高深的意境，玄奥的哲理，她只是把生活中或采访中的所见所闻平实地写下来，让读者跟她一起去感受，读这样的书，在轻轻松松中便能知道许许多多的人、事和景，真能享受到读书的乐趣。而这样的乐趣，是在看大部头的严肃文学作品所感受不到的，更不要说那些财经、政治、哲学、史学类的著作了。

作者捕捉人的特点颇具功力，笔底的人物个个栩栩如生，把保姆视如己出的金滔、倾情为民的名誉村主任郑传楼、核桃林里其乐融融的母女、年高德劭的诗人等等，无不性格鲜明，跃然纸上。这是需要功力的。文学即是人学，没有人文内容的作品难以称得上好作品。而人文内容一个极重要的方面即是对人物的描写和塑造。作者不仅善于描写人物，更善于概述作品。一部百万字的长篇小说《平凡的世界》，她仅用了一千来字就基本概述出来了。最精彩的是对《遥远的距离》和《遥远的婚约》两部电视剧的简介，直接把我给俘获了，我特意把这两个剧名记了下来，准备空时搜来看。由此可以看出她驾驭文字的深厚功力。

最令人感动的一篇散文是《这个冬天不会冷》，文中记述了作者一次到长顺某小学助学的经历。过程没有什么特别的，乘车去，到学校，捐赠毕，乘车回。但作者在这寻常的过程中挖掘到了不寻常的细节，一个小女孩宁愿要一件大号的衣服却不愿换一件合身的，原因竟是可以同姐姐换着穿，读到这里，我的眼睛禁不住湿润了。作者在这里没有做更深入的分析与议论，但此时无声胜有声，背后的辛酸与悲悯跃然纸上。虽然改革开放已经四十多年了，人民的生活水平与经济收入已得到大幅提高，但总难免还有少数人家处境艰难。特别是留守儿童的生活更是问题多多，值得大家重视并解决好。

黄彩梅给人的印象是乐观、积极、向上，没有城府，直率透明。与她相处，轻松而又愉快。常说"文如其人"，黄彩梅的散文充满了积极向上的正能量。对散文的创作，她有自己的见解。她总结写好散文过"三关"：一是语言，二是素材，三是意境。具体说来就是对于语言，"散文的语言要鲜活、优美精练，文字干净而不刻意雕琢，内容简洁，内涵丰富，充满诗意和意境，在字里行间散发出一种灵性的、悟性的柔润气息，这样的散文读起来不仅轻松愉悦，而且有种身临其境的感觉。"

对于素材的撷取,她强调对素材要真,对这真的东西,加以"深入的观察、了解和感悟。用自己深刻的感受,敏锐的观察和分析能力,把自己深厚的感情、丰富的想象、深沉的思索,融入人们对美好生活的向往和追求中去,融入大数据新时代的发展和进步中去,我们就会感觉到生活中时刻充满着阳光和雨露。"

"作为一名散文写作者,我们在写作中不能够习惯于或停顿在比较迟钝的生活场景里面,我们要有看问题的敏感性和超前性,在这样的前提下,调动自己的生活积累,充分发挥自己的思维能力和想象空间,这样才能捕捉到创作的题材,写出好的作品来。"

对于意境的要求,她说"散文的立意与意境是散文写作的生命与灵魂""凡是伟大的作品,都有一套神圣的精神价值,那就是真善美的价值,也即是散文写作的命脉"。

必须说,这些都是真知灼见,是黄彩梅在散文创作中不断思索、总结和实践才能得出来的经验之谈。可以说是文学创作的财富,值得散文写作者细细体味。

由衷地期待《石头开花》评论文选《心系一处》早日面世。更期待黄彩梅创作出更多的好作品。

【作者简介】萧潇,中共党员,国企退休干部。贵州省散文学会会员、贵阳市诗词楹联学会理事、《黔中八人诗词选》作者之一。诗词、散文、小说屡见于一些纸质期刊及网络平台。

由《石头开花》想起
——读《石头开花》随想

熊华英

小时候爱听爷爷讲故事,其中一个故事说是,只要人心诚,人刻苦,就会看见石头开花。长大了,才知道爷爷说的故事里隐喻地教导了我们不管求索什么,只要用心,不怕艰苦,不畏困难,目标一定能够实现。

碰巧,辛丑年金秋十月,在参加贵州省科学技术协会举办的百幅书画摄影作品展会上,结识了贵州省青年文学研究会会长黄彩梅女士。简短的交流后,她睿智的脸上写满了热情和不懈的追求,于是从欣赏书画的见解开始聊了起来,原来我们是毕节老乡,她是奢香故里——大方县人,她还是中国散文学会会员、贵州省作家协会会员,不禁让我产生了敬重并有求黄女士作品的奢望。

数日,黄女士很郑重地赠给我她的散文集《石头开花》,书中共72篇文章,每一篇文章的字数虽不多,但每篇文章都迸发出了千钧能量,从做人到作文,无不给人以真诚,唤起读者思考。

黄彩梅女士的《石头开花》里,贵州省原副省长顾久、贵州省作家协会原主席何士光都为《石头开花》写了序,现任贵州省文联主席欧阳黔森为之题写书名,可见黄彩梅女士做人的诚实和追溯正能量的自然之美的风采,石头会开花,也就再自然不过了。

黄彩梅女士谦虚、贤淑、执着而顽强,从她的作品中可以看出,她始终紧紧追赶新时代的步伐又不忘追随前辈的光辉足迹。几次进京拜访文学大家贺敬之、文怀沙,寻求文学巨匠的创作指导,为了把家乡推向发展的快车道,拜请了著名诗人贺敬之为家乡"百里杜鹃"题词"花海大方",体现了"一个外出游子发自肺腑的乡情知音,是对故乡的无限热爱,是对家乡的由衷敬重",充分表达了她为"我的故乡是如此幸运"的激动心情,而又高歌"多彩贵州的大方,杜鹃花开别样红"的思乡情怀。《石头开花》里没有华丽辞藻的堆砌,用质朴的语言文字把为贵州发展作出贡献的名人或平凡岗位上的平凡人推给了广大读者,从贵州诗人李发模、《奢香夫人》的总制片兼编剧人欧阳黔森,到脱贫攻坚道路上的村主任、干部，从黔北遵义的花茂村到黔西北赫章县的朱明乡，都留下了黄彩梅女士的身影和足迹，把诗人和作家展现给广大读者，把工作在贵州经济建设、脱贫攻坚路上的那些普通的郑传楼、拼命三郎们展示给了世人，把美丽家乡贵州的山山水水、核桃瓜果推出贵州，推向全国。

这片土地上的那些普普通通的人——作家、诗人、脱贫干部、村主任、测绘人、辛勤劳动者，被黄彩梅女士用美妙的文字连成了串串珍珠，镶嵌在读到《石头开花》的人们的心里，还不时发出阵阵芳香，喷洒给这个时代的一些记忆，让人难以忘怀。

一个把高尚情怀植根于养育自己这片土地的作家，会吸收到这片土地的滋养。

一个用坚韧情操去哺育贵州这喀斯特地貌顽石的作家，是会让"石头开花"的。

【作者简介】熊华英，彝族，贵州纳雍人，中共党员。贵州省科协老年书画研究会会员、毕节市老年学和老年医学学会理事。主要书法作品参加省科协纪念抗战胜利70周年展、庆祝改革开放40年展、建党百年书画展、贵州省茫父书画院书画展。

熊贤均 | 追寻石头开花不眠夜

早就听说彩梅姐出新书了，一心想拜读，但一直没有拿到书。昨天才专门从彩梅姐那里要了这本新书《石头开花》，回家后，匆匆忙忙捧着读到深夜。

读了彩梅姐的《石头开花》，感觉进入了写作的汪洋大海，只有学习的份，不敢妄加评论。只能试着从一个很小的角度，写下这些文字，不算评论，只当是读后感，管见之笔。

《石头开花》这本书，就这个书名，已经深深吸引住了我，让我迫不及待想一探究竟。究竟是一本什么样的书？究竟是什么样的石头？开出了什么样的花？

小时候，母亲经常给我们讲"石头开花"的故事。说古时候有一位龙王，不务正业，经常在凡间作乱，后来被告到玉皇大帝那里，玉皇大帝派观音菩萨下界，用一座大山将龙王压住。龙王问观音菩萨，什么时候可以出来，菩萨说要等到"石头开花马长角"的时候。好多年过去了，龙王一直被压在山下。有一天，妇女们到河边洗衣服、床单，将这些花花绿绿的衣服、床单晾在石头上。龙王喜出望外，以为石头开花了，于是在大山下面使劲挣扎，要求观音菩萨放自己出来。龙王的摇晃让这个地方地动山摇，弄得当地百姓苦不堪言……所以，一拿到书，我直接通过目录找到了《石头开花》这篇文章，因为我十分着急想知道，石头是怎样开花的，开出了什么样的花。

看完才知道，彩梅姐描述的是自己家乡大方县九洞天一个"石头开花"的景象。因为工作的原因，我从九洞天经过很多次，但每一次都匆匆而过，根本没有时间停下来好好欣赏这里的美景。彩梅姐在文章里描述："好多的蝴蝶披着绚丽多彩的盛装集结成群地飞来，然后统一停歇在一块大石头上聚集成团，时而静立，时而相互嬉戏，时而翩翩起舞，那不断扇动着的翅膀在阳光的照射下折射出耀眼夺目的光彩，放眼望去就像石头开花一样……"读到这里，我才明白是一块神奇的石头，开出了绚烂的"生命之花"。

一瞬间，我仿佛化身一只飞舞的彩蝶，穿过龙口天，飞到了雷霆天，置身于

177

那块大石头前，和成千上万的蝴蝶争相斗舞。我不停地挥动着翅膀，拍打着那从喀斯特缝隙里漏进来的阳光，和伙伴们翩翩起舞，在那块巨石上无尽地绽放着自己的美丽。然后，再随着彩梅姐的笔墨飞向金光天、玉宇天、葫芦天、象王天……

读到第一辑彩梅姐拜访贺敬之、文怀沙老先生，认识欧阳黔森、陈长吟等名人的经历，我只有羡慕的份。对于我来说，光听到这些人的名字就觉得不可思议了，更不要说认识他们。贺老的《白毛女》《雷锋之歌》就是那个时代殿堂级的作品，他的《回延安》更是让我一下回到了儿时课堂背诵时的场景。我也幻想着有朝一日，我也能通过自己的努力，能向这些文坛大咖取经学习。但我知道，这需要我付出更多的努力。

我也喜欢旅游，曾到三星堆遗址感受长江文明的震撼，也曾到梵净山用脚步丈量过高不可攀的山峦，甚至还到过彩梅姐写的楠木渡茶山关红军纪念碑前瞻仰……但我去了，也就是去了，除了感叹，没有留下只言片语，哪怕是几行诗文都没有，我算是白去了。彩梅姐却深层次地研究了三星堆的巴蜀文化，沐浴了梵净山脚下亚木沟的清泉，还感叹"楠木渡的水，沉静而流深"。如果真有一天，我再到三星堆遗址，我一定要深深地去感受"望帝春心托杜鹃"的巴蜀文化，一定要好好沐浴一下亚木沟的清泉，一定要站在乌江边上为浴血奋战的红军烈士留下敬仰的诗行……

读完彩梅姐的这本《石头开花》，让我收获最大的还是第五辑"随思感悟"中的文章。电视剧《平凡的世界》观后感《人格与风骨的追求》，让我回想起了我的小学时代。我自小喜欢读书，但家里除了学校发的教材，基本没有什么书可读。那年父亲从外公处学得一门做鞭炮的手艺，经常收一些旧书旧报来做鞭炮，父亲负责加工，我们两兄弟负责把这些旧书旧报拆开。在拆旧书的过程中，我发现了路遥先生写的《平凡的世界》，读了几页后便入迷，竟忘了拆书，被父亲一顿责骂。我悄悄把书藏起来，晚上在被窝里照着手电筒读完了这本书。那一个月，父亲总觉得手电筒里的干电池用得特别快，还责怪干电池的质量越来越差。

读完这本书，感受就像彩梅姐文中所说的："这是一个平凡的世界，他们的生活里充满了艰辛和磨难……这是一个不平凡的世界，这里的主人翁们都有着一颗不平凡的心，他们选择了勇敢面对磨难，把磨难转化为与苦难对抗的精神的

178

力量……"也正是少安、少平等人的故事，一直激励着我从那个穷山沟里走出来。

我也很喜欢《红楼梦》，但从来没有认认真真读完过，因为读到后面，人物的归属都弄不清楚，谁是谁家的丫鬟更是弄不清楚。这些众多的人物中，最喜欢的就是花袭人，还认真琢磨了一下花袭人的人物特征，至于黛玉、宝玉这些人物性格压根不敢去触碰。彩梅姐在《人格魅力与艺术形象——初探林黛玉的个性特征》一文中说黛玉性格处事小心、做事认真，其人格魅力与艺术形象是智慧的、超俗的，将林黛玉的性格分析得很透彻，非常准确。

卷末《采风散文创作谈》《略谈采风文章的情绪酝酿》《散文写作之三关》三篇文章更让我受益匪浅，特别是情绪酝酿和创作意境这一说。也终于找到我每次到一个地方都是空手而归、灵感全无，而别人却收获满满的原因了。

读罢整本书，个人最喜欢的非《水之魂》莫属。从小生长在泉边，喝着泉水长大，所以对水有一份很特殊的感情。高中以前都没有喝过开水，以至于高中化学老师讲水壶里面的水垢就是碳酸钙，我不解地问老师"水垢"是什么，让全班同学哄堂大笑。后来，我很喜欢《道德经》里面的"上善若水。水善利万物而不争"这句话，所以给自己取了一个网名叫"上善若水"。我也一直认为，水是有魂的，从水的出生到湮灭都是有魂的。

读着彩梅姐写的："水刚从大山里溢出时，像刚学走路的孩子，蹒跚地向前挪动，遇到悬崖峭壁时跌跌撞撞地滚落下来，摔得几乎是粉身碎骨后没精打采地向下走去。而后，汇聚千泉百溪之水，牵手继续向前……"想起了我刚上高中的时候，第一次离开老家门前那道山峦，就像水刚溢出时，那个刚学会走路的孩子一样，什么都不懂，在学习和生活中多次跌跌撞撞从山崖滚落，然后又继续往前走。在文章里，彩梅姐还写道："源头之水，正是一泓泓泉水汇聚而成。尽管它从山涧走出时很弱小，弱小得无人问津，但就是这弱小的泉水，一路欢笑，一路滋润，最终谱写了辉煌的篇章，成就了伟业，实现了梦想。"想到自己从小爱好写作，但苦于生活的艰辛和工作的忙碌，只是偶尔写点自己的感想，谈不上创作，就像这山涧弱小的泉水，无人问津。这些年，我依然抽空记录一下自己的灵感，就像弱小的泉水只顾着往前流，我也不知道是否能汇聚成河，是否能实现自己的梦想，但我还是坚持着。

翻阅彩梅姐的这本《石头开花》，对我这个爱好文学的人来说，就像是一场饕餮盛宴，让我受益匪浅。读罢掩卷，意犹未尽。如果说人一生一定要读万卷书、行万里路的话，彩梅姐这是做到了，但对我来说，读彩梅姐的这本书，我已经行走在万里之遥的路上了！

【作者简介】熊贤均，笔名老熊、若水，仡佬族，1983年出生于贵州省遵义市道真仡佬族苗族自治县，毕业于遵义师范高等专科学校，2003年参加公安工作，曾任派出所所长，现就职于贵阳市公安局花溪分局，酷爱摄影、写作。作品见于《贵州文学》《中国仡佬族》《民主法制时报》等报刊，已发表300余篇。

徐必常 | 满眼春色与石头开花

黄彩梅女士是工科女，但舞文弄墨起来，却从不让文科生。她最是乐于文学活动的组织。她组织了不少的文学活动，有采风，有讲座，还有研讨什么的。最近她组织成立了贵州省青年文学研究会，还把研究会的活动办得风生水起。她也乐于用文字记录生活中的点点滴滴，用文字赋予生活诗意。就拿她最近出版的文集《石头开花》来说事呗，她这书一准备出版，大作家何士光先生亲自给她作序，我省著名文化学者顾久先生在序的结尾还对《石头开花》作如是评价："我认为：有感而发，朴实直率地把史地、人文、景观、乡愁等用优美的语言文字抒写和编织，编织成了一幅活灵活现时代特征和区域特色的锦缎画卷，阅读之可享美与宁静，受益多多。"

而著名作家石英先生，为该书作了标题为《挚爱散文的可喜成果》的跋。跋中说："黄彩梅的散文，创作阅历虽还不深，但开局不错，势头颇健，令人欣喜。当今散文写作者很多，散文作品数量多得不可胜数，在这种情势下，如果作品少特色，则易被淹没在浩如烟海的篇章之中，难得为人称道。因此，黄彩梅的努力认真不满足于一般化，便是非常可贵的了。"

大作家、著名作家、我省著名文化学者对黄彩梅女士的作品是赞许的。这么说来，作为工科女的她，定然比好多文科生要胜一筹。

黄彩梅女士的新作《石头开花》共分为五辑。这五辑分别是"杜鹃花开""石头开花""核桃之恋""冬日暖阳""随思感悟"，全书共收入了72篇文章。文章以辑分类，明显是作者的匠心。比如说文集的开篇《杜鹃花开别样红》，写的就是去北京拜访大诗人贺敬之先生的事，文章笔墨细腻，读起来有身临其境之感。这样的文章一共有9篇，有《访国学大师文怀沙先生》，有《认识欧阳黔森》的情节和细节，还有《江口纪事》……辑在第一辑里。黄彩梅女士心细，行起文来如绣花，在提笔如提针的过程中，她小心翼翼，生怕哪一针下去，花没有绣好，却给底子无端扎出一些空洞。不过艺高人胆大，经过9篇文章的磨砺，到第二辑的文章里，就"飞针走线""行云流水"了。

收入第二辑"石头开花"的文章多半是写山水的，从自然山水风光到人文情怀。人终归是有感情的动物，写作者尤其是。在这一辑中，黄彩梅女士就以《石头开花》为题，大夸特夸她的家乡大方。当然，大方尤其值得她大夸特夸的，因为从作者如数家珍的文字中，彰显的全是家乡的美。作者还引用《大定县志》里面记载："在瓜仲河流域九洞天的小渡口岩石上，每年四月，值雷雨之夕，必有蝴蝶数十万驻留于岩上孵卵，在阳光反射下，呈五色花蕊，至端阳后，则伏藏不见也。"不说别的，就是《大定县志》里记载的数十万只蝴蝶，就让人们产生无限的联想。我在省外参加活动，经常听人说贵州一步一景。在黄彩梅女士的笔端，多半是一景一文。她笔下的《奇趣的罗甸大小井》《邂逅一场土家的锦绣霓裳》等文章，自然又给风景增添了新情趣。在有关从自然山水风光到人文情怀的抒写中，黄彩梅女士选择从家乡大方出发，走进巴蜀大地，探访三星堆遗址，走访滇缅边境的抗战老兵，到山东日照感受日出日落，每到一处，都用生动的文字记载。收入这一辑的作品，无疑是行走式写作。读万卷书，行万里路，书写洋洋万言文字，既拓宽了作者的视野，又磨砺和提升了作者的文笔。

第三辑"核桃之恋"是各辑中收入文章最多的一辑，总共收入了25篇。这25篇文章，书写的是一个时代丰富的生活画卷。这画卷既有山水画卷，如《亚木沟里的清泉》《楠木渡的水，沉静而流深》等篇什，又有风情画卷，如《秘碉缩影》《兴义方舟文化的风水气场》等篇什；既有劳动和收获的画卷，如《开坛啦——见证湄窑酒窖藏30年开坛》《五星村里的"顶呱呱"》《花茂村的农家小院》等篇什，又有友谊的画卷，如《千里之外品你》《我也跟着乐在其中》等篇什；还有人间大爱的画卷，如《倾情岁月，爱心涌动》……这画卷以文字的形式——展开，犹如满眼春色扑面而来，一下就提升了人的情趣和作为文字传道该有的力量。黄彩梅女士在行文中很用心，她着力去记录生活中的细节，以小见大，犹如种子遇上土壤和水，悄无声息地生长，从而让文章有着不一样的张力。

第四辑"冬日暖阳"自然与前面三辑有所不同和侧重，这一辑黄彩梅女士着力于书写内心的感受，有点像"刀刃向内"做法。这些"刀刃向内"的文章，有写友情的，也有写亲情的，既有写生活的际遇，又有写内心的感受。写际遇生活的文章注重文采，写内心感受的文章却注重笔尖上的力道。自然文采和力道都得讲究火候，好在甘苦自知，火候什么程度最到位？也只有作者自己明白。作者在文章中谈笑风生，也抹泪，掩鼻而泣，还有长叹和短叹。不过这些都是生活原有的味道，只是作者可能在某些地方"添了油加了醋"，在笔尖又弄出了别样的色、别样的香、别样的味道来，让品读她这些文章的读者，感觉到一个人的内心深处，原来还有如此的"冬天"，还有如此"暖阳"的"味道"。

第五辑是黄彩梅女士对文学和人生的所思所悟，所以她给这一辑弄了个名叫"随思感悟"的标题。作者对这些随思随感明确了特定的载体，如"病毒"依附"宿主"。作者以周闻道先生的散文集《边际的红》为例谈《在场介入的写作——以〈边际的红〉为例》，有例有据，谈得头头是道。而在为李春梅《禅悟山水》写序中，借"禅悟的理"谈对好文章的看法，大多谈到了点子上。而在为石竹《聆听山林》的序文里，谈及人的性情、文章和酒，也很有道理。而在后来几篇读后感和观后感中，作者更是找到了情感依附的载体，"好风凭借力，送我上青云。"作者凭借着载体所思所想，都从载体中挖掘出了新意，悟出了新的"道"，看到了远方的"灯塔"，开掘出了新的境界。在这一辑中，有几篇文章算是整个文集的压轴，比如说《采风散文创作谈》《略谈采风文章的情绪酝酿》《散文写作之三关》，都是些干货，是能启发后学的。黄彩梅女士热衷于各类文学活动，这三篇干货，是有利于提升文学活动参与者捕捉题材的能力的。

话说到这里该打住了，窗外春意盎然，虽然我说了半天也没有说出个所以然，也没有说到点子上，好在却不会影响春天的面目，窗外仍旧是满眼春色。而说出所以然的，自然是黄彩梅女士文集《石头开花》本身，喜欢的读者会一头扎进去，自然会收获不一样的惊喜。

【作者简介】徐必常，1967年4月生，土家族，贵州思南人，工程师，文学创作一级，中国作家协会会员。现供职于贵州文学院。1989年开始发表文学作品。创作涉及诗歌、小说、纪实文学、评论等。出版诗集3部、长诗2部、长篇纪实文学1部。曾获中国土家族文学奖、贵州省专业文艺奖等奖项。

杨 旭 | 真感情才是好文章
——读《石头开花》有感

2021年4月,应贵州作家网主编郭太东先生的邀请,到贵阳盛世中学参加黄彩梅女士的散文集《石头开花》新书分享会。说实话,当时我还真没想去,原因有两个:一是本人负责德江县党史学习教育办公室文字资料组的工作,有点走不开;二是一个人的工资要送一个孩子上大学、一个孩子上高中,还要兼顾一个经常吃药的妻子,生活过得很拮据,自费上一趟贵阳,盘缠又得花去几百块,唉!

考虑再三,源于对文学的酷爱,我还是如期赴约了。那天,我收获满满,十分高兴。首先是聆听了老师们对黄彩梅女士《石头开花》一书的评论,从中得到了自己创作的诸多启示,随后收到了黄彩梅女士亲笔签名赠送的散文集《石头开花》,其实,最值得欣慰的,是我在会场看到了黄彩梅女士一丝不苟、严谨认真的处事风格。为了让会场周围的宣传牌摆放合理,她亲自动手摆放了很多次,为了让镜头留住美好的回忆,她在前排座位上认真摆弄自己手机摄影录像的角度……后来,我翻开了《石头开花》,走进了黄彩梅女士用心用情浇灌文学之花的内心世界。

真感情才是好文章,这是我一贯的认知。在我的阅读标准里,我也更喜欢这类比较真实、接近真实、还原真实的作品。无疑,这个倾注了作者人生无数年华的作品,以心换心,赢得了我这样一个不擅于散文写作的人"隔岸观火"并获益匪浅。

从立意角度来看,黄彩梅女士有着深厚的民生情怀,对创作精益求精。为了创作,她跑遍大江南北,足迹遍布北京、四川、重庆、河北、成都和家居所在的贵阳、大方、铜仁、遵义、罗甸、务川、桐梓、兴义、从江等地,跋山涉水不辞辛劳。在这里我不得不说,近年来由于网络写作的便捷,写作者多如牛毛,可是,真正写作的人不多,多数人闭门造车,另辟捷径发表文章。正如《香港作家》副总编所言:很多作家不搞文学,而是搞"文学关系学"。一些但凡有一点人脉关系的作家，不老老实实地写作，而是搞官本位、喊口号、写官场"八股文"等，他们总以为能攀附上权贵，就能一举成名天下知，这样的社会风气，多少有点让人无可奈何。黄彩梅女士不一样，她凭的是扎实的基本功、朴实的社会学、真实的艺术性。"合抱之木，生于毫末；九层之台，起于累土。"作家黄彩梅把脚力、笔力、眼力和脑力运用到极致，正是有了这样执着的追求和严谨的态度，最终"石头才会开花"。

从题材角度来看，黄彩梅女士有着强劲的谋篇观念，对创作运筹帷幄。"一个人能写多少，还有写得怎么样，其实并不要紧，只要愿意写，能够写下去，就是一件有希望的事情。"这是我在《石头开花》封面顶端看到的一句话，我想，这应该是黄彩梅女士最初热爱文字、热衷文学的定盘星，正是有了这种信念，《石头开花》才会精彩纷呈。全书收入了黄彩梅女士近几年来的72篇文学作品，分为"杜鹃花开""石头开花""核桃之恋""冬日暖阳""随思感悟"5个小辑，共29万字。其间山水风光、人文地理、大江南北、都市乡村皆采撷于作者笔下，铭记于心，写作成篇，为读者摆上一桌芬芳四溢的散文盛宴。"杜鹃花开"小辑里的名家采访；"石头开花"小辑里展现的山水写真；"核桃之恋"小辑里记叙的农业生态、乡村风情；"冬日暖阳"小辑里的情感与交融及"随思感悟"小辑里的理性思辨等，无论从写作手法、语言或从文学审美来说，都有各具特色的色、香、味，充分展示了黄彩梅女士对文学创作的不懈追求和谋篇布局。

"知彼知己，百战不殆"，正是作者如此事无巨细、全力以赴和精益求精的创作态度，对大自然的热爱，对历史文化名胜古迹的探索，对所敬重人物的倾慕与虔诚……才让她掌握了最前沿、最详细、最真实的事实和素材，使得《石头开花》人物丰满，真实可信，感人肺腑。

她采访了贺敬之先生、国学大师文怀沙先生及欧阳黔森、陈长吟等著名诗人和作家，在对文学名家的访谈中，除了怀揣对文学名家的崇敬之情，更希望于借助大师之成功经验，让自己的创作道路"明天更精彩"；她以不同的方式采访了脱贫攻坚名誉村主任郑传楼、白衣天使张有楷、搬动贫困大山的新愚公文朝荣、知性美女企业家金滔、花茂村的拼命三郎何万明……一个个栩栩如生的人物形象展示在读者面前，同时也向世人昭示在中国共产党伟大历史进程中，是一群什么样的中国人，用一种自强不息的拼搏奋斗精神，托起了祖国光辉灿烂的明天。由此，足以见得作家彩梅为祖国发展进程中那些值得铭记的人，那些值得留恋的事竭力鼓与呼的新时代文艺工作者那份真情。她更以一名赤子之心的情怀，脚踏万水千山，感念故乡热土，把人文、景观、乡愁一骨碌展示出来，让人欣慰，令人神往。

从语言角度来看，黄彩梅女士有着厚重的艺术感染力，对创作真挚热情。在《杜鹃花开别样红》里，"贺老，我的家乡在贵州省毕节地区大方县……我想请贺老为我的家乡写'花海大方'四个字！"像极了小朋友撒娇央求长辈，清纯干净利落，在情真意切中掩藏着炫耀与执拗。"这里是一方宁静清秀的世界，这是一座简朴自然的山寨。这里，有清新的空气，清澈的太平河，青翠的群山；这里，有将军为他助威，有古树保佑平安……他特别喜欢这里宁静的夏夜，常常一个人静听蛐蛐唱着动听的歌曲，风儿吹过树缝发出'沙沙——'的声音，小河降低了音调轻轻地伴奏，组成了一首婉转的催眠曲。"一个温文秀气、情感细腻的水乡女人伴随着流畅而有温度的语言浮现在读者脑海中，清爽而又富含韵味。

《石头开花》看似轻松的行文里，饱含了水乳交融的故土情怀，体现了义无反顾的创业意志，表现了波澜壮阔的新时代气象，它应该是"散文界"不可多得的作品。感谢了！彩梅老师，从你的字里行间，我读懂了真感情才是好文章，读懂了新时代文艺工作者的执着与严谨，更读懂了散文形散而神不散的美！

【作者简介】杨旭，笔名杨东升，土家族，贵州德江合兴人。教过书，种过地，外出浙江务过工。贵州省作家协会会员、贵州省摄影家协会会员。出版新闻作品集《铺子湾那些事》《决战桶井，我们在冲锋》，著有长篇报告文学《情满乌江》和长篇小说《金菊花开》，编写微电影剧本《安永恩》和大型电影《攻坚队长》并参与拍摄。

杨通华 | 在黄彩梅《石头开花》分享会上的发言

今天应邀参加彩梅女士散文集《石头开花》的分享会，感到非常高兴。《石头开花》一书于2021年1月出版发行了，令人欣喜，表示热烈祝贺！同时祝贺今天的分享会圆满成功！

黄彩梅女士是贵州省比较年轻的散文作家。她有很多头衔，如中国散文学会会员、中国自然资源作家协会会员、贵州省作家协会会员、贵州省散文学会副会长兼秘书长、贵州省科技摄影协会副秘书长、《贵州文学》主编。这些头衔不是自封的，也不是随便就可得到的，它是一种职务，也是一种荣誉，是有较大成就和有影响的人才能配得上。黄彩梅女士的这些头衔，说明她在文学和摄影方面有较大成就，她的作品证明了她的这些头衔是名副其实。有了这些头衔，就得付出更多劳动，就要担当更多责任，特别是秘书长一职，是干具体事的，是非常辛苦的，这我有切身体会。况且，她在单位还有一份工作，也不是很轻松的。她在繁忙的工作之余，写出这么多篇散文，而且出版发行，十分不易，除了她聪明的天赋外，不知她还付出多少艰辛，熬过多少夜晚，令人十分敬佩！中国散文学会名誉会长石英先生在这本书的跋里说"对于一位比较年轻的散文作家而言，出版一本散文集并非易事，从作品写作到结集出版，不说是历尽艰辛，至少也是付出了最大的努力，体现了作者的执着、坚韧"。她的辛勤付出，必然结出丰硕果实，正像《石头开花》封面上的一句话："一个人能写多少，还有写得怎么样，其实并不要紧，只要愿意写，能够写下去，就是一件有希望的事情。""愿意写，能够写下去"，就是执着，就是坚韧。这种精神，值得我们学习，值得每一位想有希望的人学习。

我拿到《石头开花》只有十来天，还没有来得及好好阅读，只是大体翻了一下，给我印象是写得很不错的。中国散文学会名誉会长石英先生在这本书的跋里说，纵观黄彩梅的散文作品，"首先是昂然向上的生气与对人生积极因素热切追求的活力"，涉猎历史文化的作品"透射出她的人文情怀和较深的思考"，还说"她的散文语言总体情况说来是流畅而有温度，清爽中又富含韵味"。说得很好，我很有同感。《石头开花》这本书，值得我们大家好好阅读，正像贵州省人大常委会原副主任、贵州省文联原主席顾久先生在这本书序二里说的那样："阅读之可享美与宁静，受益多多"。最后，祝愿黄彩梅女士继续发扬执着、坚韧的精神，锲而不舍，写出更多更好的作品，让我们再分享。

【作者简介】 杨通华，苗族，1940年10月生，黔东南苗族侗族自治州丹寨县人，中共党员。1963年毕业于贵州大学中文系。毕业后曾在中共贵州省委办公厅、省委农林政治部、省革委办公室、省政府办公厅工作。1989年3月至2000年9月任贵州省人民政府副秘书长、省政府办公厅党组成员，2000年10月任省政府办公厅巡视员，2000年12月退休。

杨献平 | 简朴的散文写作
——读黄彩梅散文集《石头开花》

　　散文乃至一切文学创作，大抵是情怀和需要情怀的，当然还有智识、文化和思想的储备及底蕴等等。贵州作家黄彩梅，我曾经见她组织过相应的散文活动和研讨会，其思路敏捷，对散文写作和认识也颇有见地。当时也觉得，这样热爱散文的人，来做散文活动并且参与到散文的研究当中，对散文来说，是一件好事。

　　她新近出版的散文集《石头开花》即是上述说法的一个明证。散文这种文体，越来越不受人待见，也越来越让人觉得面目可疑，其中的原因，最重要的，莫过于散文写作者对散文的看法显得局促了，文学的一个基本属性便是时代性质，在这样的一个复杂、剧烈、深刻甚至前所未有的年代，散文创作如果还是按照从前的方式，进行消闲性的表达和抒发，我觉得是滞后的，也是故步自封的。在什么样的时代，就应当有什么样的文学与之匹配，而我们的散文，在这方面比小说和诗歌显然要迟缓一些。

　　就黄彩梅的散文创作来说，我觉得是属于那种随心随欲的，她不刻意讲求什么样的宏大主题，也不去费尽心思地标新立异。她的散文语言清新、自然，有一种发自内心的坦荡与自由。这一点，我觉得是非常值得肯定的。尽管，语言是进入和建构宏大文学主题乃至个人文学宫殿的基本工具，但，"大道至简"，艺术上的"返璞归真"是中国文学传统中的一个规则或者说文学的终极。由此来说，黄彩梅的散文写作，从一开始，就秉持了简约、朴素的个人风格，用不事雕琢的方式，写下个人与他人，以及她对这个时代乃至我们这个世界的基本态度和看法。

　　再从散文的题材看，黄彩梅的散文写作，可以断定为我写我心的那种，她没有去盲目跟踪风潮，也没有削足适履，在散文写作相对比较活跃且方式手法多样的当下，黄彩梅是一个有定力的写作者。不管他人如何去"玩散文"，她始终把散文写作与自己的内心"纹路"相对应。这一点，也非常难得。这本书当中的《江口纪事》《石头开花》《茶尖上舞动的旋律》《核桃之恋》等作品，真情实感，跃然纸上，观物遐思，其中不乏精彩的个人感悟，也不乏奇妙的譬喻与语言组合。读来令人身临其境，与之同感，现场感尤其强烈。

黄彩梅的写作，始终是贴着大地和人间烟火的。她没有故弄玄虚，写我之所见，作我心之文。这样的写作方式和初心秉性，尽管有一些清浅和稚嫩，但也可以从中看到写作者的内心质地，以及她对万事万物的态度。一个写作者，首先是要把自己的姿态放平，甚至放得更低一些，尽可能地接近笔下物事的真相，以及反映在作家精神中的"倒影"。黄彩梅做到了这一点，她的所思所想，行迹所至，都凝成了文字，而且是美文。她的这些文字，读来令人身心放松，或有所思，或有所悟，或有所获，可谓美不胜收。

散文乃至一切的文学创作，陌生感与新鲜性可能也很重要，作家和艺术家并非一味地重复某种人所共知的经验，在此之上，还应当有更高的自我要求，以及在文学创作上的高度自觉性。值黄彩梅散文集《石头开花》出版之时，谨以此小文祝贺和祝愿。

【作者简介】杨献平，河北沙河人。先后在西北和成都从军，《星星》诗刊杂志社副社长。作品见于《天涯》《人民文学》《中国作家》等刊物。主要作品有长篇小说《混沌记》《冒顿之书》，散文集《生死故乡》《沙漠里的细水微光》《南太行纪事》《作为故乡的南太行》，诗集《命中》等。曾获全军优秀文艺作品奖、三毛散文奖、在场主义散文奖、四川文学奖等。

叶 炯 | 黄彩梅《石头开花》随想：
写作就是对时间和人事的信任与承诺

人必诗意地栖居，这或许是散文作家黄彩梅不能解套的文化宿命，也是她明心见性，置身社会而不被时尚侵扰，与时进退的自在写照。品读彩梅心领神会的散文，其念兹在兹依然如故，一往情深！似有不在乎"存在与虚无"的计较与徘徊。总之，如彩梅这般沾风带露，触景生情体贴伦常男女的作家而言，"穷年忧黎元，叹息肠内热"，杜甫式的苍生悯怀不仅成全了她躬行实践，积极用事的热情，也凸显其不耽随岁月蹉跎，为学日益的社会关怀和人文品质。如此钟情流连，痴心不改的写作用功，就算不能在水一方安身立命，也可以风尘仆仆，咀嚼乡里乡亲深情厚谊，有所作为而后保持兴味盎然。

或许，流风所致，如今文艺场可谓光怪陆离，是非好恶，纷纷攘攘，急火攻心式的新锐创意，离经叛道的突兀感叠床架屋，令人眼花缭乱，却鲜有悲喜交加、光明磊落的生动影像。难怪有学者认为，娱乐时代文学已退出公益，坍缩成部落化的小圈子喧嚣，尽管仍可以调度兴趣激发围观而且争论不断，但多数都是流于话语挑拨，或基于好玩的诛心之论；可以莫名惊诧热销一阵，但很难入情入理，焕发人心，当然也就无法重塑精神高度和价值体认。于此，人们谈论文学大多不是基于信念操守，也无所谓宏大叙事和有质地的美学探寻，而是消费，是心不在焉的时尚追捧，或个性化的娱乐点赞。这是否意味着文学有理由放弃严肃的主题，回避世事而任性挥发？或仅仅立足于私人写作，寻一份心智快感抵偿小确幸、小时代的无力感聊以自慰，不思进取呢？

是的，现代性，科层化分类抽去了文学干预社会的应世功能，促使其脱离家国兴衰，与世无争。所谓躲避崇高和小众陶醉，做个禅学意味的"自了汉"当然无妨。但从文化生态分布上讲，写作自足于"我思故我在"，局限于微观体察自有其内在机理。但文学属于观念系统肯定有其价值立场，有基于善恶的道德褒贬和判断而有取有舍。否则，"小我"的文化自恋就会鼓动作家推卸责任，衍生散淡无为的颓废主义。就目前而言，运用市场营销文学，肯定会助长横行无忌的知识乱码,纵容放肆而不明就里和前卫探索,虽然也有排行榜效应而被买家记住,但多是些荒诞不经的孤芳自赏,一阵吆喝之后文学不仅是失魂落魄!连写家们想表达什么都搞不清,说不明。

而彩梅则不同,她更像是洁身自好的守望者,尽管紧跟"主流节奏"但不被惯于弄潮的风头主义收编,依然脚踏实地,躬身入局,认真做好文学功课并深入群众推波逐浪,在田间地头,走街串巷且吟且行,并尝试着将乡土人情与散文活学活用,做一种感同身受的诗意嫁接。从他一路窃窃絮语,散点扫描的文字展示来看,虽不乏传统文人修齐治平的心念指向,但如彩梅这般多情多义,立足于在低度空间全心全意为人民服务的时代先锋塑典型、打圆场,从而将文学代入"乡愁"搞"扶贫工作",并借此成全自己修身齐家的写手则不多见。

很多年了,文学被弄成顾影自怜的小叙事、小把戏,异化为不食人间烟火的杂耍闭环,犹如"一种能指的狂欢而退到个人领域,自足而无涉价值承担的符号系统"(罗兰·巴特语)。自此,文学家们纷纷占山头"闹独立",窃窃私语,自说自话,退而做无关社会民生冷暖的市井游民,一个个"横看成岭侧成峰,远近高低各不同"(苏轼语),只专注于标新立异,想当然与众不同,勠力于练习风格主义而对周遭好人好事冷眼旁观。其所指无限后退从而将写作误解为一系列符号化的概念编码。于此,文学就可以心不在焉,无所事事,借助言论自由胡思乱想还名其曰先锋主义,试验写作。基于此,在法国后现代学者德里达看来,现代人的"写作俨然已坍缩为单纯的语言活动,更多地由能指本身的性质所支配。文学的陈述过程成为一种空的过程,是多种写作相互对话、相互戏仿、相互争执而成。这意味着文学剔除了社会角色,蜕变成只缠着个人打转的码字游戏,从而解除了文学之于社会的价值负载"。

退回到个人化叙事或许没错,基于多元主义的观照而不鼓励文学指点江山,承载"经国之大业,不朽之盛事"(曹丕语)也对。但美学意蕴与社会感性并无冲突,而是彼此交融,相得益彰。所以,举凡擅写文字者,尤其女性作家既有含英咀华的家国情怀,也可以超脱实务地做神意迷思。也只有这样,自给自足的文学才能将个人参验的意象与某种永恒事件关联起来,从而便可以在追忆似水年华、应对时事呼唤的空当中葆有"自我确证"的意义召唤。同样,黄彩梅在喁喁独白中也领悟到这种主体的双重自觉,她除了积极介入公共事务"歌功颂德"状物写人,礼赞家国和乡亲故里之外,一旦回到自己内心独处,也能静如处子,了然于"女人味是一种风情,一种从里到外的韵律,宛若一朵含笑的花,开放在时光深处,不随光阴的打磨而凋谢。女人味是神秘的,动人心弦,不可捉摸。它没有形状,没有定势,是无声的诱惑,是若隐若现的美景,是朝思暮想的探究,是以少胜多的智慧。一举一动,一言一语,一颦一笑,至善至美,万绿丛中一点红,动人春色无须多。女人味是一种挥之不去的情调。这种情调是月光下的湖水,静时若清池,动时如涟漪,更是静静绽放的百合。这样的女人,是一个晶莹剔透的女人,一个柔情似水的女人,一个善解人意的女人。女人味还来自女人的美德。不善良的女人,纵使她才能出众,倾国倾城,也不是可爱的女人……"

从心理维度看,彩梅火辣好动的性情或许不宜太多静思冥想,调养身心。多年来她在中国大地穿云破雾,遍览群芳,以其直面世事,直抒胸臆谈古论今,左涂右抹而更显意气风发,并由此尝到了人世生活的千般况味却依然如梦如幻,这使其语词文法总是热烈奔放,似乎脱不了文青烂漫,葱葱郁郁而且玄想迭出,故总是忘乎所以憧憬着诗情画意。所以,她才如此钟情于碧水蓝天、风花雪月等中国文体中的意象排列组合,以光明心怀罗列美好的前景度化人文风物,用出淤泥而不染的活泼调性祝福人们守望相助,在更化中生生不息。

红尘滚滚,婆婆世界混沌不清,葆有真气的作家总有牵扯不了的人情世故,所以都祈盼有精神向度的交流与倾听,也只有这样,写作才能将有限时光中可触可感的人物情事与某种真理的启示关联起来,从而便可以促使个人在应对荒诞世态时赋予人以值得过的意义。所谓文章千古事,得失寸心知,写作不单是个人化体验和心迹坦露,也是一种对时间和历史的信任与承诺。故此,只有像彩梅这样立足于展示高尚,导人向善的作家,才不致愤世嫉俗而只活在语词装点,纸面摊开的小世界自怨自艾,陶然于私下的苦况虚耗才情、浪费光阴。既如此,则举凡世间风情种种,善业善念都会珍视并结成陌路知己,于彩梅这样的勤奋而一往情深,热爱生活的作家写手而言,就不仅是时世迁流中难得的好品质,更是心心相印的顾念与期盼。

就文化比较而言,汉语美学缘起于人的情感和精神修正,它植根于人的本真心向,是从对现实处境与人生体贴出发,把世间问题置诸一切灵感的源头,并在现实与彼岸之间寻找接口,从而为人的心魂拓殖颐养天年的精神水土。缘于此,坚信彩梅一定有愿力加持,坚信每一种文化的意义都有其合宜的安放之所,并与人的各种需求有相关性。所谓一花一叶总关情,世间万物没有需求排序和效用考量，也没有单纯的理性和得失计较，而是抵达灵魂深度的古道热肠。因此，只要仍有缘起物我两忘的协力与珍惜，彩梅的散文创作就始终流连于家长里短、百姓日用，并通过鲜活的场面、情面见证其笔下众多好人好事。是的，彩梅眷恋花样人生，她似乎总有"奇幻招数"做到轻歌曼舞，依旧陶醉于爱国爱家，爱人世风情万种、多彩河山，然后一路广结善缘，随机绽放，自得其乐！

【作者简介】叶炯，笔名汉心，著名文化学者，现代香港和通社《亚洲经济导刊》评论主笔，专栏作家，国际作家笔会会员，中国文化复兴基金会学术委员，和学研究院教授。2005—2008年两度入选"世界百名华人知识分子"，在海内外发表了数十万字学术论著，所涉领域包括思想史、人文教育学等。

尹卫巍 | **彩梅心头一抹香**
——读黄彩梅散文集《石头开花》有感

　　曲径通幽，先睹为快。我有幸在精美散文集《石头开花》付梓之前读到它，一缕曼妙的馨香从开卷有益的瞬间袅袅升腾。一读就没有放下，与其说是一篇篇文章，不如说是一个真诚女人的心路历程，字字句句，用心交流，遣词造句，真情流露。加上华丽之辞彩，汹涌之文势，读来脍炙人口，满口生香。越读越想进一步走进这个聪慧女人的内心世界。书的作者是黄彩梅，系贵州省散文学会副会长兼秘书长，贵州省自然资源厅第三测绘院高级工程师，一个在生活上和写作上都很有灵气的女作家。

　　中国有句俗语："只要心诚，石头也能开出花来"。散文集《石头开花》，名字取得别具一格，让人遐想，让人沉思，让人回味。用贵州话说叫"吊胃口"，我确实想马上翻开文集，窥探黄彩梅的情怀。

　　看得出来，每篇文章的排列，黄彩梅是花了一番心思的，文体与主题，内容与形式，时间与空间，清晰明确，逻辑缜密。细读发现，她多次提到"杜鹃"，原来她的家乡盛产杜鹃。在《杜鹃花开别样红》一文里，我看到了这样一幅活的"杜鹃图"："冬意依然甚浓，天空中飘着鹅毛大雪，却阻止不了我们出门的冲动和喜悦。上午9时，在著名诗人李发模老师的带领下，我们一行数十人驱车直奔著名诗人贺敬之先生寓所。我作为此次专业摄影师随行。"随着黄彩梅的妙笔牵引，我看见了她推出家乡毕节大方的杜鹃花开照片，请贺敬之老师题字，细细感受在贺老家中做客的有趣细节。一篇一千多字的散文，构思精巧，讲述翔实，却又不是婆婆妈妈的流水账，文章描写拜访贺老的全过程，也突出了作者热爱家乡的主题，足见彩梅写作的功底。

　　黄彩梅是见过世面的人，这是我读罢《石头开花》的一大感受，不得不说一下我自认识她以来的"眼中的黄彩梅"，精明，勤奋，热情，大方。抓贵州散文学会的工作是大胆泼辣，粗中有细。这次，她在散文集还没有公开出版之前，把样稿通过微信发给我，使我有了系统阅读"她"的机会，我读到的不仅是几十篇文章，更是她的内心世界，一个美丽强悍女人的内心世界。她善于交朋结友，有缘相见许多著名文艺界名人，并把相见的情景绘声绘色再现，请贺老题词，访国学大师文怀沙先生，给欧阳黔森汇报工作，诚请何士光和顾久作序，还有与许多名人的相见相识，她写得生动，我读得有趣。

黄彩梅写文章如行云流水，谋篇布局思路开阔，语言现场清新自然。我发现，她写作最大特点是能够站在读者的角度思考文字的构架，情随景移，把人文结合进去，不像有些人写作自己熟悉的风景，以为自己知道，别人也知道，说了半天，还没有告诉读者来龙去脉，看得读者云里雾里。黄彩梅不是这样，她是尽可能用通俗易懂的语言，推陈出新地描述那道别人去过或没有去过的风景，有自己的见解和主张。她写家乡大方县九洞天溶洞，提炼出"石头开花"的独到见解；她写黄果树瀑布，能够捕捉到"水之魂"，这种手法实际是跳出瀑布写瀑布，"从山涧岩石上狂奔而下，旋即飞扬起一股轻烟薄雾，随清风扑面而来，荡涤人的灵魂，落下时，溅起一片碎银碧玉，让人叹为观止。"瀑布在她笔下鲜活生动；她写湄潭茶，能把视觉、听觉、味觉、嗅觉等调动起来，"站在观海楼，俯瞰茶海，绿浪浩瀚，碧毯铺陈；横看成波，纵看成浪，远听是涛，近听是潮，馨香扑鼻，翠色可餐，具海纳百川宽广胸怀，显冰心一色茶天的茶海盛景。"她用通感写出了《茶尖上舞动的旋律》。景色风情万种，情怀云蒸霞蔚。她讴歌家乡毕节大方，巧妙抓住家乡的意象"杜鹃花"。由杜鹃花联想到映山红，由映山红联想到一首耳熟能详的经典歌曲"若要盼得红军来，岭上开遍映山红"，想象丰富，文如泉涌。

意料之外，又在情理之中。这是黄彩梅另一类散文的特色。她写《石头开花》中的大多数风景，我是去过的，我在贵州工作生活了46年，有一些名胜景观我没有去过。看她如何写我熟悉的风景和不熟悉的风景，真是有一种出人意料的收获。她写务川仡佬族，巧抓"三幺台"；她写黔南罗甸大小井，有滋有味描述布依族美食"黄豆鸡"；她写铜仁江口云舍，抓住"土家的锦绣霓裳"，我一边读她的文章，一边回顾自己写同一个地方的文章，对比学习，收获格外大。领略她如何把现实与历史事实巧妙结合，不妨引一段来欣赏品读："在钓鱼城幽静的小路上，享受着那片森林带给我的灵气，穿越到蒙汉的利益纷争，朝代的攘权夺利和改朝换代之中，我的内心怎么也平静不下来。此时，我的目光穿越在 700 多年前的时光里，凝视着烟波浩渺的三江之水，眼前，仿佛战船相依，桅杆林立，旌旗飘飞。蒙古大军的铁蹄横扫而来……"这是她在《走进合川》里的精彩语言铺展，娴熟的写作技巧，实现了材料与采风行动的无缝对接。

黄彩梅参加过许多省（区、市）散文学会的论坛，见多识广，从南方到北方，写作题材十分广泛。文体也不拘一格，有游记美文，有日记体散文，有议论文，有随笔与杂谈。从内容上说，有叙事散文、人物散文、哲理散文，还有经验交流的心得体会散文。仔细阅读黄彩梅的《石头开花》，相信每一种人都会有不同的收获。她的游记散文写得很有灵气，跟随她的脚步，呼吸变得匀净："在繁华嘈杂的都市里，弥漫着快节奏的紧张气氛，偶尔远离喧嚣的城市，找一个温馨和恬静的地方美美地接一下地气，吮吸一会儿清新脱俗的氧气，使心灵得到一些慰藉，也算是人生之一快。2019 年 5 月中旬，我拿着山东省散文学会的邀请函，进行了一次跨省的旅途，感觉近在咫尺。从贵州省贵阳市出发到山东省日照市东夷小镇交通十分便利，只需转一次车即到。"这是她的游记散文《魅力日照 以爱传世》开头，我注意到，她许多篇散文开头，总是自然而然讲述，用心与读者开始交流。

我真的佩服她，什么题材都敢写，什么题材都能写，并且什么题材都能写得妙趣横生。她去了一趟铜仁江口，竟然一口气写出四篇散文：《江口纪事》《漫笔神龙潭》《寨沙恋歌》《邂逅一场土家的锦绣霓裳》，从不同的角度，书写不同的艺术发现。采风与选材，原料与加工，黄彩梅的文学实践给我们提供了很好的借鉴，《石头开花》值得一读。

有人说，搞写作的人走的是一条"创作苦旅"，而我感觉黄彩梅走的是一条"文化香路"。《石头开花》就是最好的见证。我和黄彩梅相识多年，总的感觉是她热情大方，敢想敢干，聪敏贤惠。印象最深的是 2021 年散文学会六枝年会上，我和她的散文同时获奖，两人同台领奖，我唱了一首《卓玛》，她正好穿着藏族服装，即兴为我伴舞，当了一回拥有花的名字的美丽姑娘卓玛拉。想到此，细读她的《石头开花》就更加有意思。一个热爱文学的美丽女人，一个热爱生活的散文作家，能够嗅到石头开花的芬芳，足见她的情怀充满阳光。

读罢黄彩梅的这本散文集,掩卷之时,我心头自然涌出两句诗:

慧眼独具写生活,彩梅心头一抹香。

【作者简介】尹卫巍,笔名声威,大学本科学历。曾任贵州省083基地长洲无线电厂党委宣传部副部长、贵州省人事教育处副处长、贵州省都匀二中党办主任,中学高级教师。中国散文学会会员、贵州省作家协会会员、贵州省写作学会会员、贵州省散文学会会员、都匀市作家协会理事、《东方散文》签约作家。著有散文集《人间苍茫》《笛醉千山月》。选登在中国作家网的散文《夜色清凉》被贵州省贵阳市用作"2012年贵阳市中考试卷",并被十几个省教育报刊转载。发表在浙江《作文新天地》的散文《端午之魂》被几个市县用作初中统考试卷的阅读理解题。

喻 健 | 散文要有情、趣、爱
——黄彩梅散文集《石头开花》简评

彩梅散文集《石头开花》，仅题目就给人无限自由的联想。而散文写作恰又要体现这种真诚的态度和自由的个性，在有限中拓耕出无限，绽放出一个美妙的文学世界来。不正是吗？打开这部近30万字容纳山水自然、名物风情、古今人事、城乡风貌等等的散文集，真的感觉就是遍地花开。然而，让我们拨开花丛，一个明净清新、踏实纯朴的散文力耕者形象站在眼前。

散文是一种容易入门但不容易写好的文体，更何况中国散文有着悠久的创作传统，几千年来名家名篇灿若繁星。古代散文自不必说，就白话散文诞生以来，一百多年里，已是无比绚烂辉煌，精品迭出。由此综观散文写作的要领，一是做到情意真切，写出当时的身份、处境、思想、心情；二是做到意趣深远，写出自己的见解、修养、志趣、品格；三是要做到语言细腻，写出味道、质感、温度、重量。这些无疑是优秀散文必备的品质。而黄彩梅喜欢散文写作，并且有志于对散文艺术的追求，这本散文集《石头开花》就是她努力耕耘的结果，有些作品正在向着优秀散文的目标靠近。

读《石头开花》，给我的第一个印象是"情真"。散文述情，这是必然的。当然，情有大情、小情，但不管是大情还是小情，必须是真情。真情才是可贵的，于人于文，以真情考量是第一要素。《石头开花》中大量写人，如著名诗人贺敬之、国学大师文怀沙、著名作家和编剧欧阳黔森、著名散文家陈长吟等；除了写名家，她也写普通人物，如战斗在脱贫攻坚一线的村主任、医院的白衣天使、杂志社编辑、自主创业的大学生、普通公务员等，都进入她的散文集。作者对写作对象出自内心的崇敬，语出心灵，自然带情。"不觉间已抵达贺老的寓所，我们步履轻缓，行过院中小径，轻叩老先生的房门。门开了，一位学者模样的老人出现在我们眼前，他身穿浅灰色毛背心，朴素淡雅，平易近人，斑白的头发和额头上的几道皱纹，道出了历经九十载岁月沧桑的诗意人生。"（《杜鹃花开别样红》)其间,"步履轻缓""轻扣房门",是带情的动作,对贺老的外貌描写也是语含深情和爱戴。"文老是我们一行人都非常尊敬和敬重的人,我们都纷纷抢着和他老人家合影,他也不厌其烦让我们'摆弄',而且一直面带笑容、谈笑风生,直到我们依依不舍离开他家。"(《访国学大师文怀沙先生》)这也是带着深情挚意的情景描写。写普通人也是这样,"张医生不嫌病人脏,和病人共同用一个碗和勺子,她先吃一口然后喂病人一口,就这样一人一口将饭菜吃完。在她的悉心照料下,第一个病人住院三个月后就出院归队了。"(《在阅读中认识的白衣天使》)这样的细节描写十分可贵,在朴素的语言中蕴含着对书写对象的无比敬爱;"走出电影院,我控制不住的眼泪未等擦干,那一幕幕动人的场景,那一句句感人的话语,又一次次闪现在脑海中……"(《就恋这把热土——〈文朝荣〉观后》),这眼泪是被赫章县海雀村党支部书记文朝荣决战贫困的事迹所感动而流下的。情意真挚的散文,其语言不是高调的,恰恰是这样平实清淡的,和风细雨般可触可感,可信可亲,读后给人一种震撼人心的力量。

  第二个印象是"有趣"。散文写出趣味,需要有丰厚的经历和见闻,尤其是写出"理趣",更要有参悟人生百态的大智慧。而且,散文有没有"趣",是散文的品质所在。我觉得《石头开花》这本散文集是有"趣"的,文如其人,彩梅也是一个有趣的人,她总能发现生活中的趣味,并用准确的语言去描写这种趣味。在《石头开花》一篇中,她说大方县的一块石头是能开花的,可惜世界上的八大奇观没有列入这一奇观,她从小到大根据人们的传说寻找这一奇观,可一直没有找到,最终她从史书的记载中找到,直到现在生态环境得到改善,几千万只五颜六色的蝴蝶春天聚会在一个叫九洞天风景区的大石头上,她终于在现场看见"石头开花"的天下奇观。文章写得摇曳生姿,趣味盎然,趁机把大方县的风情、历史和九个洞天的美景描绘出来,不乏一种写作机趣。在《漫笔神龙潭》一文中,也把江口县云舍村神龙潭的"趣"写了出来,它是如何预测久晴久雨的,它是为何幽深不可测的,它是怎样水涨水落和忽而倒流的等等,当然,大自然自身存在着千奇百怪的现象,加上民间传说就更富有神秘性和传奇性,但文章如何去挖掘和表现这些神秘与传奇,则考验作者对散文之"趣"如何有效地把握。再如写湄潭采茶,也情趣十足:"头戴小斗笠,身穿粗布衫,腰挂小花兜,那姿态真迷人!你瞧,茶间地头斑斓点点的采茶人们正用辛勤劳动的身姿演绎着

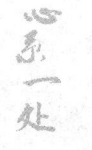

茶园春之舞,那一双双手指在枝叶间舞动,有时独舞,有时合舞。"(《茶尖上舞动的旋律》)把点缀在碧绿茶海中的采茶人身姿,以及舞蹈般娴熟的采茶动作,描绘得生动有趣。这类有趣的散文很多,如《寨沙恋歌》写特色食品和民族风情,《奇趣的罗甸大小井》写喀斯特风貌和山村洞国,《邂逅一场土家的锦绣霓裳》写土家族男子的"三件宝"服饰,《魅力日照 以爱传世》写"日照"的传说及名称的来历,等等,以"趣"增添了散文的文化含量,有"趣"的细节留给读者深刻的印象,余味不绝。

还有一个印象是"有爱"。散文家要有博爱之心、关爱之情,有爱的人才会发现爱和传播爱,有爱的人常怀悲悯之心,以宽阔的胸怀接纳万物,以细腻的温情体恤众生,这是一个散文家必备的情怀和修养。在《石头开花》这本散文集中,可谓处处有爱,爱山爱水,爱人爱物,爱大自然的恩赐,爱人类文化的辉煌,爱历史的奇迹,爱劳动人民的创造。从《核桃之恋》中我们看出作者对核桃为贫困山村带来生计出路而生起的由衷赞美,在《刘孟胜的故事》中作者又以怜悯关爱之情写一位刚入职的小伙子行走乡路遭遇铁夹子的苦痛经历,《果林深处的笑声》则以欣喜赞赏的笔调写一位老太太在女儿和外孙的陪同下出游水果之乡的幸福美满心情,从《千里之外品你》中可见作者对友情的无比珍惜,而《秘雕缩影》则热心关注武胜县宝箴寨历尽沧桑的古建筑,《相约春暖花开》写新冠肺炎疫情下的生存信念和对抗击疫情事迹的深情感慨,《灵魂深处的美丽》为金滔的真诚、善良、坚韧和美丽而感动无比,《这个冬天不会冷》大写助学捐赠的义举,《幸福的笑容》热情分享遵义花茂村一位老太太两次与习近平总书记握手的幸福,等等。可见,有爱才有生活的感悟,有爱才会发现美感,有爱才能创造散文的境界。

黄彩梅写过几篇散文探索的理论文章,对自己的散文有个基本的定位,她叫作"采风散文",我觉得是比较准确的。采风散文是带有宣传性的、适合报纸副刊发表的即兴式散文,这种散文在题材上具有鲜明的时代特征,主题明朗,突出正能量,语言通俗明快,风格清新,符合大众化阅读口味。因此,我们不能对彩梅的散文有更高的要求。当然,散文毕竟是文学作品,属于艺术范畴,尤其是在材料的剪裁、主题的提炼和语言的运用上,应该尽量避免公文式和新闻式的做法。恩格斯说的话我们应该记住:"作者的见解愈隐蔽,对艺术作品来说就愈好。"也就是说，作者的见解要表现在形象中，这样才具有更强的艺术力量，才符合审美的规律。不过，彩梅已有很好的散文写作基础，而且有一种未灭的天真童性和对事物的敏锐感知能力，相信她能写出更好的散文出来。

【作者简介】喻健，笔名喻子涵，中国作家协会会员、贵州省作家协会副主席、贵州民族大学教授，第五届全国少数民族文学创作"骏马奖"获得者，出版有《孤独的太阳》《汉字意象》《新世纪文学群落与诗性前沿》《地域民族文化视野下的贵州作家群研究》等文学作品和理论著作10部。

袁瑞珍 | 《石头开花》的地域抒写

我与黄彩梅相识于2018年11月全国散文家走进四川广汉的采风活动中,她的热情与灵气给我留下很深的印象。2021年4月上旬,应贵州省散文学会的邀请,当我随四川省散文作家联谊会采风团走进贵州时,作为贵州省散文学会副会长兼秘书长的她,几乎全程陪伴我们在贵州美丽的山水中度过了难忘的几天。在交流中,她对贵州家乡浓浓的乡情乡恋深深地打动了我,特别是在游览红枫湖时,那飘洒的雨丝、青翠的山岭、清澈的湖水,还有她用苏格兰短笛即兴吹奏的一曲泰坦尼克号主题曲《我心永恒》,不仅让我沉醉在湖光山色和美妙的音乐之中,也对黄彩梅的多才多艺添了份赞许。但让我对黄彩梅刮目相看的,则是在今年8月读了她的散文集《石头开花》之后。她的这部充满了贵州地域特色和浓郁乡愁的散文集,令我在高温酷暑中感受到了一抹清凉,也让我对黄彩梅的地域书写充满了浓厚的兴趣与钦佩。

散文的地域书写是指作者从自己生活的地域视角来进行散文创作的一种方式,大体围绕自己生活的地域的自然景观和人文景观来进行创作。黄彩梅是土生土长的贵州人,美丽的贵州山水养育了她,也赋予她善于发现美和运用散文这一文学形式表达美的灵气,于是她在写作中必然自觉或不自觉地将她所受到的地域文化的熏陶、体验和领悟在文章中表达出来,把埋藏在心中的乡情乡恋诉诸笔端,与人分享。《石头开花》中有近三分之二的文章是写贵州山水风光和人文景观的,她将强烈的地域文化意识注入作品,借山水名胜、民俗人情、历史与现实、神话与传说,抒写自己对大自然与人和谐相处、各种民族风情与文化融合的感悟。在她的笔下,贵州清丽奇特温润险峻的山水风光和独特的民族风情,宛如一幅幅浓淡相宜的水墨画,也如婀娜多姿的民族舞蹈,给读者提供了在贵州高原的群山峡谷间逶迤穿越,在独特绚丽的民族文化中了解贵州人文风貌的散文作品。

《石头开花》一书,渗透着浓郁的黔之气息,这可以从一篇描写贵州生态环境返璞归真的文章《石头开花》作为书名得到佐证。我不知道作者是否有这个意图，但我从这个书名中却品味出了作者浓郁的乡情乡愁。而书中的《石头开花》《仰望家乡的杜鹃花》《江口纪事》《漫笔神龙潭》《茶尖上舞动的旋律》《寨沙恋歌》《奇趣的罗甸大小井》《醉美的相遇》《邂逅一场土家的锦绣霓裳》《刘孟胜的故事》《就恋这把热土——〈文朝荣〉观后》《亚木沟里的清泉》等文章，更是将贵州奇特美丽的山水风光、民族风情和生活在这片土地上普通百姓对美好生活的追求与奋斗，通过场景和人物的融合，展现在读者的眼前。

其中《石头开花》这篇文章，给我留下极深的印象。文章起句就抓住了我的心："'石头开花'这一奇观，你听说过吗？你觉得是真的吗？"然后从远古时代云贵高原由海洋变为陆地说起，因历史的演变和阳光雨露的滋养，成就了多彩贵州，花海毕节，美丽大方，青山绿水，和谐人家，一派生机盎然，在家乡大方县九洞天风景区，每年端午时节都会有如期上演的蝴蝶歌舞盛会，上万只蝴蝶披着绚丽多彩的盛装停歇在一块大石头上聚集成团，那不断扇动着的翅膀在阳光的照射下折射出耀眼夺目的光彩，放眼望去就像石头开花一样，美极了。这个传说一直在她的脑海深处盘旋，但也有一个疑问一直纠缠着她：为什么这些蝴蝶会集结在这块石头上？这块石头在景区的什么地方？便想要亲自去实地寻找答案。大学刚毕业的那个仲夏，带着追梦和好奇之心，到了九洞天风景区，想结合林业经济管理专业进行采风搜集工作资料，但却没有看到石头开花的奇观。后听当地村民讲那些年粮食不够吃，人们就上山砍伐山林、开土种苞谷，树林砍光了，河水干枯了……蝴蝶也没有了。后来她查阅《大定县志》，里面记载："在瓜仲河流域九洞天的小渡口岩石上，每年四月，值雷雨之夕，必有蝴蝶数十万驻留于岩上孵卵，在阳光反射下，呈五色花蕊，至端阳后，则伏藏不见也。"进一步印证了"石头开花"的自然奇观。在2015年家乡召开的一次文化旅游联谊会上，得知家乡经过多年的植树造林，荒山改造后，生态环境得到极大改善，就连九洞天"石头开花"的景观也出现了。于是再次萌生故地重游的愿望。由此用大量篇幅介绍了九洞天绮丽的自然风光和"石头开花"失而复得的神奇景观。文章写得跌宕起伏，摇曳多姿，充满悬念，将大自然的壮美与生态环境保护的重要性巧妙地结合起来，让读者不仅欣赏了贵州美丽的自然风光，也提高了对环境保护重要性的认识。而类似这样的文章，在这本书里还有很多，这种自觉的地域书写，不仅丰富了散文作家的文化构成，充分发挥散文作家的艺术才能，推动散文内涵的深化，拓宽散文创作的边界，揭示出人们忽略的种种地域文化现象，也让散文这种创作体裁显示出勃勃生机。

除了对贵州的山川河流等自然美景的书写外，黄彩梅还对生养她的这片土地上的民俗风情和人文景观充满了炙热的情感。特定的地理环境和历史条件，不同的民族心理，形成了各民族不同的乡土风俗，作者怀着深厚的民族情感，选择不同的角度，对贵州这块土地上生活的彝族、苗族、回族、侗族、仡佬族、土家族、布依族等多民族的民族风情和民族文化进行了挖掘和采写。她对自己为什么要反映民族风情和民族文化，有一个发自内心的理由，那就是："这些文化遗产，是人类历史长河中留下来的珍稀实证，是日积月累的岁月积淀，凝聚着黔西北人民的勤劳和智慧，彰显着人类文明的光辉。"她在《邂逅一场土家的锦绣霓裳》这篇文章中，详细描写了土家族的服饰制作、女人们佩戴的各种银首饰以及它们所蕴含的民族文化内涵。在《心恋务川》中，对仡佬族的起源、发展和现状进行了较全面的介绍，通过她的文章，让读者知道了仡佬族是世界上最早发现、开采和运用丹砂的民族。《寨沙恋歌》一文中，则记叙了侗族欢迎客人举行的隆重拦门酒仪式、手抓糯米饭、男女青年因对歌而结成姻缘及哭嫁等风俗，还满怀深情地记叙了一位来自湖南，毕业于上海交大的青年聂风，被梵净山美丽的自然景色和寨沙侗寨人憨厚淳朴的民风所吸引，融入寨沙侗族人中，带领侗族村民，开展生态旅游，大力发展特色乡村，全力打造魅力寨沙的民族融合的动人故事。

此外，作者的更多笔墨，则倾情赞颂贵州历史上的杰出人物和当代英模，哪怕是普通人，只要对贵州的社会、经济、文化发展作出贡献的，都被她充满激情地进行赞颂。她不仅热情地讴歌了元末明初杰出的彝族女政治家奢香夫人，为维护地方民族团结和国家统一所做出的不朽功绩；对走出贵州的崇山峻岭，研习中原文化的汉代著名文学家、教育家和书法家尹珍传奇的人生以及最早发现和发明水银冶炼技术的濮人，最早发现、开采和运用丹砂的仡佬族先民等进行了讴歌，对当代贵州的文学事业作出贡献的袁浪、欧阳黔森也表达了发自内心的崇敬，更将自己的关注点放在了党和国家正在进行的脱贫攻坚、乡村振兴大背景下，干部和普通劳动者所作出的卓越贡献和过去贫困的乡村脱贫致富后所发生的巨大变化。书中《倾情为民步履勤——扶贫攻坚名誉村长郑传楼》这篇文章同样也给我留下非常深刻的印象。文章中的主人公郑传楼是贵州省农业农村厅副巡视员，三十多年来义务担任老家遵义市正安县自强村名誉村主任，把自己的业余时间，全部用在帮扶家乡脱贫致富上。郑传楼 12 岁随在省城贵州大学中文系任系主任的父亲，到贵阳读书，离开家乡时，奶奶叮嘱他"乖孙啊！你到省城后要好好读书，长大了要给人民办事，给父老乡亲办事"的话他一直牢记在心，也成就了他后来努力学习和取得成绩的动力。1981 年春节前夕，他回老家看望奶奶时，亲眼看见了父老乡亲分救济衣、救济粮、救济棉被的情景，便在心里发誓，一定要尽自己的力量为乡亲们改善生活的困境而努力。1988 年春节，他回老家给父老乡亲们分享了他在沿河县扶贫的体会，以及省外发达地区的经济、社会、文化发展情况的各种经验和收获，于是激发起乡亲们脱贫致富的愿望，聘他为自强村名誉村主任。乡亲们的信任和厚爱，让他接受了这份光荣的职责。当上厅级领导干部的他，结合自己的专业知识，决定把自己的故乡作为搞好"三农"工作的试验场地。常常利用工作之余的时间去自强村与乡亲们共商扶贫大计，改水、修桥、修路、建学校、推广良种良法，传播先进文化，使昔日交通靠走、信息靠吼、喝水靠桶、煮饭靠柴、娱乐靠酒、天黑睡觉的穷困山村，变成喝水不用桶、煮饭不用柴、房子黑变白、车子能进村的小康之村。根据郑传楼担任名誉村主任一事，团省委和他策划推出了一个大型公益活动"春晖行动"，很快在北京、上海、香港、台湾、澳门和美国、加拿大等国家和地区建立了"春晖行动联络处"。2009 年，该行动获得了"国务院最具凝聚力的慈善项目奖"，2010 年，被中宣部盛赞为"一个伟大但人人可为的行动"。2011 年 5 月，时任中共中央政治局常委、中央书记处书记、国家副主席的习近平到贵州视察，曾对"春晖行动"给予了充分肯定，要求贵州坚持不懈地将此项活动持续开展下去。郑传楼也因此于 2006 年携手"春晖行动"走进春晚，2007、2008 年先后荣获全国"十佳三农"人物奖、"贵州都市人物十佳奖""遵义名城十佳奖"，其先进事迹被《人民日报》《光明日报》《贵州日报》和贵州电视台等多家媒体报道。作者对郑传楼不忘初心，践行全心全意为人民服务、扎根脱贫攻坚和乡村振兴一线基层奉献力量，长期坚持，在平凡的岁月里，为家乡作出了不平凡的贡献，用自己的行动诠释了一个党员领导干部的高尚品格进行了充分的阐释和感人的抒写。

围绕脱贫致富、乡村振兴这个主题，作者还在《五星村里的"顶呱呱"》《花茂村的土陶》《就为一句话》《花茂村的拼命三郎》《两百块钱》《花茂村的农家小院》《幸福的笑容》等文章中，对基层村党支部书记、普通村民为改变山村贫困和个人命运而作出的不懈努力进行了热情的讴歌，字里行间流露出一种对家乡浓郁的热爱之情。

贵州是人杰地灵的美丽地方，这片土地上的人们每天都在创造着奇迹，黄彩梅的地域书写，使位于祖国西南高原地区的黔之独特的地理环境、人文背景构成的地域文化显现出它独特的魅力，也是黄彩梅写作生涯中良好的开端。希望黄彩梅在今后的写作中，能继续坚持地域书写，进一步加强对本土文化的挖掘、收集整理与思考，保持自己独特的写作风格和审美品位，在地域文化书写中展示自己的才智，为读者奉献出更多了解贵州、认识贵州的精美散文。

【作者简介】袁瑞珍，中国散文学会会员、四川省作家协会会员、成都市作家协会会员。中国核动力研究设计院党委工作部原副部长、院报总编，历任四川省散文学会副会长、四川省文艺传播促进会特邀副会长、四川省文艺传播促进会女散文作家创作中心主任等职。出版有散文集《穿越生命》《灿烂瞬间》《剪一片月色藏入江底》和评论文集《静看花开》。散文集《穿越生命》获第八届冰心散文奖，散文作品获中国当代最佳散文创作奖、第二届四川散文奖、格调美文奖等十几项文学奖。有多篇散文、诗歌、报告文学作品被收入《中国散文大系》等二十几种选本。

昝光云 | 为读《石头开花》写点感想

《石头开花》的作者黄彩梅，用生命清澈的情感和用诗意的韵味笔触，表达作者对美好生活的诠释。

那还是在2021年4月21日，春暖花开的时节，我用微信回复黄副会长（她时任贵州省散文学会副会长兼秘书长）：你好！我已收到你的散文集《石头开花》和你主编的《高原的春天》！真诚的谢谢！

翻阅散文集，如沐浴清新空气中的春风，《石头开花》篇篇文学作品映入眼帘，最吸引眼球的还是书名（犹如书的眼）《石头开花》！这本集子是有厚度的、有温度的，有著名作家何士光作序，有文化名人教授顾久作序，有当代著名作家、中国散文学会名誉会长石英作跋，有现任贵州省文联主席、著名作家欧阳黔森的书名题字。

2022年4月28日下午，阳光明媚，也是春暖花开的时节，我和黄彩梅微信聊天时，她告诉我，准备主编一部关于《石头开花》的评论文集。首先，我为她感到高兴；为她看重我，我顿感受宠若惊！我从内心感到，来评论这些散文，会显得笔力不够。在这里，我只为读《石头开花》写点感想：

感想一：散文语言的创新，让人耳目一新，《石头开花》散文集的书名，本身就是一种创新；她是用智慧的眼睛，收揽美丽世界触动人心灵的感动，把这些一幕幕感动盛进《石头开花》，犹如精神食粮的盛宴。

感想二：散文集的诞生，从字里行间中流露出有很多名师在支持她。可以这样表达：有群高素质良师益友的团队在全力支持她，从而诞生出黄彩梅作家这样高素质复合型的人才，她不仅仅是一名高级工程师，还是一名用心用情书写的作者！

感想三：《石头开花》篇篇作品真情实感，跟着她的美文去旅游，走进她的语言心灵世界，感受贵州山水风情、人文景观，让读者自己都变得清澈开朗；她是良师益友，让读者长知识、长眼界、长思想、长快乐、长幸福、长素质……

感想四：《相约春暖花开》《亚木沟里的清泉》记录着真实的新冠肺炎疫情无

情人有情的感人故事。新冠病魔损害着人们的健康，吞噬着人们的生命。"是的，这是一场人与病魔较量的'战争'"。

愿人间真情永存！《这个冬天不会冷》。

感想五：作家黄彩梅已具备高素质记者一样的采访能力，写作的第一素材，来自基层现场，在现场捕捉到生命的鲜活元素，从而，诞生鲜活的作品，《我也跟着乐在其中》。

感想多多……

在静心阅读的过程中，就是与善于思考的作者进行精神交流；就是与静心倾听有深度思想的作者娓娓道来真情；就是与有恒心、有专心的作者呈现像《水之魂》《仰望家乡的杜鹃花》《醉美的相遇》《灵魂深处的美丽》等篇章，呈现真诚……

与人为善，享受优美文字，本身就是一种幸福！

我很荣幸能同《石头开花》评论文集的朋友们：

一起感动并享受这种幸福！

一起见证《石头开花》的美丽希望！

【作者简介】 昝光云，贵州省散文学会会员、贵州省网络文学学会会员，有作品多次获奖，在纸质媒体和电子媒体发表文章40余万字。

张 维

彩梅采梅
——散文集《石头开花》读后

读罢书稿，给我的第一印象，整部集子有写人的、有叙事的，有谈怎么做人的、有论如何写作的，有书评、有影评，可谓内容丰富，多姿多彩。而作者自己就是一朵为有暗香来的梅花，可她却乐于奉献，把别人当一树凌寒独自开的梅花来采撷，来赞誉。

看书名，给人的感觉这是很有灵气的一部著作，给人的联想很丰富，柔中带刚。石头是坚硬的，花是柔丽的，石头开花，一定有传奇色彩。

我读书有个习惯，先看副文本，读文本周边。看序、插页和题字，是大名鼎鼎的贺敬之、何士光、顾久、李发模这些如雷贯耳的大作家、名人、高官，让我着实吃惊不小。这些名家，一般人请不动，一般人不敢请，即使你厚着脸皮请了，他也不一定买账，因为他们不仅仅是没有时间，更多的是没有精力，他们年龄一般都比较大，应酬也多，更重要的是，如果他看不上你的作品，不会违心地来吹嘘一番，贬低自己的人格，掉身价。再有，这些人，都有点做人的原则，如果对你看不顺眼，即使你拿钱也请他不动。都说做文先做人，这几方面看，黄彩梅的为文为人就由此可见一斑了。

不仅仅如此，你看她写的这些人物，贺敬之、文怀沙、欧阳黔森、郑传楼都是响当当的人物，一般人接近不了，一般人不同意你采访，他没有时间应付你，也不需要无名小卒宣传他，换句话说，你写不好，反而有损他的形象。作者也不是眼光向上，看大不看小的人，她还把笔触延伸到了普通百姓，受捐助的学生、贫困户、收藏爱好者、民间工艺传承人等等。写时代，写生态，体现责任担当；写心境，体现女人味，体现人间烟火气。黄彩梅既有侠骨的一面，也有柔情的一面。可谓上得厅堂、下得厨房的新时代知性才女。

很多人之所以参加贵州省散文学会，都觉得学会的活动多，这与黄彩梅也有很大的关系。读着文章，感知到作者的精力特好，她是高级工程师，高知，理科女，文理双全，典型的知识型女性，不愧秀外慧中。她作为单位的骨干，要上

210

班；作为女性，要料理家庭；作为贵州省散文学会副会长兼秘书长，要组织开展活动，协调方方面面的事情；作为一个业余作家，要看书，写作。她，真是精力过人，从写贵州省文联主席欧阳黔森看出，协调工作的麻烦与难处，而且不难看出，这部作品很多篇章都是2020年写的，单是花茂村就写了6篇1.1万多字。她写《花茂村的拼命三郎》，其实她自己也是个拼命三娘，典型的能静能动，动如脱兔，静如处子。

留点笔墨来说说她的作品吧。

作品有人物、有游记、有报告文学、纪实散文、文艺评论、创作经验，涉猎面广，感慨多。集子的小节、每一篇的标题，都很简洁，很有文气，概括比较精准，不像有些文章，标题长甩甩的，占几行，相当于新闻的导语，排版也为难，没有美感，读着费力，气都喘不过来，给人的第一印象就不好，概括力差。彩梅的作品语言充满灵性，流畅，排比句用得恰到好处，极具文采和浓浓的抒情韵味，读着轻松愉悦。她喜欢历史，热衷于叙述，在女作家中极为少见。

整部集子写人叙事的篇章较多，不少篇幅是采风作文，相当于命题作文，应时应景之作，这样的文章不好写，一是采风时间仓促，大都是蜻蜓点水，浮光掠影的了解，你无法沉下来详细采访，与当事人深入交流，更何况写过头了人家说你吹捧，写浅了人家说你水平低，这度不好把握。而且这些人，这类事，往往都是比较典型，比较出名，大家都清楚，别人也写过，很多媒体都报道过，要写出新意，写出独特的地方，与别人不重复就有难度，就要费力得多，就更考验人的水平。你要么在语言，要么在结构，要么在立意、选角度方面另辟蹊径去深挖。面对这样的难度系数，可她每篇文章还写得那么生动传神。我推测，一定是事后重新了解，采访，或者通过外围采访，网络搜索相关资料来丰富创作素材，尽量写深写透。为文先为人，说明作者不是逢场作戏之人，是一个责任心强，重情重义，懂得回报感恩之人。比如写贺敬之、欧阳黔森、陈长吟，通过读他的文章来写人，因为这些名家不可能有更多的时间接触，也没有那么多时间去了解，而且有些生活在交往不是那么密切的情况下，也不方便问。正如一个作家说的，一不小心就把自己的秘密暴露了。作者就取了这个巧，从中了解作家，写得鲜活生动，有血有肉，这是她的高明之处。

还是着陆式地具体一点谈谈感受吧，不然显得我没有认真阅读，尽说些放之四海而皆准的空话、大话、套话。《石头开花》是本书的主题，是核心，标题引人遐思，引人入胜，悬念迭起。文章洋洋洒洒，如生花妙笔，把风景优美的大方九洞天如何遭到破坏，如何恢复还原生态，开发，民风民俗，男欢女爱，九洞天洞洞各异等等写得生动传神，让人心旷神怡，如痴如醉，跃跃欲试，神往原生态的景区。

《水之魂》语言活泼、轻盈，拟人的修辞手法、大量叠音词的运用和排比句的铺陈，极富抒情色彩，文采飞扬，叙述、抒情、议论有机结合，托物言志，借物抒怀，借景抒情，富有哲理与思辨色彩，令人掩卷思索，启人心智。只有水到渠成，顺理成章，没有无病呻吟、空泛议论、空洞说教之感，读着是一种享受、一种愉悦。

《茶尖上舞动的旋律》一文语言清新淡雅，文气十足，写得深，写得透，把采茶人的劳作写得妙趣横生，把茶的香味写得如梦似幻，飘飘欲仙，有代入感、画面感，读着读着，仿佛自己也置身其中，与作者感同身受。文章引经据典，写出了茶的源远流长，有深度、有宽度、有长度、有高度。

作者不愧是写景状物、抒情的高手，《寨沙恋歌》紧扣主题，把地方拦路酒、长桌宴、侗族大歌、拜千岁树为干爹、将军树的传奇、皇后私访等自然风光、人文历史、民风民俗、传奇故事以及现代时尚青年聂风返乡开发有机结合，写得出神入化，令人神往。

心中有爱才能施予爱，才能感受爱，才能体会爱的重要。散文《灵魂深处的美丽》《这个冬天不会冷》写得荡气回肠，感人肺腑，催人泪下。细节决定成败。金滔聘请保姆，结果自己成了保姆，给孩子辅导，治病，甚至父母搬出家里到乡下居住，历尽艰辛到长顺板沟小学捐资助学，和小女孩的关切，询问拥抱，写得如泣如诉，过目难忘。

写杜宁老师一篇，不仅是在写人，更是在评画。杜宁是用心用情在画人，作者是用心用情在评画。很少有文人评画的，因为不懂画，大多只是喜欢欣赏，知其然，不知其所以然，不敢轻举妄动，妄加评论。作者之所以敢评，且能驾轻就熟，评到点子上，因为她是杜老师的学生，学过画画，懂画，懂老师的画，所以评论起来从容自若，举重若轻。

《昙花夜放》可谓神来之笔，佳篇自成，托物起兴，以物喻人，先写花如何美丽、幽香，夜间默默绽放，随即转入战斗英雄，抗疫勇士，单位和家人的默默奉献者，先写花，后喻人，笔锋一转，水到渠成，妙笔生花，瓜熟蒂落。可谓得杨朔散文之精髓，化作自己的美文。

"随思感悟"一辑很有意思。大凡喜欢阅读的人都想知道作者怎么写作，自己也手痒痒的想写，还有就是相当于看看母鸡怎么下蛋。对于喜欢读书之人，很多人也在写作，看看人家怎么写，有什么技巧、体验、感悟，也借鉴一下，也容易激发读者阅读。创作谈部分是作者多年来认真总结的创作经验，对热爱写作的人很有启迪借鉴作用，读之受益良多。

萝卜白菜，各有所爱。要说这本集子，对我来说，更喜欢"冬日暖阳"这一辑，比起报告文学部分，更耐人寻味，它更有作者个性化的东西，有自己的所思所悟所感，有哲理性，有思辨色彩，它融入了作者的真情实感，是发乎内心的。

随后说点个人的不同观点。个别篇什网络搜索引用资料偏多，稍嫌枯燥与冗长，弱化了个性化的自我思考与独到见解，读着有似曾相识之感。其次是《一根筋的陈长吟》一文，不像是在写他本人，如果按人物来写，常规的写法要通过他的言行和故事来塑造刻画描写他。纵观全文，更多的是对他作品的解读、点评，更像是在写他文章的读后感。引用的城墙知识以及自己摄影的内容稍显长了点，对主题的表达有游离之感。比如后来写张艺谋、贾平凹。我认为这篇文章的标题改为《艺术需要一根筋》表达更准确，更能涵盖文本。

没有最好，只有更好，瑕不掩瑜，这些鸡蛋里挑骨头的小瑕疵并不影响整本书的质量，更何况难免有我的个人偏好。

都说寒梅是红的，蜡梅是黄的。看完书稿，作者总体给我的印象，是亭亭玉立在鸡群中的一只优雅仙鹤，是贵州高原大方县杜鹃花海中出类拔萃的一枝傲然挺立的奇葩——彩梅。

看了副文本石英老师撰写的跋，他已经概括得太全面，总结得太精准了，聒噪这些已经显得狗尾续貂，如若再继续鹦鹉学舌，就有点讨好卖乖、献媚逢迎之嫌了，就此打住。

【作者简介】张维，贵州省桐梓县融媒体中心主任记者，贵州省作家协会会员，遵义市文艺理论家协会副主席，桐梓县文学协会主席。做迂腐人，写酸文章；坦露内心世界，描绘人生百态。爱好摄影、旅游；曾在省内外报刊发表文学作品100余万字。

张存金 | 我看见了石头开花

我与彩梅相识,是三年前山东省散文学会举办日照散文笔会的时候。在日照这个号称太阳最先照到的地方,彩梅的热情大方,活泼开朗,给大家留下了"很阳光"的印象。参观考察过程中,我与她曾有多次随机交谈,近距离地了解了她的创作经历,更多地感触到她的睿智和才华,有幸分享了"阳光女孩"的阳光。

今年春节前,我知悉她的又一部散文集即将出版,并且收到了书稿的电子版。老朋友的新书面世前能让我先睹为快,自然感到十分高兴。看到书名是《石头开花》,立马就吊起了我的胃口。石头怎么会开花呢,彩梅到底搞什么名堂?查看目录,发现作者不仅书名以此冠名,而且内文第二辑也以此通览,排列首位的开篇文章更是以此冠题,足见作者对"石头开花"的珍爱和重视。

根据该篇开头部分的介绍,"石头开花"原本是作者童年时代听到的一个传说故事。《大定县志》记载:"在瓜仲河流域九洞天的小渡口岩石上,每年四月,值雷雨之夕,必有蝴蝶数十万驻留于岩上孵卵,在阳光反射下,呈五色花蕊,至端阳后,则伏藏不见也。"九洞天正是彩梅家乡大方县的一个著名风景区。绚丽多彩的蝴蝶成群结队地在一方岩石上集结、翻飞、旋舞,太阳一照,恰如石头开花。这种独有的奇观盛景,是彩梅从小就幻化在大脑里的一个梦。这些年,她带着追梦和好奇之心,循着传说故事指引的路径,多次到九洞天寻觅,但始终没能看到。有的说,前些年山林生态毁坏,蝴蝶早已远走高飞了。有的说,近些年植树造林,山青水绿,蝴蝶又重返家园了。无论怎么说,反正作者至今仍与梦中的蝴蝶无缘,"石头开花"依然扑朔迷离,一帘幽梦,依然停留在美丽的传说中。行文中,疑问和遗憾随处可见,溢于言表。我追逐着作者的脚步,读完了这篇专写石头开花的文章,也弄得一头雾水,好一阵疑惑,好一阵沉默。

沉默过后,静下心来,将全书浏览一遍,一种柳暗花明又一村的惊喜,让我茅塞顿开,豁然开朗。

作者满怀崇敬的感情,记述了一组重量级人物,有耄耋之年的红色经典作家贺敬之,有大师风范的楚辞泰斗文怀沙,有德艺双馨的文化名人欧阳黔森,还有知名作家陈长吟，扶贫攻坚名誉村主任郑传楼，白衣天使张有楷，等等，既有高山仰止的大人物，也有默默奉献的老百姓。他们有钢铁般的筋骨，岩石般的精神，共同形塑了山石般的群体雕像，成为黔山云水之间一道亮丽的风景。他们身上散发的人格魅力、思想光芒和精神气象，不正是舞动在山石上的多姿多彩的蝴蝶吗？

作者满怀炽热的情感，浓墨重彩地描写了祖国的大好河山，特别是多彩贵州的自然和人文。这类文章几乎占据全书的半壁江山。她用深情的目光，仰望家乡的杜鹃花，缔结杜鹃情缘，捕捉罗甸大小井的奇趣。她用灵动的双手，漫笔神龙潭，摇曳水之魂，撩拨茶尖上舞动的旋律。她用优美的歌喉，唱响寨沙恋歌，吟咏务川恋曲，唤起花与声共鸣。她用一颗炽热的心，感动着醉美的相遇，邂逅着土家的锦绣霓裳，感受着灵魂深处的亮丽，演绎着倾情岁月的爱心涌动。多彩贵州的"彩"，花海毕节的"花"，美丽大方的"美"，都被她的生花妙笔描摹得淋漓尽致，熠熠生辉。这些流动在黔山贵石之上的美妙画图，这些飘荡在云雾黔水上的风水气场，不正是美轮美奂的彩蝶飞舞吗！充满阳光的黄彩梅，迎着阳光走遍贵州的山山水水，在多彩的岩石上挥洒青春芳华，不也是曼妙多姿的彩蝶吗？

是的，远隔千山万水，透过字里行间，我看见了石头开花，看见了贵州大方的石头开花。

记得那次在阳光之城日照，"很阳光"的黄彩梅曾经与我相约春暖花开。眼下正是春暖花开时候，我在齐鲁大地的牡丹之乡，分享她的书香，似乎看见了蒹葭苍苍，白露为霜，所谓伊人，在水一方。

【作者简介】 张存金，中国作家协会会员、中国散文学会会员。

张光波 | 读《石头开花》散文集心得

2021年4月的一天,我和朋友在贵阳甲秀楼喝茶时,偶然认识了黄彩梅老师。她是那么柔美、清丽、贤淑、文雅,一身的书香气;又是那么简单、大方、低调和朴素,很有亲和力。若无人介绍,还真看不出她就是贵州著名的散文家。

在得到她签名赠予的书后,我怀着崇敬的心情、取经的态度,逐字逐句,带着思考及领悟,基本读完了这本洋洋洒洒29万字的散文集。最让我惊叹感动的是,她写这本书的精神毅力。无法想象,她在身兼数职,工作十分繁忙的情况下,是如何写出这本书的?这得熬多少夜、费多少心血,要有多大的毅力才能做到?答案也许就在她特别欣赏而铭记的何士光先生赐予她的"只要愿意写,能够写下去,就是一件有希望的事情"这句话中。这使我感到,做任何事情,只要有恒心和毅力,坚持下去,也能让石头开花。

在阅读中,我感受到,她对创作的态度是十分严肃认真的。她是以深入生活、读书等途径,进行调查研究,广泛接触、深入了解、仔细观察要写作的人、事、物,深思熟虑、成竹在胸后才动笔的。她讲求散文的真实性,是在原本、用心、用情、用力地创作,使我感悟到了"真实、真诚、真心"是文学艺术创作的根本。

在阅读中,我越来越感到,她是货真价实的文如其人,文章正如她本人的柔美、清丽、质朴、纯真。她语言流畅、言简意赅、概括力强。特别是她的描述很细腻生动,让人身临其境。如对国学大师文怀沙的描写,"他目光炯炯,脸上溢出兴奋的光彩……声音既高亢,也抑扬顿挫,他手舞足蹈,不时抚摸下巴上长长的白胡子";再如她描写湄潭采茶女,"像舞者一样……手眼身法似乎都应着音乐节拍……轻步曼舞像燕子伏巢";等等。

在阅读中,我发现了她创作的一大特色。即以历史、文化等知识做铺垫和支撑。她的文章,几乎都饱蘸着知识的墨汁,散发着知识的光焰。她酷爱读书,知识渊博。掌握的知识非常广泛,有历史的、文化的、自然的、科学的、民族的等等。读她的书,就如读一本百科全书,能增长许多见识。我读了她的书,知道了古今文人对梵净山的诸多盛赞,云贵地质的演变过程,中国茶文化的起源发展,各民族的风俗习惯等等。她善于引经据典，旁征博引，夯实了文章的基础，增添了文章的趣味和色彩，尤其是使意境得到了深远、辽阔的发展。

这本书内容丰富，涵盖方方面面，博大精深，佳作纷呈，极具鉴赏和输出价值。在输出价值方面，由于文章内容、版块、种类很多，无法一一道之。在此，我只谈谈我认为的最大输出价值——是让世人擦亮了被历史污垢蒙蔽的眼睛，看到了一个令人惊叹、神奇，美丽富饶、璀璨夺目的新贵州。

她从两方面出发：一是用大量文章，全面深刻地反映了贵州人民在党中央、省委领导下，团结一心、锐意进取、生生不息、艰苦奋斗的创业精神和脱贫攻坚的决心，以及取得的骄人成绩和贵州天翻地覆的新面貌（在《倾情为民步履勤——扶贫攻坚名誉村长郑传楼》《就恋这把热土——〈文朝荣〉观后》《茶尖上舞动的旋律》等文中可见）。二是她又用了大量文章，将闭塞、贫穷、落后的贵州黑牌摘去，扔进了历史的雨泥沟，给世界呈现出了一个天堑变通途，到处是仙境，民族风情浓郁、热情好客、美丽多彩、幸福富饶的新贵州（在《江口纪事》《石头开花》《水之魂》《漫笔神龙潭》《寨沙恋歌》《奇趣的罗甸大小井》《桐梓花园》等文中可见）。我读了这些文章，深受鼓舞，作为贵州人，为家乡深感骄傲和自豪！

读完这本书，我受益匪浅，被黄老师的创作精神深深感动和鼓舞，激发了我读书的兴趣和创作的激情，获取了许多宝贵的创作知识。非常感谢黄老师赐予我这本宝书！祝黄老师笔耕不辍，佳作纷呈，再出好书，以飨敬爱你的读者！

【作者简介】张光波，贵州思南人，中共党员。贵州省公安厅副调研员，一级警督。曾任《云南国防》特约记者、《贵州日报》通讯员，现为贵州青年文学研究会监事、会员。1987年开始业余从事文学创作，在《中国文学》《西部散文选刊》《边防文学》《云南人大》《贵州工人报》《星星文学》以及贵州作家网等媒体上发表诗歌20多首、散文10余篇、短篇小说5篇、歌曲1首（作词）。

张华北 | 与美文结缘
——读黄彩梅散文集《石头开花》

仲春，黔东山水间，处处都能感受七彩贵州的魅力。踏上江口的土地，走过太平河上的吊桥，徜徉在寨沙侗族古寨幽静的小巷；走进云舍村看龙潭之水汩汩而涌，流过土家族古老小村；登临独立南天的梵净山，透过雾雨看嶙峋险石杜鹃绚烂。此时，为这个山水如画之地赞叹不已。那是几年前，贵州组织西部散文论坛，有幸受邀。也见到散文学会组织者秘书长黄彩梅，为他们团队精心细致的组织深为赞赏。后来知道彩梅是黔西北大方县人，与我故乡泸州也不过260公里。

散文作家将一部作品集奉献给文坛，不仅是创作成就的一次总结，也是展示自己慧心与文采的最好名片。这部散文集即是彩梅数年间的创作成果，细细读来，72篇29万字足以使你不忍释卷。

作家秉承着历代文人"读万卷书，行万里路"的心愿，走出书斋，走向大好河山，走向村寨田林、海天莽原，走向大千世界。在彩梅文字里，你会和她一起走进九洞天，一洞连一洞地欣赏那些大自然的神奇，看万千蝴蝶如烂漫鲜花盛开在石头上；你会与她一起沿石阶攀上钓鱼城，在那些南宋军民踏过的小路上、树林间、石坝上流连，感受那与蒙古大军对垒三十六载的艰辛和熊耳夫人的大义；你会与她走进三星堆，仰看三星堆青铜巨人的威武，把惊叹留在那些精美绝伦的青铜器皿、玉器、陶器周围，为三千年前巴蜀文明点赞。

你会和她一起走进朱明乡的百里核桃长廊，看满山青青核桃林、绿叶中累累硕果；走进松林镇，看水果之乡那十里桃花怒放；走进花茂村，看村民母先才手上的土陶马灯，听他讲红军曾来到这里，毛泽东提着小马灯走在小路上。走进崇山峻岭乡村普通农户，了解山乡人民从贫穷到温饱，由温饱奔小康的历程，感受他们脱贫致富后的喜悦。

在彩梅文章中，一些令人敬重的大师和普通人跃然纸上，感人至深。你可与她一起走进著名诗人贺敬之家里，感受老一代诗人的风采，耳畔犹响起那些感人肺腑诗篇的朗诵声；走进国学大师文怀沙的身边，感触百岁老人平易近人的气韵；和彩梅走进一个个昔日的贫困村，听自强村 30 年义务扶贫的名誉村主任郑传楼的事迹；听海雀村村民讲述"就恋这把热土"的百姓书记文朝荣的故事。还能听到一个普通经商的女子金滔，热心帮助贫困女孩从自学、治病、上大学到走上社会的动人经历；还会与一个十几年免费接送高考学子的出租车司机吴奇刚谋面，与 20 年寻访 800 余名抗战老兵编印画册的画家杜宁握手。那些人间的真诚和执着、善良和美好，无不体现出人性的光辉和浩然正气。

作者把自己的真情实感贯穿在文章里，无论记事写人、绘景状物，情有所钟，情有所动。如写水，就有"似一曲舒缓的、美妙的、纯真的轻音乐，继而成为一曲激昂高亢、浑厚圆润的交响乐，情调热情奔放，唯美悠扬地在深山幽谷中，在葳蕤草木间……水又给我们展现了一路前行时姿势优美、铿锵有力的脚步"（《水之魂》）。这里我们可以从水之流淌，感受水舒畅奔放之美，人之情怀的昂扬、人生脚步的奋进。

散文贵在意境之美，我们说文章主题和思想情感为意，典型意义的画面景象为境。意与境、情与物交融聚合，为散文意境之至美。作者在文章中不断着力，彩梅写昙花，摒弃文人对"昙花一现"的贬义，不仅展现昙花倾其精华一夜绽放之美，并引申千千万万医护人员、防疫工作者默默奉献的高尚精神。她的一首小诗也是那么颇有意境，"无论几时谢，枝头当自强。晚来花不语，月下吐清香。"（《昙花夜放》）写茶园，则有："横看成波，纵看成浪，远听是涛，近听是潮，馨香扑鼻，翠色可餐，具海纳百川宽广胸怀，显冰心一色茶天的茶海盛景。"（《茶尖上舞动的旋律》）中国茶文化之美，由此透出暗香的神韵。

散文应是美文，需使之精致、精美，这种语言的细腻能够给读者以深刻的印象。作者并非需要着意地去雕琢辞藻，而是质朴中见清纯、平实中见隽永。在一篇写罗甸的文章中，彩梅写道："波平如镜，水软如绸，让人有一种在碧玉上飘动的感觉。罗甸产玉……而此刻我的脚下就是一条软玉，一条流动的软玉……那细碎的浪花形成多层半圆的形状，像极了船家女子脖颈上的银项圈，那船篷外的雨点，打在银项圈上形成河面时开时合，波光时明时暗，那耀眼的银项圈被捣碎了许多，看起来却像是很多被雕琢过的玉饰品在争相斗艳。"（《奇趣的罗甸大小井》）河之柔性婉曲，联想玉之软；水之细浪波光，自可与银项圈、玉饰相媲美。

深秋，彩梅与四川的文友们来到渤海边的大苇洼，那宏阔的芦荡里芦花齐放，真可谓"潇湘一片芦花秋，雪浪银涛无尽头"。咸腥的海风由大海边涌动着芦花而来，野鸭、苍鹭、海鸥在浩渺无际的大洼里起起落落，似在迎接远方的游人，又似一声声对家园侵入者的怨愤。彩梅和朋友们不管这些，尽情在芦花里亲和地穿进穿出，把一张张快乐的笑脸定格在了相机里。彩梅描绘过家乡漫山遍野的杜鹃花海，这浩荡的芦花之海与之是否可有一拼？

　　散文是能够陶冶心灵和情操的，文章的厚重和精练也是每一个散文家一生的追求。冰冻三尺，非一日之寒，当一个散文作家倾心于散文的创作，把散文当作艺术品来精心创造，其文质自会峥嵘而出，如万千彩蝶群聚于石上无比精彩。

【作者简介】张华北，笔名北夫，原籍四川合江。散文家，中国作家协会会员、中国散文学会理事、河北省散文学会副会长、沧州市作协顾问、大洼文学代表作家。第三届冰心散文奖、中国散文学会30年突出贡献奖、第二十四届孙犁散文奖、河北第十二届文艺振兴奖、燕赵文化之星获得者。出版散文集《大洼如歌》《大洼行吟》《九秋》《丹顶鹤的那些事儿》《父亲树》等10部。

黔中一枝花
——读黄彩梅《石头开花》有感

张人士

认识彩梅已有数年了。记得 2017 年夏天，在重庆市合江区召开的全国中西部散文论坛上，贵州由她和秦连渝会长组团参会。在我的记忆里，贵州很少派人参加这类会议，而由贵州省散文学会组团参加则还是头一回。我由此记住了她的名字。

第二年，在我家乡广汉市"改革开放四十周年"的采风会上，又见到了彩梅，从此我们便熟络了起来。那次采风会规模很大，广汉总共邀请了全国 16 个省市的上百位作家，加上本省市作者共 200 余人。在广汉市委领导出席并致欢迎词的晚会上，彩梅那别具一格的《将进酒》的演唱，赢得了全场热烈的掌声。

去年 4 月，贵州省散文学会在铜仁市江口县举办"下基层、凝共识、转文风"采风活动。受秦会长全权委托，彩梅以贵州省散文学会副会长兼秘书长的身份，组织了 10 多个省市及本省的文友 130 余人参加此次采风会。从会议初步方案、组织邀请，到吃住、开会、采风，每个环节都做得细致入微、井井有条，使各地文友们高兴而来，满意而归。

彩梅是贵州省自然资源厅第三测绘院一名高级工程师，平时工作较忙，只能在工作余暇写作。她酷爱写作，并已坚持多年，在各地报刊上也发表了不少文章。我读过其中几篇，很欣赏她的文笔，经她同意，部分推荐刊发在四川的报刊上。

从创作到成集，彩梅为散文集《石头开花》一书，倾注了大量热情和心血。古语云"精诚所至，金石为开"，故而精诚所至，"石头开花"亦当不足为奇！《石头开花》一书，共收录了 72 篇文章，所写大多基于作者日常所见、所闻、所感和所悟，没有走马观花，唯有贴近生活；没有刻意巧饰，一任质朴自然。《石头开花》，文字凝练，灵气丰沛，读之齿颊生香。书中闪耀的艺术灵感和文学才思，使人应接不暇。

在《石头开花》一文开篇，作者即写道："'石头开花'这一奇观，你听说过吗？你觉得是真的吗？"凌空落笔，先声夺人，给人以强烈的新奇感和悬念感，让人不禁产生读下去的欲望。接着，作者对这一奇观娓娓道来，如同打开一幅画卷……

"石头开花"这一奇观,位于毕节地区大方县猫场镇五丫村九洞天风景区第二个洞口。每到端午时节,特别是端午节那天,看,蝴蝶飞来了。成群的蝶儿时聚时散,它们披着美丽的盛装,成群结队往这里飞来,统一停歇在一块大石头上,不停地扇动着翅膀,那翅膀折射出五彩缤纷的光阑,放眼望去就像一朵五颜六色的花。它们在和煦的微风里翩翩起舞,围绕在大石头附近追逐嬉戏。阳光照在绚丽多彩的蝶衣上,犹如一道光影,直晃人的眼目,让人瞬间感觉眩晕和迷失。蝴蝶翅膀每一次轻微的振动,仿佛都能激起周围空气的旋涡,感受到的人,都会深深地沉醉。

而后,作者追溯远古传说,解答奇观的来历,似真似幻,仙气飘然,与飘逸的文字、奇幻的意境,相得益彰,宛若天成。其后对九大洞天逐一描述,笔法多变,色调丰富,或幽邃,或缥缈,或宏壮,或奇崛……体现了作者扎实的文学功底和艺术才能。

在《杜鹃花开别样红》一文中,作者讲述了自己随同贵州的一群文学爱好者拜见文学大家贺敬之的往事。她用大半篇幅,突出对贺老《白毛女》《雷锋之歌》等经典之作对几代人的影响,以及自己的崇敬之情。见到贺老时,作者对贺老却鲜有着墨,反而花了大量笔墨去描写贺老家中环境布置:

趁老师们交流之际,我环顾四周,房子的整体布局宽敞、明亮、清爽,给人自然合理的感觉,又飘溢着浓浓的书香之气,让人过目难忘。墙上错落有致地挂着不同的字画,当中自然少不了贺老行云流水、舒展俊逸、苍劲有力的墨宝。最为醒目的是客厅正中间悬挂着的两个条幅,左幅是画,右幅是字。贺老介绍说:"右一幅上面的内容为'海为龙世界,云是鹤家乡',这幅作品是延安时期的老朋友朱丹赠送的,我一直把它挂在客厅里。"由此看出,贺老是一个重情重义的人。

书房在客厅右侧,书橱里整齐地排列着各类文学书籍,一张宽大的书桌上,铺有毛笔、墨盒、宣纸、稿纸、杂志及几本书籍。一看就知道,这是贺老进行文学创作和挥毫泼墨的地方。

通过对贺老生活环境的描写,既彰显了贺老的渊博文雅,又表现了其普通朴素的一面。"面对这样一位蜚声文坛令人敬慕的大诗人",作者怀着惶恐之心情,请贺老为她的家乡——贵州省毕节地区大方县书写"花海大方"四个字。她完全没有想到，耄耋之年的贺老"欣然应允"，当即挥毫写下"花海大方"四个大字，笔画苍劲而凝重。

　　贺老墨宝"花海大方"，实乃千金难求、无比珍贵……重温那时那刻，美妙情景仅有瞬息却长存脑海，仅有短暂时光却弥足珍贵，仅有精练四字却激动人心、催人奋进。

通过这些描写，既"普通、朴素"，又有文品、人品的贺敬之老人的形象，仿佛呼之欲出，着实让人感佩；作者对贺老的崇敬和感念之情，亦真诚感人。

作者对文化的向往，以及对文化大家的崇敬之情，在《访国学大师文怀沙先生》一文中，同样表现得淋漓尽致。作者以严寒沉寂的天气，反衬拜访国学大师文怀沙老先生的激情：

　　2013年，初春的北京，冷风飕飕，寒气袭人。放眼看到的总是一排排光秃秃的树林，偶尔可看到一垛松树的绿色散布于高楼之间，有一种平静的气氛弥漫在心里。但这丝毫没有减弱我们一行人奔往国学大师文怀沙老先生家的激情。

在文老的家里，大家谈论诗文，其乐融融。文老认真阅读、点评贵州诗人李发模送上的诗集，"文老的声音既高亢，也抑扬顿挫，他手舞足蹈，不时抚摸下巴上长长的白胡子。讲话时，文老的胡须随着嘴巴的嚅动不停翘动，使谈论更加生动而富于乐趣，文老的讲话风趣幽默，博得笑声不断、掌声不止。"末了，大家纷纷抢着合影，文老"也不厌其烦让我们'摆弄'，而且一直面带笑容、谈笑风生，直到我们依依不舍离开他家"。

文老家的乐融，与屋外大雪飞舞的北京，仿佛是两个世界。"回到酒店，下车时才发现，酒店门口的飞雪已经积得很厚了，但迎送我们的飞雪依然飞舞飘曳，我们迎合着雪花一起飞舞欢唱，把整个环境都营造在一个欢快而祥瑞的世界里。"但"春，在自然魅力的孕育中破晓、萌芽，在暖流的渗透中绽放出万紫千红……"最末一句，简直是神来之笔，暗示了文老不经意间播下的文化种子，必将生根发芽，绽放出万紫千红的文化之春。

彩梅散文可圈可点的篇幅很多，如描写《一根筋的陈长吟》《三星堆游记》《寨沙恋歌》等篇章，都让人印象深刻，但她描写最多的还是她的家乡。家乡的山、家乡的水、家乡的人、家乡的事，都在她的笔下流淌，流进读者的心中。这里面有暖阳、有青山、有笑声、有风情、有深深的爱意以及对生与死的思考……这像一帧帧的浮雕，组成了一道立体的景观长廊。

在《仰望家乡的杜鹃花》一篇中，她描写出了家乡杜鹃花的美丽芬芳、浩大气势和高贵气质。"且看那雨中的杜鹃，犹如奢香夫人，手持长剑，傲世而立，一袭红衣临风而飘，一头长发倾泻而下，说不尽的美丽清雅，高贵绝俗。"

而在《幸福》一文中，她领悟到幸福的真谛，是如此平实而真切：

什么是幸福？幸福是一首歌，是一杯香醇美酒；幸福是在路途上肩并肩的温暖，手牵手的力量，说不完的喜悦；幸福是妈妈眼里温情的关爱，是相爱的人彼此的眼神；幸福是涌动在困苦中傲然不倒的力量。幸福是日夜更替，四季轮回，阳光雨露，花草树木，使我们享受到美好的自然风光。你用幸福的指南针去寻找，就会看见幸福在向你招手。

好读，能读下去，并能从中得到快乐和思考是文章的第一要义。彩梅散文好读，读着是轻松的，有时还不禁让人掩卷沉思或会心而笑。彩梅是一个真诚的作家，《石头开花》也是一本很不错的书。她对写作保持着足够的真诚，也用自己的创作使我们对写作保持敬意！

【作者简介】张人士，中国作家协会会员，巴金文学院原副院长，国家一级作家。现任四川省散文作家联谊会会长。出版长篇小说《乡村路漫漫》及《张人士中短篇小说选》5部。其散文作品《散文评奖及其他》获第七届冰心散文奖。

故土乡情人难忘
——读黄彩梅老师的《石头开花》有感

赵永富

我与黄彩梅老师认识是在月亮山的一次采风创作中，那时候正值深秋，加榜梯田开始泛黄，只是，那时候的天，有点阴雨绵绵，有点暗冷色，让我们感觉有点愁情。不过，这样的天，却是拍摄云雾的好时机。

我们坐在云上小屋，看着对面热腾腾飞起的雾，大家都很兴奋。黄老师微笑着，聊起了家常。我也加入了其中，为此我们全然了解了对方。

现在回想起来，已经是四年前的往事，感觉时光飞逝，让人猝不及防。

黄老师的《石头开花》新书发布会，很遗憾，当时因为我在外学习，没能赶上。

但是，当后来，我再一次去读《石头开花》一些内容时，我感到亲切、自然和回归。因为我和她是同乡，我也是黔西北人，对那片土地，我始终热爱和赤诚。

当然，身为作者的黄老师，也必然如此，不然，又怎么会写出《石头开花》呢？这点上我们完全相同，共鸣自然而然而生。

或许，这便是我与她的缘分。

对于黄老师的散文，很多地方已经不再是山水描写那么简单。更多的是让人感到哲思，我想，这是黄老师散文里的精神食粮之一。比如在书中，她写道："人的一生就像流水，在前行的路上要怀揣理想，坚定信念，认准目标，哪怕一路被乱石撞得头破血流，遍体鳞伤，也要孜孜以求，勇往直前。即使在矛盾和困境、奸邪和诡诈中生活，也要高昂起头颅，勇敢地面对。越是这样，越能辉煌人生，就如同流水一样，没有乱石的碰撞，哪有灿烂的水花？没有高悬的峭壁，哪有吸引眼球的飞瀑？"

是呀，这是写一个事物之上更为宝贵的东西——精神、信念、理想。

当然，散文抒情的本体是人文感情，如果作者的感情不真挚，势必让读者感到乏味和催眠。而黄老师的文字，我们读来真挚、温暖而具有灵气。由此，可以说，《石头开花》是一本非常值得我们慢慢品味、咀嚼的书。

当然，当我们细细品读后，也毫不否认这本书的创造性、艺术性、思想性都很强烈，尤其作者本人的生活气息很热烈地被写进去，字里行间，让人回味悠长。

当然，黄老师的作品里还藏有更多的精彩，她的文字里总闪耀着她自己对生命的体验，对生活的体察和思考，这是难得的，更是可贵的。

最重要、最宝贵的是，她的文字像她本人一样清新、美丽、纯真。

【作者简介】赵永富，笔名湘诺，1992年生，上海作家协会、中国作协网络文学第五期高研班学员，第十五届贵州民族文学创作改稿班学员，安顺作家协会副秘书长，黔西南州作家协会会员，四川南边文化艺术馆第三届签约作家。作品见《中国青年作家报》《散文诗》《散文诗世界》《中国校园文学》《诗歌地理》《中国汉诗》《青萃》等。作品入选《青年诗歌年鉴（2017卷）》《云上咸宁》《龙宫大诗》《纵横交通贵州高速情》等书。

用心用情鼓与呼　乐为文明把路铺
——读《石头开花》一书有感

郑传楼

【编者按】 贫困是长期困扰人类的一大顽疾，战胜贫困是中华民族的千年梦想，是人类社会的共同追求。贵州在全国脱贫攻坚的主战场中，贫困人口较多，贫困面较大，贫困程度较深，面对这一艰巨的任务，贵州人民没有退却，在省委、省政府坚决贯彻落实中央的决策部署下，团结一心，艰苦奋斗，一举撕掉了贫困落后的标签，书写了中国减贫奇迹的贵州精彩篇章，在这辉煌成绩面前，也有黄彩梅女士采写的《石头开花》书中的典型人物的积极贡献。

以高尚的精神塑造人，以优秀的作品鼓舞人，这是时代赋予我们的艰巨任务，贵州省青年文学研究会会长黄彩梅女士，她用心用情采写了一本《石头开花》散文集，奉献给广大的读者。在此，我向她表示热烈的祝贺！

为这个书名，我专门求教了一位雕刻大师，问他石头能开花吗？他肯定地回答说，能呀。于是他拿起一块普通的石头，在上面舞弄起来，不一会儿就雕刻出了一束牡丹花，栩栩如生。让我惊叹不已，问其技术，君曰："石头里本来就有一束牡丹花，我只不过将多余的部分去掉，牡丹花就自然显露了出来。"他的回答很有哲理。贵州虽然多山多石，但贵州人从来就不会向困难低头，敢于向困难挑战，作者以《石头开花》作为书名，真是恰到好处。

黄彩梅女士通过多年的观察与思考，写出了这本《石头开花》散文集，题材内容丰富，涉及面广，有描写青山绿水，也有人文地理，从农村写到城市，其中还有精准扶贫、抗疫一线中的战斗英雄，以及名人到普通人的感人故事和感悟。语言朴实，虽然每篇文章很短，但不显单调；语言通俗，但不失风趣；对人物的语言、神态、动作等都能进行精心细腻的描绘，字里行间透露出阳光般的温暖，情感丰富而真实，行文跌宕起伏，富有情趣，每篇故事虽很平凡，但感情却真挚，充沛感人，读后给人以诸多的启示。

启示之一：贵州人一定要树立文化自信，大地是根，文化是魂，过去对贵州宣传不够，以至于外地人对贵州文化了解不多。早在两千多年前东汉时期的尹道真，他率先走出贵州大山，到千里之外的洛阳求学，苦读八年后，便成为全国著名的文学家、经学家、书法家，被人们誉为"北有孔子，南有尹真"，成为贵州教育的鼻祖。由于他的贡献，贵州明清两代出了六千举人、七百进士。后来王阳明在修文龙场悟道，又悟出了"天人合一"的理论，传播海外。中国最早的一部《康熙大辞典》，编撰的28人中，排列第三位的是贵州人周渔黄。全国高等学府北京大学的创办人中，又有贵州人李端棻。誉满京华的贵州书画家、教育家、戏曲理论家、著名诗人、曲学家、文字学家、语言学家及颖拓艺术创始人——姚茫父先生[姚华（1876—1930），字重光，号茫父，人称"弗堂先生""秋草诗人"，家居花溪区久安乡]，世代以农耕、小贩营生，祖辈、父辈均无人识字。其先后在清华学堂、民国大学、北京美专等校任教，还出任北京女师、京华美专校长，两次出任民国议员。他为艺术而生，是自学成才的典范，即使患脑出血，愈后左臂致残，仍坚持作书绘画，著书立说。"出身寒微、笃志于学；为人爽直、重情重义；爱国如家、坚守情操；传承文化、努力创新；坚韧不拔、献身艺术。"这四十个字不仅是茫父精神最好的诠释，更与社会主义核心价值观高度契合。还有遵义"沙滩文化"郑珍、莫友芝、黎庶昌为代表的一大批文化名人。进入20世纪80年代以来，贵州又出了顾久、叶辛、何士光、李宽定、戴明贤、杜兴成、欧阳黔森等在全国都有影响的一批黔中文化名人、作家。特别是近二十年来，贵州在省文联主席欧阳黔森的引领下，形成了影视热，引起了全国各地的关注，为构筑贵州精神高地、冲出经济洼地作出了积极的贡献！

启示之二：贵州人一定要树立生态自信。贵州人对"绿水青山就是金山银山"的发展理念更加坚定，在保护中开发、在开发中保护的理念日益浓厚。《石头开花》一书中描写的毕节市赫章县海雀村老支书文朝荣，他是在20世纪80年代任职期间的一名优秀共产党员，两袖清风，淡泊名利，在生养他的那片热土上，带领村民，硬是在海拔2300多米高的山上种植华松、马尾松13000多亩，给大地披上了绿装，给后代留下了一片绿荫，成为时代楷模。在大家的保护下，贵州的山变绿了，水变清了，受到了国内外的好评，中央先后在贵阳举办了8次生态文明贵阳国际论坛，引起了强烈的反响，于是外省人对贵州生态的评价是：贵州山水甲地球，旮旮角角随你游。抬头就见张家界，低头就见九寨沟。常来贵州爬爬山，脸上不会长雀斑。多来贵州淋淋雨，脸上不长青春痘。

启示之三：贵州人一定要树立发展自信。过去很长一段时间，外省人总是用"天无三日晴，地无三里平，人无三分银"来嘲讽贵州人。虽然在脱贫攻坚中，贵州贫困人口较多，贫困面较大，贫困程度较深，但贵州人不等、不靠，在省委、省政府坚决贯彻落实中央决策部署下，上下一心，牢记嘱托，感恩奋进，实现了县县通高速，还开通了贵阳至广州、昆明、重庆和成都的高铁，经济增速，连续八年名列前茅，一举撕掉了贫困落后的标签，书写了中国减贫奇迹的贵州精彩篇章。虽然和全国一同建成了小康，但脱贫摘帽不是目的，是新生活、新奋斗的开始，现在贵州人又向第二个百年奋斗目标迈进。

《石头开花》一书，不仅仅是对历史的记录与讴歌，也是一本难得的励志书，愿广大的读者，把书中的美德积极地传播出去，让我们在第二个百年奋斗目标中，为中华民族的伟大复兴，作出积极的贡献！

【作者简介】郑传楼，贵州省农业农村厅原副巡视员、机关党委副书记，省文明办教育厅特聘教授，贵州师院客座教授。曾荣获"全国三农人物十佳奖""贵州都市人物十佳奖""遵义名城十佳奖"等荣誉。2004年，共青团贵州省委以他担任名誉村主任的个案，概括提炼推出了一个大型公益"春晖行动"，该行动荣获国务院"最具凝聚的慈善项目奖"。

石头开花的秘密
——读黄彩梅《石头开花》有感

周 军

他们说"书中自有黄金屋，书中自有颜如玉"，我原以为只是那个"万般皆下品，唯有读书高"的最高境界。殊不知在2022年1月3日的下午，万千的网络世界里，偶然在李发模老师的朋友圈里看到黄彩梅老师的一本散文集《石头开花》，让我心跳加速，不能自拔。怀着激动的心情，在汪洋大海里联系上了黄彩梅老师，向她要了《石头开花》这本书。

两天后一个寒冷的清晨，门可罗雀的街道，寒风呼啸，万物皆想冬眠。叮叮当当的喇叭声划破宁静的街道，一个快递小哥骑着"电驴"匆匆而来，一句"包裹快递，准时准点送达"打破了我平静的世界。原来是我翘首以盼的《石头开花》到了。我用颤抖的双手撕开密封的包装盒，拿出书，从清晨到黄昏，一口气读完了它。憋着一口气，把求知的"欲望"压在书里，把激动的心情压在文字里，开始在寒冬腊月里探究《石头开花》的秘密。

在文字里，我用寒冬的剪刀修剪着百里杜鹃的美丽，看到了许多名家大咖闲庭信步走过山花烂漫的季节。偶然发现，在大山深处有一个邻家"大方"的姑娘——黄彩梅，正一步一个脚印地在贵州的热土上种植着自己的梦想，并把所有的梦想全部镶嵌在《石头开花》里。

怀着忐忑的心情，开始在文字的世界里找寻"石头开花"的秘密，那优美的文字里，淡雅的字里行间中，那个从"花海大方"里顿悟的才女把眼睛里的美好和人世的喜怒哀乐绽放在精彩的文字里。她用一个炙热的信仰描绘着贵州的"绿水青山"，用一颗善良的心灵点燃"夜郎"的美丽传说。

故事在黄昏的尽头定格了，我念念不忘地翻开故事的最后一页，一个个鲜活的人物演绎着昨天、今天、明天的精彩，努力把视线拉回到书的扉页，恍然大悟，那个从杜鹃花花海里顿悟的灵魂，在贵州这一片茫茫的土地上将掀起一波大大的涟漪。

黑夜给了我黑色的眼睛，我却用它来寻找专属石头开花的秘密。闭上双眼，与大自然融为一体，在 29 万字的文字里，在百里的杜鹃花海里，在大方的大山里我怀揣一颗感恩的心，在雨后的小城破译了"石头开花"的秘密。

苦心人天不负，无须卧薪尝胆，只需肩负使命，心存善念，怀揣梦想，砥砺前行。前方一定有专属的"花海"。

【作者简介】周军，笔名夏冉雪，中共党员。中国诗歌学会会员、贵州诗歌学会会员、贵州诗人协会会员、贵州省青年文学研究会会员、《青年文学家》杂志理事、丝绸之路国际诗人协会常务理事、贵州作家网签约作家、《作家报》签约作家。作品散见于《读书文摘》《花溪》《参花》《诗选刊》《鸭绿江》和《人民日报》（海外版）等媒体。荣获 2021 年辉煌延川乾坤湾首届红诗原创金奖、2021 年首届远方杯全国诗文大赛小荷奖、2021 年首届金延安杯全国诗歌大赛优秀诗人奖等。

周　毅 | 赏《石头开花》赋

品文朋书田《石头开花》，竟勾起儿时记忆，有谣曰："石头开花马生角，扁担出水羊唱歌。"意味不可出现，今却"石头开花"矣。

《石头开花》鸿篇，书人，栩栩如生，活灵活现；写景，情真意切，融情于景，情景交融；记事，条理清楚，层次分明，脉络有序；议论，论点鲜明，证据确凿，说理有据，引经据典，旁征博引。全书集"杜鹃花开""石头开花""核桃之恋""冬日暖阳""随思感悟"于一体，堪称小百城也。

著者以"石头开花"名书，虽不知其意，然其集、辑、文皆以名之，显见乃著者重中之重也。古人视"石头开花"不可出现为至理，殊不知西南边陲乌蒙山中定邑①之西九洞天内已"石头开花"耳。

著者翰林业就，奔着"石头开花"民间传奇故事，赴神奇九洞，欲饱世界八大奇观之外第九大奇观"石头开花"眼福，然水土流失生态失衡，唯乘兴而来，败兴而归也。著者于"石头开花"奇观甚上心，四处寻觅史籍，《大定县志》居然有记。经年后，著者故地重游，圆观"石头开花"梦。至门，迫切知石头何如开花，遂问导游石头焉能开花？导游曰："非石头开花也，实乃二洞天后岩壁含盐而逗蝴蝶采撷形似花开。"著者恍然。

著者借"石头开花"探知欲，采风乡梓九洞天名胜风景，从第一洞天月宫天、第二洞天雷霆天、第三洞天金光天，依次第四洞天玉宇天、第五洞天葫芦天、第六洞天象王天、第七洞天云霄天，直至第八洞天宝藏天，第九洞天大观天尚待开发，稍有憾矣。九洞天神奇，叹为观止，实乃奇葩。著者遂笔为文，荐景于众，美之分享也。著者以文抒怀梓里九洞天美景，又累文成集，仍以乡梓奇观"石头开花"名之，足见著者怀乡情愫，思乡情结。

---

①定邑，指大定府，今大方县。

大雪纷飞，最能迎风傲雪者何？银装素裹，嫣红点点散发幽香者何？茫茫雪原，一枝独秀者何？天寒地冻，苦寒自香者何？顾名思义，乃缤纷多姿、清丽超然之梅花也。著者——黄彩梅，如同元代诗人王冕笔下"冰雪林中著此身，不同桃李混芳尘。忽然一夜清香发，散作乾坤万里春"。

黄彩梅，女，汉族，贵州大方人。本科，中共党员，高级工程师，供职于贵州省自然资源厅。中国散文学会理事、中国自然资源作家协会会员、中国报告文学学会会员、贵州省青年文学研究会会长、贵州省科技摄影协会副秘书长、贵州省作家协会会员等，曾任贵州省散文学会副会长兼秘书长。作品多有见刊，主编《青萃》《高原的春天》《高原山花》等刊物、文学专集，为多家文学网站、专刊签约作家。云南人民出版社出版其散文集《石头开花》。

吾与其同乡，交往十余年，乡友加文友，为其才气所折服。其文采出众，且"千秋无绝色，悦目是佳人；倾国倾城貌，惊为天下人"；文章构思新颖，题材独具匠心，段落清晰，情节诡异，跌宕起伏，主线分明，引人入胜，字字珠玑，句句经典，实吾之典范也。

有幸拜读其巨著《石头开花》，受益匪浅，获益良多，故作赋云：

古言石头开花兮，千年万年难寻。
马儿焉能生角兮，扁担出水笑喷。
山羊唱歌故事兮，鬼话连篇谁信。
传奇并非空穴兮，才女搬出史证。
定西九洞奇观兮，石头开花果真。
洞天石壁芳香兮，惹蝶采撷纷纷。
石头群蝶似花兮，朵朵石花簇锦。
神奇景观笔端兮，大书特书美景。
月宫桂树银花兮，雪梅同辉相映。
不与百花斗艳兮，含笑雪原冰清。
色泽放光出彩兮，北国寒客长吟。
比肩易安居士兮，不逊令姜左棻。

大方县一枝花兮,贵州省扬美名。

彩梅飒爽华夏兮,绢帛抒怀乡情。

【作者简介】周毅,1964年1月生,贵州大方牛场人。大学文化,中共党员,贵州省作家协会会员。出版专集《情洒寻根》《痴恋缪斯》《周姓史论》,专著《中华周氏族史》《大定泰和街周氏文化》《人文牛场》。《半岛水乡》执行主编。现任贵州省写作学会副秘书长、中华周氏族史编委会主编、贵州周氏联谊会会长、贵州大周文化发展有限公司董事长兼总经理。

让灵魂贴近对象世界
——读黄彩梅《石头开花》

周闻道

在场写作的使命是发现存在的意义。在海德格尔看来，现实世界中的"存在"又是虚乎缥缈、自由飘荡的，近似一种虚无。作家的责任或价值在于，从这种虚乎缥缈中寻找和发现其是所是，非所非。这就需要去除种种遮蔽，让自己的灵魂贴近对象的本真，用自己独特的慧眼发现与众不同的意义。

这只是一般的在场写作道理，怎样实现这种发现呢？也许一百个人就有一百个哈姆雷特，不同的作家自然有不同的写作经验，并且可能都取得成功。黄彩梅的《石头开花》，则以灵魂贴近的方式，实现了自己对书写对象的认知与发现。

《石头开花》五辑72篇文章，都没有所谓宏大叙事，也不属于包罗生命、宇宙与万物的超越知识和理性极限的故事。她写的都是所访、所看、所交、所读，即便对象是名家大师，如著名诗人贺敬之、李发模，国学大师文怀沙等，他们在黄彩梅的作品里，也是以普通人的日常姿态出现的，让我们看到的是平常中的出奇，大道从简式的崇高精神美学。其实，那些故作姿态的所谓"大师"，恰恰靠自己把自己从神坛打入了俗场。

李斯托威尔说："没有灵魂的高尚伟大，最高贵的艺术作品和自然，都必定会永远黯淡无光。"黄彩梅贴近书写对象的方式是多样的，有走访、观赏，也有相交和阅读。它们都建基于日常，没有刻意，这是业余作家的局限，也恰恰是优势；关键是贴近的姿态，既不是君归式的居高临下，也不是走马式的浮光掠影，一知半解，而是灵魂的贴近，在贴近中发现。

这样的写作姿态，与知识、经验、身份、目的等无关，只与真诚有关。换句话说，灵魂的贴近是需要真诚的，需要摒弃一切功利，以平等姿态，甚至抱住对书写对象的虔诚和敬畏之心，即便知识、经验不足，也不一定一下全部发现并呈现了世界的全部答案（事实上也不可能）。但因为真诚，不事刻意，或者说有了真诚，以灵魂贴近对象，在平等的"以心换心"的东方式传统美学中，获得了对象本身在精神层面同样平等真诚的价值回馈。它犹如北宋书画家米芾（1051—

235

1107）的行书，追求平淡自然，讲究洒脱不拘。他的座右铭是"无刻意做作乃佳"，"心既贮之，随意落笔，皆得自然"。

  黄彩梅散文中第一人称的叙事方式，无疑在"身体在场"的同时，增强了"精神在场"的介入性，让双方在一种平等、信任、贴近的情感基础上，建立起真诚互信的叙事语境。而作者个人价值观、审美观的介入，又使作品具有了灵魂拷问、精神共鸣和主客融会的特点，让意义超越自我，具有了社会性。我想，作者之所以用"石头开花"作为本书书名，也许就包含了这层意思吧。民间不是有这样的说法：精诚所至，金石为开。

  因为真诚，哪怕点滴回答，也会打动人心。

  这就足矣。

  在走访中贴近。《石头开花》第一辑大都是走访类文字，包括《杜鹃花开别样红》《访国学大师文怀沙先生》《一根筋的陈长吟》等。从作者身份、走访对象和书写姿态看，更应该视为拜访。之所以用走访，也是为了彰显一种真诚的平等。事实上，从走访场景和书写语境看，这种真诚的平等无处不在，构成了本辑的情感基调。

  《杜鹃花开别样红》一文写了作者一行数十人，在著名诗人李发模的带领下，在北京驱车拜访著名诗人贺敬之的经历。这里的语境包括：北京，数十人，带领的是著名诗人李发模，去拜访的是更加著名的诗人贺敬之。这些叙事元素集合在一起，构成一个逻辑学上所说的"集合概念"，其包含的"平等的真诚"便彰显无遗了。再看内容。作者捕捉了一系列的细节，将这种"平等的真诚"步步深入地呈现出来。

  比如初见。"我们步履轻缓，行过院中小径，轻叩老先生的房门。门开了，一位学者模样的老人出现在我们的眼前，他身穿浅灰色毛背心，朴素淡雅，慈眉善目，平易近人，斑白的头发和额头上几道皱纹，道出了历经90载岁月沧桑的诗意人生。"

  又如行为。"刚刚坐定，贺老就接过贵州著名诗人杨杰所著《没有退路是路》的诗集。翻阅中，贺老的眼神突然深邃明亮起来。一边翻阅一边点评，他为贵州有如此优秀的诗作而赞叹，并即兴朗诵了一段：贵州要飞/回答之铿锵胜过/惊雷/因为——/差距在工业/潜力在工业/希望在工业……贺老的声音铿锵有力，充满激情，如喷薄而出的朝阳。"这个细节，既呈现了宾主双方"平等的真诚"情感，又呈现了贺老"平等的真诚"的崇高。

同样，访文怀沙先生，也有这样的情景。当李发模老师拿出他的诗集送给文老时，文老"捧起诗集，认真翻看、审读。只见他目光炯炯，脸上溢出兴奋的光彩，还时不时进行点评并分析、打比方，而且语出惊人"。作者写道："文老的声音既高亢，也抑扬顿挫，他手舞足蹈，不时抚摸下巴上长长的白胡子。讲话时，文老的胡须也随着嘴巴的嚅动不停翘动，使谈论更加生动而富于乐趣。""平等的真诚"溢于言表。

在观看中贴近。《石头开花》第二辑 "石头开花"和第三辑"核桃之恋"的大部分篇目，都是写观看的，包括动态式的观赏和静态式的观察，行走山水，看天，看地，看世界，并融入自己的审美情趣。这令人想起某位禅宗大师以看山为例提出的参禅三重境界：看山是山，看山不是山，看山还是山。禅有悟时，写作亦然。这似乎正验证了温克尔曼的美学观点。这位1717年12月9日出生在普鲁士小镇史丹达一个穷苦鞋匠家庭的伟大艺术家认为，对艺术作品的观赏，应从直观感受出发，经过批评的中介，而达到美学的理论高度。即艺术作品—直观感觉—分析批评—美学理论。他在其著名的希腊艺术研究中发现，艺术家天天耳闻目睹，深受熏陶，甚至把表现美视为一种功勋。因此，在真诚用心的艺术家面前，"凡是可以提高美的东西没有一点被隐藏起来。"

《就恋这把热土——〈文朝荣〉观后》一文写的是对人物传记电影《文朝荣》的观后感。故事发生在云贵交界处的贵州毕节市赫章县海雀村，故事的主人公，是海雀村原党支部书记文朝荣。这是一位有口皆碑的扶贫英雄，其事迹早已口口相传，人尽皆知。作者在观看电影时，仍然感到震撼。震撼既来自记者近似训斥的追问："你是不是对上级报喜不报忧？现在都什么时代了，你们村还过这样的日子？你还有脸说你是村支书，你这是失职，简直是犯罪，你不配当这个村支书，甚至不配共产党员这个称号。"也来自文朝荣虽底气不足但笃信坚守，甚至对带有侮辱的言语愤怒的回答："你可以说我失职，可以说我无能，但你不应该怀疑我的党性，怀疑我对党的忠诚。"在文朝荣心里，对党的忠诚比什么都重要。当真诚上升为忠诚，便有一种威仪的力。

同时，在观看影片时，因作者与对象的灵魂贴近，产生了巨大的情感共鸣，并将这种共鸣用文字传达出来。我没有看过这部电影，但当我看到黄彩梅这样的文字，仍被深深感动了。比如，村里有位村民跑来求救说："'支书，我的母亲因为几天没得吃的，快不行了，您快去看看吧。'他那善良贤淑的妻子李明芝马上起身，将自家桶里为数不多的米糠叫支书带上给这个饿了几天的大妈吃，大妈的命捡回来了。"又如，"村里的姑娘二月，因为贫穷，父亲去世后没有棺材钱，二月迫于无奈将自己抵押给了邻村的麻老二，由邻村的麻老二垫付了费用，并写下欠款协议，到期因为没有钱还，麻老二便以此逼迫二月嫁给他，并按照苗族风俗习惯带人来海雀村抢亲，遭到海雀村百姓拦阻。文朝荣闻讯赶来，为救二月，与麻老二达成三天内偿还一千多元债务的协议。为了筹集葬礼欠款，村支书文朝荣早出晚归挨村挨户借钱。在借钱途中又累又饿，为了捡回一张被风吹走的钱不慎跌落山下昏迷过去，险些丧命……"再如，"年久失修的教室遭到突来的大风和大雨袭击，房子被冲垮了。为了不让孩子们失学，修补教室，他不惜卖掉了家里唯一值钱的（也是他姑娘喂养的）一头牛。回来的路上，当他兴高采烈数着钱时，看见老婆李明芝带着儿女在地里当牛犁地的样子，他的心被眼前的一幕撞疼了，他撕心裂肺地叫道：'让我来，让我来，这是畜生干的事，这是我干的事。'"

这哪里是在看电影，是在看世道人心和党性。

书写观看的还有《仰望家乡的杜鹃花》《石头开花》《水之魂》《寨沙恋歌》《茶尖上舞动的旋律》《醉美的相遇》《走进合川》《三星堆游记》《核桃之恋》《果林深处的笑声》等，这些作品虽题材不同，内容相异，时间跨度也较大，叙述方式也不尽相同，但有一个共同特点，就是用真诚贴近对象，让个性价值在与对象的沟通交融中，寻找审美本位的泊位，进而实现作家、对象与作品的审美归一。

在相交中贴近。人是社会的动物，少不了人际交往。《石头开花》第四辑正是写这种交往及其观照的，如《冬日暖阳》《红颜知己》《女人味》《心灵的短章》《幸福》等。在这些作品中，交往既是一种生活方式，也是一个观察世界的窗口。作者通过这个窗口，实现与世界的对接、沟通，分歧或者和解都不重要，重要的是从中发现了意义，成全了自我与世界的一种相处方式。当作者把自己的这种发现付诸文字，就具有了某种精神层面的普遍价值，文学的功能因此而实现。

本辑的其他作品，作者也都秉持了基本的创作风格，在与形形色色的人的交往中用心贴近，在照人照己中呈现意义。

在阅读中贴近。《石头开花》第五辑及其他辑的部分作品，是阅读类文字。实际上，对每个人来说，生命都有限，世界的许多事物，我们都不可能通过亲历去认知，更多的是借助其他形式。其中，阅读便是最重要的一种形式。书或文章，是别人认识世界的成果，借助阅读，不仅可以开阔视野，而且可以踏上别人努力的肩膀，获得"会当凌绝顶"的捷径。因此，古人把"读万卷书"与"行万里路"相提并论，将其视为实现人生"三不朽"（立德、立功、立言）的必修功课。

显然，黄彩梅没有忘记这样的捷径。她收入本书的《在阅读中认识的白衣天使》《在场介入的写作——以〈边际的红〉为例》《中国酒都的春梅——为李春梅的作品〈禅悟山水〉写序》《人格魅力与艺术形象——初探林黛玉的个性特征》《采风散文创作谈》《略谈采风文章的情绪酝酿》等，大都属于这类文字。其中，又分为阅评与理论两部分。与前面的作品类文字的一个共同点在于都是作者对对象世界的贴近，并且在贴近中寻找个人的发现和与对象世界的契合点，进而实现价值共振，达到许多作家都曾有过的体验："在某个瞬间，灵魂被某个东西击中，让你惊异，感同身受，有一种忽然贴近的动容。"不同点是，一个是作品，一个是评论或理论。

《在阅读中认识的白衣天使》写的是一位当时已年逾古稀，仍坚守在临床与文学创作一线的老专家、老作家的故事。书写对象叫张有楷，一个男性化的名字，一位不逊于男人风采的"半边天"老大姐。因此，读书与读人，读人与阅读生命，不可分割地联系在了一起。在灵魂的贴近中作者不仅发现，"有楷大姐是一个对生活充满激情和追求的人，她是一个内心特别强大的女性！"而且，在她的内心世界里，富有诗意地栖居。虽然，"他们的人生，他们的青春，他们的无奈与叹息，都随着那段历史慢慢老去。"但当我回过头来，揭开所有的记忆，就会"看见那些若隐若现的划痕，那些深深浅浅的脚窝早盛满了我们的青春与热情"。而她对待病人，又是如此用心用情，她不嫌病人脏，和病人共用一个碗一个勺，她先吃一口，然后喂病人一口。就这样一口一口地将饭菜吃完，直到病人像正常人一样端起碗大口吃，让病人慢慢适应自己单独吃饭。

读到这里，谁还能怀疑，作者写的虽是白衣天使张有楷，映照的却是作者的价值取向和审美倾向。

《在场介入的写作——以〈边际的红〉为例》是一篇评论本人在场写作实验文本《边际的红》的文章。令人惊讶的是，作者在短暂的阅读中，一下就抓住了在场写作的命门——介入，并以此为切入点，文章的解读与理论的感悟相结合，缕析条分，一一道来，在理论与文本的融合中，呈现了在场写作的津梁、意义、魅力和方法途径。这实在难能可贵，当谢。

西方古典美学的基调是美与崇高，它由希腊精神和希伯来精神的相互交织构成。双希精神像巨大的钟摆，将感性的人和完善的人的思想，摆渡到理性的人和超越的人的信仰，构成了美与崇高的基本特征。生活美学也有"三道"：茶道、花道、香道，被称为贴近灵魂的美学之道。在音响世界，原木音响被称为"有灵魂的声音"。我想，它的灵魂就在于一个"原"字，原初，质朴，单纯，是"平等的真诚"的一种状态。

以此来观照黄彩梅的散文，也是有益的。无疑，再神圣的"美与崇高"，都离不开"平等的真诚"。而在"平等的真诚"下的灵魂贴近，摆渡的既是作者，也是对象世界。作品则是渡船，它让维特根斯坦关于"意义只能在语言中寻找，语言之外无意义"的定律，得以如期实现。因此，我们有理由相信，黄彩梅的写作不是常说的一般的文学雅兴，也不是化解枯燥生活的一种消遣形式，而是一种生命仪式，是在场的生命写作。

当然，对象世界是复杂多变的，它的意义不是浮于表面，往往存在种种遮蔽，更何况自我的贴近本身就带有难以避免的局限，并不能因为我们的用心、真诚与贴近，就可尽得。我们永远不可能获得全部的答案，永远在路上。就黄彩梅本书作品而言，是否足够注意了对对象发现的新意、深度和广度，在此是否还存在更大空间？结构与叙事流是否得到最佳契合，让发现的意义尽显其中？语言不只是工具，是存在方式，我们的语言是不是把要表达的恰如其分地表达了，汉语的表形、表音、表意优势是否得到充分发挥，达到了苏轼所说的"辞达"境界？

这些，都是黄彩梅和我们在今后的写作中需要注意的。

【作者简介】周闻道，本名周仲明，中国作家协会会员，高级经济师，在场主义散文流派创始人和代表作家。出版文学专著15部、经济学专著3部。获全国及省级以上文学奖若干次，大量作品入选各种年选、选本、大中学教材和各地高考联赛试题。

邹书强 | 在贵州作家网、盛世中学联合举办的黄彩梅女士新作《石头开花》读书分享会上的致辞

大家好！很高兴应邀来到盛世中学，参加黄彩梅女士的新作《石头开花》读书分享会。

黄彩梅女士是职场中人，她供职于贵州省自然资源厅第三测绘院，工作任务重，工作标准高。她完全是利用业余时间进行调研、采访和写作，其勤奋的精神，难能可贵！

《石头开花》这部作品，给人以精神的愉悦和向上的鼓舞。比如，在《水之魂》里，她这样描写黄果树瀑布："源头之水，正是一泓泓泉水汇聚而成……水，从遥远的地方欢呼着奔向这里，携手并进，蜂拥而下。由于来势汹涌，似千军呐喊，似万马奔腾，一齐落下，形成了雄伟、壮观的白色水帘。"

大家知道，描写黄果树瀑布的文章很多。曾经，我却看到和听到有这样的形容："人从高处跌落，往往气短神伤。水从高处跌落，偏偏神采飞扬。""跌落"二字，何其被动，"跌落"二字，多少沮丧。

而黄彩梅女士的文章，则是表现了正能量。

2021年是中国共产党成立100周年。当前，我们正在进行中共党史学习教育。

我党历来十分重视文艺工作。1942年5月，党中央在延安召开了文艺工作座谈会，毛主席发表了重要讲话，号召广大文艺工作者要有坚定的政治立场，要深入基层、深入群众搞调查研究，文艺要为工农大众服务。毛主席在延安文艺座谈会上的重要讲话，鼓舞了广大文艺工作者的创作热情，很快就创作出了《王贵与李香香》《太阳照在桑干河上》《白毛女》《小二黑结婚》等许多优秀文艺作品，激励着人们纷纷走上抗日的战场。

今天，习近平总书记高度重视文艺工作，多次发表重要讲话和作出指示、批示，强调新时代广大文艺工作者要"胸中有大义、心里有人民、肩头有责任、笔下有乾坤"，更多创作出"反映时代呼唤、展现人民奋斗、振奋民族精神、陶冶

高尚情操"的优秀作品，以讲好中国故事、传播好中国声音、振奋中国精神、凝聚中国力量、树好中国形象。我们要认真贯彻落实习近平总书记的重要讲话和指示批示精神，像黄彩梅女士那样，勤奋工作，积极创作，坚持实事求是，又异想天开，坚持脚踏实地，又富于幻想。那么，我们贵州今后的文艺作品，就一定能够独具特色，独树一帜，再上新台阶！

【作者简介】邹书强，仡佬族，贵州务川人，中共党员。1996年12月起，在贵州省军区政治部任干事、副处长，任省军区工兵团和教导大队政委等职。2007年10月转业地方工作，先后供职于贵州省财政厅和农业农村厅，担任过省财政厅综合规划处处长、省农业农村厅机关党委专职副书记。

后 记

◎黄彩梅

  我的散文集《石头开花》自2021年出版以来，收到许多读者和朋友的来信鼓励，这让我感到受宠若惊。时常把我带入那种热血澎湃奋笔疾书时的快感中，又仿佛流连于岁月如歌的风云记忆中回味无穷。我只是文学创作路上的一个探索者，热爱生活，读万卷书，行万里路。让自己的所见、所听、所思、所爱、所悟通过文字让人生变得丰满，让灵魂得以安放，让精神得以升华。

  特别是2021年5月29日，由王警之和郭太东二位先生策划，在贵阳盛世中学举办的《石头开花》新书分享会，得到了中国散文学会和中国自然资源作家协会的精心指导；贵州作家网、贵州省诗歌学会、未来学书院、科技摄影协会、散文学会以及贵阳盛世中学、花溪区壹佰分文艺学校、知了教育集团、花溪贝斯特教育、新贝教育、贵州八马茶业、瓜仲河樱桃山庄、贵州学而优教育等单位和领导莅临指导。出席此次活动的嘉宾有中国散文学会副会长、陕西省散文学会会长陈长吟，贵州省政府原副秘书长杨通华，贵州省农业农村厅机关党委原副书记郑传楼，贵州师范大学职业技术学院党委书记胡高荣，贵州省红十字基金会秘书长张煜，《杜鹃花》杂志主编陈跃康，在场主义散文流派创始人周闻道，贵州诗歌学会会长南鸥，贵州省诗人协会主席郭思思，著名文化学者汉心，贵州省农业农村厅机关党委专职副书记邹书强，贵州省休闲农业与乡村旅游开发促进会会长李建强，北京阳明之路国际文化传播有限公司董事长吴枫，贵州省纪实文学学会副会长吴茹烈，文学双月刊《万峰湖》执行主编牧之，《中国贵商》主编黄牛，贵州作家欧阳继红等。贵州省人大常委会原副主任、贵州省文联原主席顾久，贵州省政协原副主席、《贵州科学家传记》主编班程农，为《石头开花》散文集题写书名的贵州省文联主席欧阳黔森，中国自然资源作家协会主席陈国栋，中国散文学会副会长王剑冰，中国散文学会常务副秘书长张立华，民进北京市委经济委员会委员、中联开民集团董事长花小班，贵州省未来研究会终生名誉会长、未来学书院院长及研究员张继泽等文友发来贺信表示祝贺。

  文学是人类共同的语言。通过举办分享、品读、交流活动，让我在今后的创作中得到了许多启示和思考。到2022年8月份，不觉间已积累了75篇评论文稿，我很感动文友们和评论家们对《石头开花》的鉴赏，并为之不惜笔墨倾情点拨。我每看到一篇，都会认真地学习和思考，每次都被作家们那些精湛的文字所感动。这些评论既有严谨的哲理探讨，又有丰沛的情感触动，厚重的，轻盈的，豪放的，婉约的，深究的，浅析的……丰富多彩，尽呈特色，各有千秋，评论家们的或淡墨疏笔，或浓墨重彩，意远情深；每一篇都是他们通过认真阅读后，万般真情流向笔端，用文采飞扬、评说精准、内涵丰富的文学底蕴对我的作品给予了点评，希望我的笔尖能够在文学与思想的高地闪光，通过新的视角去发现一片新的天地，收获文学路上新的硕果。对这些鼓励与鞭策，只有结集出版《心系一处》这本书，才是表达对关注和鼓励我的文友们最好的致谢。

欣喜中，也感觉到我的这些作品离文友们的评论差距太远，真是愧不敢当。但是，我知道文学梦想是我一生的追求，未来还有许多的路要远行，有许多的山峰去攀登。文学是人类崇高的事业，也是一个需要艰辛付出的事业。有志于这一美好事业的我，理当不遗余力奋勇攀登，为祖国的文坛增添一束花朵。小散文也可以作大文章，也可以写出大爱、写出真善美。只有说真话，抒真情，才能走向更广阔的心灵世界。我也有信心朝着良师益友们鼓励我的目标前行。

本书即将付梓之际，还有几位文友来不及把评论文章发来，存有一丝遗憾之美。正像我的书中还有许多未及感谢的文友们，他们的友谊和真诚让我难以忘怀，我只能在内心深处常怀感恩。期待下一次石头开花的时节，让它成为最美的一道风景。

2022 年 8 月 26 日